GrafiTäter & GrafiTote

Leo P. Ard/Michael Illner: **Flotter Dreier - Gemischtes Doppel** • *Leo P. Ard/ Reinhard Junge:* **Der Witwenschüttler - Meine Niere, deine Niere - Die Waffen des Ekels - Das Ekel schlägt zurück - Bonner Roulette** • *Dorothee Becker:* **Mord verjährt nicht - Der rankende Tod** • *Jacques Berndorf:* **Eifel-Jagd - Eifel-Rallye - Eifel-Feuer - Eifel-Schnee - Eifel-Filz - Eifel-Gold - Eifel-Blues** • *Horst Bieber:* **Kaiserhof** • *Horst Eckert:* **Finstere Seelen - Aufgeputscht - Bittere Delikatessen - Annas Erbe** • *Christoph Güsken:* **Spiel's nicht noch mal, Henk - Mörder haben keine Flügel - Schaumschlägers Ende - Angsthase, Pfeffernase - Bis dann, Schnüffler** • *Harald Irnberger:* **Ein Krokodil namens Wanda - Das Schweigen der Kurschatten - Geil - Stimmbruch - Richtfest** • *Andreas Izquierdo:* **Jede Menge Seife - Das Doppeldings - Der Saumord** • *Annette Jäckel:* **Talk** • *Reinhard Junge/Leo P. Ard:* **Das Ekel von Datteln** • *Reinhard Junge:* **Straßenfest - Totes Kreuz - Klassenfahrt** • *Jürgen Kehrer:* **Der Minister und das Mädchen - Irgendwo da draußen - Das Schapdetten-Virus - Das Kappenstein-Projekt - Bären und Bullen - Spinozas Rache - Schuß und Gegenschuß - Wilsberg und die Wiedertäufer - Kein Fall für Wilsberg - Killer nach Leipzig - Gottesgemüse - In alter Freundschaft - Und die Toten läßt man ruhen** • *Agnes Kottmann:* **Tote streiken nicht** • *Leenders/Bay/Leenders:* **Eulenspiegel - Clara! - Feine Milde - Jenseits von Uedem - Belsazars Ende - Königsschießen** • *Fabian Lenk:* **Der Gott der Gosse - Mitgefangen, mitgehangen - Schlaf, Kindlein, schlaf - Brandaktuell** • *Hartwig Liedtke:* **Scharfe Schnitte - Tod auf Rezept - Klinisch tot** • *Heike Lischewski/Stefanie Berg:* **Bananensplit** • *Reiner Nikula:* **Tödliches Schach - Ein Stückchen Hirn** • *Theo Pointner:* **Rechts-Außen - Einer nach dem andern - Scheinheilige Samariter - Tore, Punkte, Doppelmord** • *Beate Sauer:* **Der Heilige in Deiner Mitte** • *Niklaus Schmid:* **Der Hundeknochen - Die Wettreise** • *Ursula Steck:* **Alles im Fluss** • *Werner Schmitz:* **Nahtlos braun - Dienst nach Vorschuß - Auf Teufel komm raus** • *Gabriella Wollenhaupt:* **Zu bunt für Grappa - Grappa-Baby - Grappa und die fantastischen Fünf - Killt Grappa! - Grappa und der Wolf - Grappa fängt Feuer - Grappa dreht durch - Grappa macht Theater - Grappas Treibjagd - Grappas Versuchung** • *Jan Zweyer:* **Alte Genossen - Glück auf, Glück ab**

Chemnitzer Str. 31, D-44139 Dortmund
Internet: http://www.grafit.de
E-Mail: Grafit-Verlag@t-online.de

Umschlagzeichnung: Peter Bucker
Druck und Bindearbeiten: Fuldaer Verlagsanstalt
ISBN 3-89425-223-5
1. 2. 3. 4. 5./01 00 99

Fabian Lenk

Der Gott der Gosse

Kriminalroman

grafit

Der Autor

Fabian Lenk (geb. 1963) studierte in München Diplom-Journalistik, jobbte in dieser Zeit als freier Sport-Reporter, Taxi-Fahrer und Aerobic-Trainer. Seit Abschluß des Studiums ist er als Journalist tätig.

Mit *Brandaktuell* debütierte Lenk 1996 als Kriminalschriftsteller. Es folgten zwei weitere Romane mit dem Boulevardredakteur Frank Bachmann: *Schlaf, Kindlein, schlaf* (1997) und *Mitgefangen, mitgehangen* (1998).

Die Hauptpersonen

Jakob Strasser,
Teenager, sucht Anerkennung

Monika Strasser,
Anwältin, sucht den Erfolg

Dieter ›Diabolo‹ Bruhn,
Teenager, sucht lebende Punchingballs

Felix Bruhn,
Psychologe, sucht talentierte Kinder

Manuela Walter,
Teenager, sucht nächtliche Ruhe

Dr. Franz Walter,
Schönheitschirurg, sucht tiefe Einblicke

Erich Neutzel, Klaus Wilhelmi,
Hauptkommissare, suchen einen Mörder

Peter Völk,
Polizeimeister, sucht den richtigen Platz

Heiner Müller,
Fotograf, sucht ein Motiv

Frank Bachmann,
Reporter, sucht gute Aufmacher

Dank an Simone und Ulrike für ihre Genauigkeit.

Dank an Dr. Wolfgang Glowna für die medizinische Beratung.

Das Wasser soll dein Spiegel sein,
erst wenn es glatt ist,
wirst du sehen,
wieviel Märchen dir noch bleibt,
und um Erlösung wirst du flehen.

Rammstein, ›Alter Mann‹

1.

Wie ein Schneidbrenner flammte der Deckenstrahler in Jakobs aufgerissene Augen, aus denen Panik schrie. Der Junge war erstarrt. Ertappt.

Vorsichtig, ganz vorsichtig kletterten die Finger seiner rechten Hand die Tapete hinauf. Wie konnte er nur so ungeschickt sein? Als er sich im Dunkeln an der Wand entlanggedrückt hatte, musste er wohl den Lichtschalter berührt haben. Jakob tastete weiter, während er den Blick nicht von dem Strahler wenden konnte. Er fand den Schalter, drückte ihn, löschte das Licht in dem langen Gang. Atmete auf. Durch die Fenster fielen fahle Schimmer des Mondes. Alle zwei Meter zeichnete sich ein milchiges Rechteck auf der braunen Auslegeware ab. Vor dem Haus musste eine Straßenlaterne stehen, überlegte Jakob. Das war ihm noch nie aufgefallen. Auch dieses schwache Restlicht störte ihn – konnte man ihn von draußen sehen, wenn er den Flur entlanghuschte? Er wollte allein sein mit seiner Aufregung, mit seiner Angst und mit seinem Glück. Das Herz des Jungen klopfte so laut, dass er fürchtete, man könnte ihn hören. Sein Atem ging stoßweise, als hätte er gerade einen Hürdenlauf hinter sich gebracht.

Auf Zehenspitzen näherte sich Jakob der vierten Tür. Dahinter war sie, dahinter war Manu. Sie war ein Jahr jünger als er, noch keine vierzehn. Er hatte sie vorhin ins Bad gehen sehen. Der Junge wollte einen Blick durchs Schlüsselloch werfen, Verbotenes kosten.

Jakob verließ der Mut. Und wenn sie plötzlich die Tür aufriss und ihn entdeckte? Der Junge drückte sich neben der dritten Tür an die Wand. Kühle drang durch sein dünnes T-Shirt, eiste seine heiße Haut. Ihn fröstelte. Jakob stieß sich ab. Dabei berührte er einen gerahmten Druck von Monet. Bedrohlich schwang das Bild hin und her. Der Junge stoppte es. Dann lauschte er. Nur leise Musik war zu hören. Das Geräusch schien aus dem Bad zu kommen. Jakob schob sich weiter vor. Er bewegte sich wie in Zeitlupe. Nach zähen Sekunden erreichte er die Tür. Die Musik war jetzt lauter. Die Neugier siegte. Jakob beugte sich hinab und spähte durch das Schlüsselloch. Eine Axt traf seine ohnehin zum Zerreißen gespannten Nerven, kappten die Stränge der Beherrschung. Erregung flutete in Jakob. Er sah einen nackten, filigranen Rücken. Zarteste Haut, glatt wie Porzellan. Eine blonde Mähne wehte über den Schultern. Manu saß neben dem großen, runden Pool auf dem geräumigen Podest, das mit seinen vielen Kissen zum Ausruhen einlud. Sie bewegte sich auf und ab, warf ihren Kopf von der einen zur anderen Seite. Unter ihr war noch jemand.

Jakob prallte zurück. Das durfte nicht wahr sein – wer war der andere? Und: Was sollte er jetzt tun? Flucht! war sein erster Gedanke. Gleichzeitig wurde er wütend. Wer war dieser Typ?

Aus dem Raum drang nun ein Stöhnen. Jakob wusste, was es bedeutete. Er hielt sich die Ohren zu. Doch es nützte nichts. Denn aus dem Stöhnen wurden Schreie. Jakob presste die Handballen auf seine Ohren, bis es schmerzte. Er begann, am ganzen Körper zu zittern. Der Junge schloss die Augen. Trotzdem sah er das Mädchen, das Bild war sogar gestochen scharf. Es tat ihm weh. Manu. Er liebte sie.

Die Schreie wurden ekstatisch.

Plötzlich herrschte Stille. Jakob öffnete die Augen, nahm die Hände von den Ohren. Nichts, kein Laut war mehr zu vernehmen. Der Junge war erleichtert. Er gab sich einen Ruck, rappelte sich auf. Überwand seine Angst. Einen Moment zögerte er noch, dann klopfte er zaghaft an.

»Ja?«, hörte er. Behutsam öffnete Jakob die Tür.

Manu drehte sich um. Haarsträhnen hingen wirr in das schmale, makellose, aber aschfahle Gesicht. Die Augen des Mädchens waren mandelförmig und von einem strahlenden Blau. Der Mund stand offen, als wollten die Lippen gerade ein O formen. Jakob löste sich von dem bildschönen Antlitz und ließ seinen Blick tiefer gleiten. Ihre Schultern waren fast zu knochig. Auch die Schlüsselbeine stachen deutlich hervor.

Manu warf sich eine Decke über, verdeckte ihre spitzen Brüste. »Was glotzt du so? Du siehst aus wie ein Idiot«, meinte sie verächtlich.

»Entschuldige, ich wollte dich – beziehungsweise euch – nicht stören. Ich konnte ja nicht ahnen, dass ihr –«

»Du störst uns nicht. Vor allem Robbi nicht.« Manu deutete auf den Jungen unter ihr. Sein Kopf war unten Kissen begraben.

Jakob trat etwas näher heran. Neben der Liegewiese standen ein kleiner CD-Spieler und zwei erloschene Kerzen.

»Bleib, wo du bist«, herrschte Manu Jakob an. Sie hob die rechte Hand. Ihr Zeigefinger mit dem langen Nagel war voller Blut.

Manu sah das Entsetzen in Jakobs Augen. »Hab dich doch nicht so, Kleiner.« Sie lächelte.

Der Junge taumelte zurück, weg von diesem Bett. Was war hier los? Jakob stieß in der Rückwärtsbewegung gegen den Türrahmen, schlug sich den Kopf an.

Manu starrte ihn an. Ihre Augen waren wie Eis in dem bleichen Gesicht. Einzigartig schöne Saphire voller kalter, harter Eleganz.

Jakob drehte sich um, stürzte aus dem Raum und rannte weg.

Das Gesicht des Mädchens bekam einen verklärten Ausdruck. Ihr blutiger Finger malte eine unförmige Sieben auf das Laken. Manu begann zu lachen. Es geriet immer mehr zu einem Heulen. Jäh stoppte sie.

»Sieben?«, flüsterte sie vor sich hin. Immer wieder murmelte sie beschwörend dieses eine Wort: »Sieben?« Dann nickte sie mit dem Kopf. »Ja«, sagte sie zu sich. Sie schloss die Augen, legte den Kopf in den Nacken. Der blutige Finger strich sanft über ihre aufgesprungenen Lippen. Sie leckte ihn ab, schluckte, würgte. Unsicher begann das Mädchen zu kichern. Dann brach es aus Manu heraus. Ein Lachanfall, vermischt mit krampfhaftem Schluchzen und kläglichem Winseln. Es steigerte sich in ein hysterisches Kreischen.

Jakob lief, als ginge es um sein Leben. Er polterte die Treppe hinab, stieß in der hohen Eingangshalle gegen einen Gummibaum, der fast umstürzte, missachtete die Rufe des aufgeschreckten Hausherrn und hatte endlich den Kies zur Einfahrt unter den Füßen. Der Junge hatte es geschafft. Nur raus aus der Villa.

Langsam trudelte Jakob aus, seine Arme hingen schlaff herab. Er war erschöpft, verstört. Und allein. Wieder einmal.

Der Junge trottete durch den feinen Nürnberger Stadtteil Erlenstegen. Es war ein milder Abend Ende Juli. Wo sollte er hin? Nach Hause, das war eigentlich die klare Antwort.

Aber Jakob scheute den Weg in die schicke Wohnung seiner Mutter. Er konnte sich schon denken, was ihn dort erwartete. Er sah Monika vor sich, die Haare in einem Handtuch hochgebunden, von einem Raum zum anderen laufend, das Telefon in der linken, eine Zigarette und einen Stift in der rechten Hand. Besprechungen, Sitzungen. Wenn die angesehene Anwältin nicht gerade einen Termin wahrnahm, dann machte sie einen aus. Termine, Termine, Termine.

Jakob kickte einen Stein vor sich her. Aus einem Gartenlokal klangen Stimmen. Ein Kabrio rollte im Schritttempo vorbei, Techno-Rhythmen stampften in Jakobs Ohren. Ein Mädchen saß auf dem Beifahrersitz. Lange, blonde Haare. Wie Manu.

Sie hatte also einen anderen. Diesen Robbi. Hätte er sich ja denken können. Er war im Vergleich zu Robbi nur eine halbe Portion, eine Memme. Ängstlich, übervorsichtig, feige. Robbi war da von einem anderen Kaliber. Das schien Manu zu gefallen.

Das Kabrio hielt am Bordstein. Das Mädchen riss die Tür auf, ohne auf die Fußgänger zu achten. Jakob musste stoppen, um nicht gegen die Blonde zu laufen. Mit einem Hüsteln machte er auf sich aufmerksam.

Das Mädchen wandte sich ihm zu, aber nur kurz. Ein abschätziger Blick von oben herab. Sofort war ihr Freund neben ihr, legte einen Arm um ihre Schultern. Ein Dobermann-Typ. Durchtrainiert, schlank, spitzes Gesicht, kräftiges Kinn, kurze, dunkle Haare. »Ist was?«, fragte er leise und drohend in Richtung Jakob. »Möchtest du Ärger machen? Ich pump dir sofort eine zwischen die Lichter, Kleiner. Und dann hast du da 'ne kleine Sonnenfinsternis mit Jahresabo, Peilung? Wäre mir ein Vergnügen.«

Das Mädchen kicherte blöd.

»Nein, nein«, gab der Junge zurück. »Es ist nichts, wirklich nichts.«

»Ist auch besser so. Für dich jedenfalls«, meinte der Kabrio-Besitzer. Er schob seine Begleiterin zum Biergarten.

Jakob blieb wie angewurzelt stehen. Warum behandelten ihn alle wie ein Stück Dreck? Wer gab ihnen das Recht dazu? Oder wirkte er inzwischen auf seine Mitmenschen wie der personifizierte Fußabstreifer, der um ein paar neue Tritte geradezu bettelte? Jakob packte eine heilige Wut. Sah er so aus, als ob man ihm einen Gefallen tat, wenn man ihn erniedrigte und deckelte und quälte und missachtete und übersah, ihn herumschubste und abstellte und immer wieder schlicht und ergreifend vergaß?

Ohne nachzudenken, trat Jakob mit voller Wucht gegen den rechten Außenspiegel des Kabrios. Er musste wirklich gut getroffen haben, denn der Spiegel riss komplett aus der Verankerung und baumelte nur noch an einer Feder.

Jakob begann einen atemberaubenden Sprint.

2.

Minister Thaddäus Bruhn schob sich vom Rücksitz der schweren BMW-Limousine. Im klimatisierten Wagen war es angenehm kühl gewesen. Jetzt stand er in der Hitze vor dem Nürnberger Rathaus, wo er sich mit Oberbügermeister Holz treffen wollte. Ein Arbeitsessen. Hoffentlich mit Nürnberger Rostbratwürstchen, die der gebürtige Franke Bruhn überaus schätzte und an seinem Hauptarbeitssitz, dem Ministerium am Münchner Odeonsplatz, schmerzlich vermisste.

Der Politiker gab dem Fahrer ein Zeichen. Der dunkle Wagen glitt davon, irgendwohin, wo es Schatten gab. Bruhn nickte jetzt den beiden Männern in dem kleineren BMW zu, der hinter ihm gehalten hatte. Seine Leibwächter. Er konnte ihre Visagen nicht ausstehen. Immer diese lächerlichen Sonnenbrillen. Wie in einem billigen Film. Außerdem schien es sich bei den Gorillas um Kettenraucher zu handeln. Bei jeder Gelegenheit glimmten die Stängel bei den beiden Herren auf. Aber der Personenschutz gehörte nun einmal zum Geschäft. Und dieses Geschäft liebte der Minister. Macht machte süchtig.

Seine Miene wurde freundlicher, als er auf die Rathauspforte zusteuerte, die Affen im Schlepptau.

Polizeireporter Frank Bachmann gähnte seinen Monitor an. Die große Leere hatte sich dort breit gemacht. Das gewisse, allumfassende Nichts. Der Schreiber beim Nürnberger Boulevardblatt *Blick* war sich ziemlich sicher, dass dieser Zustand heute eine beachtliche Penetranz haben würde. Der gesamte Laden hing in diesem Juli im übelsten Sommerloch seit Jahren. Angefangen hatte es traditionell in der Sportredaktion. Ressortleiter Schnieders zählte bereits die Tage, bis die Bundesliga endlich wieder loslegte, zumal der einst ruhmreiche *Club* die Niederungen der zweiten Liga verlassen hatte und sich ab Mitte August in der Königsklasse versuchte. Aber bis dahin war noch eine Menge Zeit und eine Menge leerer Seiten galt es zu füllen. Zum Glück für Schnieders hatte wenigstens der schnöselige Trainer Magath schon vor dem Saisonstart das Handtuch geworfen. Da gab es kurzfristig eine Menge zu schreiben. Ex-Nationalspieler Magath hatte sich mit dem Vereinsboss angelegt, dem laufenden Meter und Teppichgroßhändler Michael A. Roth. Dem unglücklichen Trainer hatten die Konditionen, die ihm Roth in den Vertrag diktieren wollte, nicht gepasst. Der beleidigte Magath machte die Biege und die unschöne, wenngleich traditionsreiche Formulierung ›Chaos-Club‹ füllte mal wieder bundesweit die Gazetten. Für Schnieders war der Fall ein Strohfeuer. Es erlosch rasch.

In die Nachrichten-Flaute segelten als Nächstes die redaktionellen Politik- und Gerichts-Mannschaften. Seit sich Stadtrat und Richter in den Urlaub verabschiedet hatten, bewässerten ellenlange Hintergrund-Features und Reportagen statt aktueller Berichte oder Meldungen die ausgedörrten, knochentrockenen Spalten. Das war allerdings noch normal.

Doch mit einem Mal erwischte das Sommerloch auch das Feuilletonressort, in dem Franks Freundin Pia arbeitete. Keine große Band kam in diesem Sommer nach Nürnberg und auf den städtischen Bühnen wurde nichts Erwähnenswertes aufgeführt. Pia hatte die Flucht ergriffen. Da Frank keinen Urlaub bekam, war sie mit einer Freundin drei Wochen nach Rhodos gedüst.

So lastete die Bürde, knallige Aufmacher zu liefern, auf den beiden Ressorts, die von Urlaubszeiten und ähnlichen, auflagenagenden, absolut üblen, bewusst hinterlistigen Blatt-Läusen normalerweise verschont blieben: Polizei und Klatsch. Gesellschaftsreporterin Sigrun von Hohenstein hatte jedoch seit der abgrundtief dreckigen Scheidung im Hause des Fürsten Sämering vor drei Wochen und des tragischen Totalverlustes von Hamster »Mucki« – Bürgermeister Theobald Konrad hatte den freilaufenden Liebling seines Sohnes beim Zurücksetzen mit dem Dienst-BMW verbriefmarkt – nur noch Kleinkram wie hundertjährige Geburtstage, die Ehrung eines hyperaktiven und offenbar zur Promiskuität neigenden Zuchtrammlers namens ›Bill‹ und das 40-jährige Dienstjubiläum eines nahezu zahnlosen Mitarbeiters der Nürnberger Verkehrsbetriebe zu vermelden. Dessen Hobby, dem er eventuell auch seine fortgeschrittene Zahnfäule zu verdanken hatte, nämlich »Ich gieß meine Tomaten nur mit Tucher-Pils und die Dinger werden rot. Außerdem esse ich nix anderes mehr«, war dem *Blick* in diesen versteppten Zeiten doch glatt fünfzig Zeilen wert.

Und nun hatte der allgemeine Sog auch Polizeireporter Bachmann erfasst und mit hinab ins Tal der redaktionellen Bedeutungslosigkeit gezogen. Mord und Totschlag hatten in Nürnberg und Umgebung offenbar eine Auszeit genommen: Alles war ungewöhnlich friedlich.

Missmutig studierte Frank die Faxe, die die Polizeidirektionen von Nürnberg, Erlangen, Schwabach und Ansbach jeden Morgen an die Redaktionen verschickten. Es war fürchterlich, was er da lesen musste: Fahrraddiebstähle, Automatenaufbrüche, Sachbeschädigungen. Außerdem war das Kassenhäuschen am *Stadionbad* geknackt worden. Beute: null. Das Einzige, was Erwähnung verdiente, war eine Vermisstensuche.

Bachmann las die Meldung der Nürnberger Beamten noch einmal:

> ***Suche nach 14-jährigen***
> *(Mit der Bitte um Veröffentlichung eines Fotos.)*
> *Seit Donnerstag wird der 14-jährige Robert Stegler vermisst. Die Eltern erstatteten am späten Freitagabend eine Vermisstenanzeige, als ihr Sohn nicht wie gewohnt um zweiundzwanzig Uhr nach Hause gekommen war. Nachdem die Suche bei Freunden und Verwandten über das Wochenende ergebnislos blieb, bitten wir Sie nun um Veröffentlichung der nachfolgenden Personenbeschreibung und des beiliegenden Fotos. Robert Stegler ist 175 Zentimeter groß und schlank. Er hat kurzes, schwarz gelocktes Haar. Zuletzt bekleidet war er mit einem roten Hemd und hellblauen Jeans. Außerdem trug er weiße Turnschuhe der Marke* Reebok. *Er führte ein silberfarbenes Rennrad mit sich. Wer Hinweise auf den Aufenthaltsort des Vermissten geben kann, soll sich bitte bei jeder Polizeidienststelle oder unter 246765 melden.*

Heute war Montag. Wahrscheinlich ist Robert nur ausgebüxt, überlegte Frank. Vielleicht hatte er Angst vor der Zeugnisvergabe an diesem Freitag. Nein, eine große Geschichte ergab das auch nicht. Und in fünf Minuten war es zehn Uhr. Themenkonferenz. Bachmann würde seinem Chef ›Brocki‹ Brockmüller das kleine Nichts anbieten können. Einen klassischen Nullinger. Hatte er nicht noch eine hübsche Reportage auf Lager? Über die Wasserschutzpolizei zum Beispiel oder die Asservatenkammer? Nein, beide Themen hatte er schon im letzten Sommer verbraten. Auch ein Portrait des Polizeichors wurde durch Wiederholung nicht zwingend besser. Nur gut, dass die lokale Boulevard-

Konkurrenz in Nürnberg auch nichts gebacken bekam. Nichts wäre schlimmer gewesen, als wenn man in diesen Zeiten auch noch von der Konkurrenz gezeigt bekommen hätte, wie man das thematische Death Valley erblühen lassen konnte.

Bachmann lehnte sich in seinem Stuhl zurück und schaute sich um, als könne ihm ein Kollege einen heißen Tipp geben. Es war seltsam still in dem Großraumbüro mit seinen zwei schlecht versorgten Yucca-Palmen. Nur ab und zu bimmelte ein Telefon – und das war es dann auch schon. Die übliche Betriebsamkeit fehlte. Die große Hitze, die seit Wochen über der Stadt brütete, lähmte alles.

Frank sah den Sport-Ressortleiter seufzend aufstehen. Es war Zeit für die Konferenz, die ein Stockwerk über ihnen stattfand. Frank tat es Schnieders nach, nur, dass er etwas lauter seufzte.

»Das ist aber nicht Ihr Ernst, sondern nur ein Scherz, nicht wahr?«, grummelte Chefredakteur Brockmüller zehn Minuten später gereizt. »Ein kleiner Scherz am Montagmorgen. Oder, Herr Schnieders?«

Der Sportler verwinzigte sich auf seinem Stuhl und schwieg.

»Sie wollen allen Ernstes auf Ihrer Seite mit einem Bericht über den baulichen Zustand der Hallenbäder aufmachen? Ich wiederhole: der *Hallen*bäder! Draußen schwitzt der Leser bei dreißig Grad im Schatten, kein Handtuch passt mehr ins Freibad und definitiv niemand interessiert sich für Hallenbäder. Und damit wollen Sie aufmachen?« Brockis Stimme hatte an Wut und Lautstärke zugelegt.

Schnieders murmelte etwas vor sich hin, das nach »ist halt sonst nichts los« klang.

In der Runde sahen alle krampfhaft auf ihre Stenoblöcke oder aus dem Fenster. Nur Bachmann wagte sich vor: »Na ja, so schlecht ist das Thema doch gar nicht. Seit der Stadtrat das Sparprogramm knallhart durchzieht, gehen immer mehr soziale Einrichtungen vor die Hunde.«

Schnieders warf ihm einen dankbaren Blick zu.

Der Chef stöhnte: »Hören Sie doch auf, Herr Bachmann! Ihr Engagement für den Kollegen in Ehren, aber dass das kein Aufmacher ist, dürfte auch Ihnen klar sein. Da wir schon mal bei Ihnen sind: Was ist denn bei der Polizei so los?«

Scheiße, dachte Frank. Eigentor! Er hatte das kleine Nichts auf dem Backblech.

»Ist doch sicher mehr angesagt als beim Sport, oder?«, setzte Brocki nach. Er lächelte Frank an.

Beim Thema ›Hallenbäder‹ halte ich künftig die Klappe, schwor sich der Reporter. »Nun«, hob er an, »erst mal zu den Kleinigkeiten. Da hätten wir einen –«

»Interessiert mich nicht«, schnappte sein Vorgesetzter. »Ich brauche einen Aufmacher. Einen Brüller.«

Frank hob entschuldigend die Hände: »Tut mir Leid.«

Brockmüller wischte sich mit der Hand übers Gesicht, als wolle er die Zornesfalten wegbügeln: »Na klasse. Mensch, verstehen Sie mich doch: Ich muss hier eine Zeitung machen, ein Produkt abliefern, das Kasse macht.«

Frank verstand ihn nur zu gut. Brockmüller stand selbst unter Druck. Und den gab er weiter. Schließlich hingen die Jobs aller davon ab. »Die Beamten bitten uns, das Foto von einem vermissten Teenager zu veröffentlichen.«

»Ist der Knabe wenigstens prominent?«, hakte der Redaktionsleiter ein. Sein Blick richtete sich zur Decke. »Ja – das wäre es: Fußballstar bangt um seinen Sohn. Das wäre guti-gut. Oder: Grundig-Chef weint um den kleinen – wie heißt der Kerl?«

»Robert. Und er ist nicht prominent.«

»Na klasse«, wiederholte Brockmüller. »Da machen wir dann lieber nur zwanzig Zeilen mit dem Foto draus. Also: Die Polizei-Schiene können wir heute auch abhaken, wie es scheint. Haben wir noch eine gute Reportage im Block? Aber kommen Sie mir nicht mit der Wasserschutzpolizei, dem Polizeichor oder der Asservatenkammer!«

Frank schwieg. Er hielt die ›Waffel‹, wie die Franken sagten.

»Weiter im Text«, grummelte Brocki. »Kultur?«

Eine Viertelstunde später war die Stimmung auf dem absoluten Nullpunkt. Keiner der zwanzig anwesenden Redakteure hatte eine Geschichte, die als Aufmacher für die Seite eins taugte.

Brockmüller stierte vor sich hin. Finster meinte er: »Okay. Aus, Ende, Schluss. Vorhang für diese trübe Veranstaltung. Alle raus. Wir sehen uns um vierzehn Uhr wieder. Und dann will ich eine Top-Story haben.«

Das große Stühlerücken begann. Still verließ einer nach dem anderen dem Raum.

»Scheiß Sommerloch«, motzte Heiner. Der Fotograf lief neben seinem Freund Bachmann her.

»Da sagst du was. Komm, erzähl mal einen deiner Blondinenwitze. Mir ist gerade danach.«

Heiner, dem die Kollegen aufgrund seiner nicht unbedingt imposanten Größe den Spitznamen ›kleiner Heiner‹ verpasst hatten, war berühmt für seinen diesbezüglichen, ätzenden und nie versiegenden Humor.

»Och, die sind doch doof«, meinte Heiner allerdings nun.

»Wie bitte? Und das aus deinem Munde? Brennt dir der Hut, oder was?« Sie hatten Bachmanns Schreibtisch erreicht. Frank fläzte sich auf die Kante.

»Ich finde sie, ehrlich gesagt, reichlich primitiv«, verteidigte sich der Fotograf.

Bachmann schüttelte den Kopf. Wenn schon Heiner keine Blondinenwitze mehr vom Stapel ließ, dann musste in diesem Tag tatsächlich der Wurm drin sein. »Wirklich? Das war doch immer dein Lieblingsthema. Außer deinem BMW natürlich.«

»Lass meinen Hobel aus dem Spiel«, verbat sich der Fotograf jegliche Einmischung in sein PS-strotzendes Hobby. »Du bist ja nur neidisch mit deinem rostigen Vierzig-PS-Polo.«

»Der immerhin seit bald zwanzig Jahren prima läuft. Das muss deine Rennsemmel erst einmal schaffen. Aber jetzt im Ernst: Nie mehr Witz in Blond?«

»Genau.« Der kleine Heiner streckte sich, als wäre er besonders stolz darauf.

»Aber warum?«

Der Fotograf wandte sich ab. »Weißt du, das ist so ... Nein, eigentlich ist es nicht der Rede wert.«

»Komm schon, lass es raus. Hast du etwa eine Freundin, die zufällig blond ist?«

»Ich? Ach was.«

»Ein Fax für Sie, Herr Bachmann.« Die Stimme gehörte zu Franziska, der Sekretärin. Sie drückte dem Reporter das Papier in die Hand und ging zum nächsten Schreibtisch. Ein feiner Duft von Parfum blieb zurück.

»Einladung zur Pressekonferenz«, las Frank laut vor. »Zum Thema Jugendkriminalität. Morgen um elf Uhr im Nürnberger Präsidium.«

»Auch kein Brüller«, vermutete der Kollege,

»Abwarten. In diesen Zeiten nimmt man fast alles.«

»Richtig. Ich muss runter ins Labor, 'n paar Bilder entwickeln. Adios!«

»Was ist jetzt mit deiner Blonden?«

Der kleine Heiner antwortete nicht. Er lief behände zu den großen Layout-Tischen, wo der dicke John auf Arbeit wartete. Der ›Speckwürfel‹, wie sie ihn nannten, schob gerade ein Salamibrötchen zwischen die Beißer.

»Irgendwann platzt du«, meinte der Fotograf, als er ihn passierte.

»Aber nein, da ist noch viel verfüllbare Masse«, gab der Layouter friedlich zurück. Er drückte seinen Daumen in den obersten Rettungsring. »Ganz viel, siehst du?«

Doch der Fotograf lief weiter, als sei der Layouter Luft, und verschwand durch die Tür.

»Komisch drauf, der kleine Heiner«, stellte John fest.

»Stimmt, irgendwie anders als sonst.« Bachmann ging zu dem Herrn der Bleistifte hinüber.

John wischte sich den Mund ab. »Wie der schon guckt. So entrückt. Und wie der läuft, der schwebt ja schon fast.«

»Er will keine Blondinen-Witze mehr erzählen, kannst du dir das vorstellen?«

»Dann muss er ernstlich krank sein.« Der Layouter überlegte einen Moment. »Oder verliebt.«

»Hab ich auch schon gedacht. Vielleicht hat er sich in eine Blonde verguckt.«

John lachte. Sein Bauch-Berg begann zu hüpfen. »Heiner verliebt in eine Blondine. Eine herrliche Vorstellung.«

Bachmanns Telefon schrillte. Der Reporter flitzte hin.

Es war der Sprecher der Nürnberger Polizeidirektion, Gruber. »Sie haben mein Fax erhalten?«

»Die Einladung für morgen?«

»Ja. Ich darf doch mit Ihnen rechnen?«

»Wenn nichts dazwischenkommt, sicher. Sagen Sie mal: Dieser Junge, den Sie suchen, aus welchem Milieu stammt der?«

»Nicht Auffälliges, weder nach oben noch nach unten. Der gesunde Durchschnitt, wenn Sie so wollen.«

»Schulische Probleme?«

»Da bin ich überfragt. Ich führe die Ermittlungen ja nicht.«

»Schon klar. Dachte nur, dass Sie etwas gehört hätten.«

Hatte Gruber nicht. Mit der Bitte, dass der *Blick* das Foto des Jungen veröffentlichte, verabschiedete sich der Sprecher.

Frank ging in sich: Außer dem Meldungszeug hatte er heute wirklich nur diese zwanzig Zeilen über Robert zu formulieren. Die schrieb er in zehn Minuten. Das war einfach nur noch peinlich. Vielleicht sollte er zu den Eltern fahren, um mehr Informationen über das Kind zu bekommen. ›Fleisch an die Geschichte‹, wie die Journalisten sagten. Dafür brauchte er grünes Licht von Brockmüller, den er jetzt aber lieber nicht ansprechen wollte. Außerdem konnte er sich die Antwort ausmalen: »Nein, schwache Geschichten werden nicht unnötig aufgeblasen. Wenn wir über jeden Ausreißer siebzig Zeilen machen, können wir die Bude hier absperren und den Schlüssel in die Pegnitz pfeffern.«

Nein, es war sinnlos. Bachmann begann, die zwanzig Zeilen zu formulieren.

3.

Dieters Augen waren zwei schmale Schlitze. Der Modellathlet mit dem fast kahlrasierten Schädel lehnte an einer Litfasssäule und beobachtete die alte Frau, die gerade das Bankhaus an der belebten Münchner Straße verließ. Sie ging vornübergeneigt, die Handtasche eng an den hageren Körper gepresst. Die Frau wirkte klapprig, sie brauchte einen Stock.

Ideal.

Dieter checkte die Lage. Alles lief nach Plan. Genau, wie es sein Vater Felix Bruhn ausgespäht hatte. Die Frau erreichte die Fußgängerampel und wartete, bis es grün wurde. Dann tippelte sie auf die andere Seite.

Der Athlet nickte zufrieden. Die Alte ging ihren üblichen Weg. Sehr gut. Bloß keine Extratouren heute.

»Was machen wir jetzt, Dieter?«, flüsterte Jakob unsicher. Er stand hinter seinem Partner und knabberte an den Fingernägeln. »Sollen wir etwa gleich hier –«

»Nenn mich nie wieder Dieter, verdammte Scheiße.«

»Ja, pardon. Diabolo.« Der Name klang wie ein mieser Witz. Aber nur in den Ohren derer, die Dieter nicht kannten.

»Genau. Und jetzt sei still. Komm.« Diabolo stieß sich von der Säule ab und schlenderte der Frau hinterher.

Jakob hielt sich dicht bei ihm. Ein leichtes Jagdfieber hatte ihn gepackt, gemischt mit Furcht.

Die Rentnerin bog in eine Nebenstraße ein. Die beiden 15-jährigen folgten ihr mit etwas Abstand. Sie erreichten die Grünanlage *Luitpoldhain*. Zwei junge Mädchen radelten ihnen entgegen. Ein feister Mann führte seinen Schäferhund spazieren. Hinter einer Hecke erklang Kinderlachen.

Mein Gott, es waren so viele Leute in diesem Park, durchfuhr es Jakob. Unmöglich, hier zuzuschlagen. Er warf einen Seitenblick auf Diabolo. Der wirkte völlig cool. Kein Wunder, Dieter hatte es auch schon öfter gemacht. Jakob hatte heute Premiere. Diabolos Bewegungen glichen in ihrer Geschmeidigkeit der einer Katze. Jakob beneidete ihn. Er selbst wirkte immer eher ungeschickt.

Der Weg wurde schmaler. Die alte Frau blieb stehen, rieb sich die Hüfte.

Auch Diabolo und Jakob stoppten. Dieter tänzelte auf der Stelle. 185 Zentimeter geballte Kraft. Er schien es kaum erwarten zu können. Jagdzeit.

Die Frau setzte sich wieder in Bewegung. Ihr Stock machte jedes Mal »tack«, wenn er den asphaltierten Boden berührte.

Eine Stahlspitze, der Stock hat eine verdammte, harte Stahlspitze, folgerte Jakob.

Büsche engten den Pfad weiter ein.

Diabolo rammte Jakob den Ellenbogen in die Seite: »Jetzt!«

»Was, hier?«

»Mach hin, du Pfeife. Die gehört dir«, zischte Diabolo.

Die Hatz begann. Jakob rannte los, lautlos auf Turnschuhen. Er sah den gebeugten Rücken der Frau, die grauen Haare unter dem altmodischen Hütchen, den Stock – tack – und die Tasche. Die Tasche mit dem Geld! Die Rente für den ganzen Monat, wie Felix herausgefunden hatte. Bereits im Rennen streckte Jakob die Hand nach der Beute aus. Er glaubte, Diabolos argwöhnischen Blick zu spüren.

Nur noch drei Meter trennten Jakob von der Rentnerin, als er auf einen dürren Ast trat. »Knacks!«

Die Frau fuhr herum. Ihre Augen weiteten sich, der Mund klappte auf, ein Schrei gellte. Gleichzeitig igelte sie sich instinktiv ein, presste die Tasche noch enger an ihren Körper.

Jakobs Griff nach dem Geld scheiterte, er erwischte nur einen Ärmel der Bluse. Der Junge riss, zerrte daran.

»Hilfe!«, schrie die Frau.

Jakob packte noch fester zu, zog nun mit beiden Händen ruckartig an dem Arm.

Die Frau verlor das Gleichgewicht, fiel hart auf den Boden, der rechte Unterarm brach. Doch die Tasche hielt sie verbissen fest. Ihre Schreie wurde lauter.

Jakob geriet in Panik. »Lassen Sie doch los. Bitte!« Er flehte fast.

In diesem Moment rempelte ihn Diabolo zur Seite. Blitzschnell war er über der Frau. Es folgte eine Serie dumpfer Schläge, die Schreie verebbten, die Tasche flog zur Seite.

Jakob hob sie auf. »Ich hab sie!«, kreischte er. »Lass uns abhauen.«

Diabolo schlug und trat weiter auf die am Boden liegende Frau ein.

»Was machst du da? Bist du bekloppt? Du bringst sie ja um! Hör auf!«, brüllte Jakob. Plötzlich spürte er eine kräftige Hand hinten am Hals.

»Hab ich dich, du mieser, kleiner Räuber!« Ein Jogger hatte ihn am Wickel. »Polizei! So ruf doch jemand die Polizei, schnell. Hier sind –« Weiter kam er nicht. Seine Lippen platzten unter einem gewaltigen Schlag.

Diabolo! Innerhalb von Sekunden hatte er sich von der Frau gelöst und attackierte jetzt den Mann. Der Jogger taumelte zurück. Blut spritzte auf sein Sportdress. Dieter setzte nach und fällte den Jogger mit einem Tritt unter die Kniescheibe. Dann kritzelte er mit einem Stück Kreide eine Fünf auf den Weg. Er schien einen Moment nachzudenken. Schließlich malte er auch eine Zwei daneben.

Jakob verfolgte das mit ungläubigem Entsetzen. Das war nicht geplant gewesen. Es hatte ein kleiner Handtaschenraub werden sollen, mehr nicht. Aber die Sache war aus dem Ruder gelaufen. Und er hatte Schuld daran. Warum war er nur so ungeschickt? Diabolo hätte die Beute garantiert blitzschnell ergattert. Die Tasche zitterte in Jakobs Händen.

Die Frau begann, leise zu wimmern.

Wieder wurde Jakob gepackt, diesmal von Diabolo, der ihn mit sich fortzog. »Lass bloß die Tasche nicht fallen. Du hättest fast alles vermasselt. Felix hätte dich in Stücke gerissen.« Diabolo sagte das ohne jede Spur von Aufregung oder Wut. Er stellte das einfach fest, sachlich und kühl.

Jakob ließ sich führen, unfähig, dagegen aufzubegehren.

Bachmann schob sich in den Konferenzraum des Nürnberger Polizeipräsidiums in der Schlotfegergasse. Er sah Kollegen von den privaten Hörfunk- und TV-Stationen. Das örtliche Szeneblatt war genauso vertreten wie der *Bayerische Rundfunk* mit einem Kamerateam. Es war erstaunlich viel los für einen solchen Routinetermin. Offenbar war der *Blick* nicht das einzige Medium, das ins Sommerloch gestürzt war. Was stand schon groß an? Neue Fakten zum Thema Jugendkriminalität. Na ja. Gestern hatten sie sich beim *Blick* mit einem äußerst müden Politik-Aufmacher in den heutigen Dienstag gerettet. Einem FDP-Vorwurf zufolge sollte ein Vertreter der SPD zu Unrecht im Stadtrat sitzen, weil er seinen Erstwohnsitz angeblich nicht in Nürnberg, sondern im benachbarten Fürth habe.

Skandal um SPD-Stadtrat: Muss er seinen Hut nehmen?, formulierte Brockmüller die Headline. »Wenigstens die Überschrift ist guti-gut!«, hatte er geknurrt. »Wenn ihr mir morgen wieder so einen Käse serviert, mache ich daraus ein Fondue, schmeiße eure gut abgehangenen, lauwarmen Geschichten da hinein, rühre den faden Brei einmal durch, bitte euch alle an den Tisch, serviere euch den halb garen Schlamm – und nehme meinen Hut.«

Bachmann setzte sich neben einen Redakteur der *Nürnberger Nachrichten*, mit dem er ein paar Nettigkeiten über die bescheidene Nachrichtenlage austauschte. Stenoblöcke und Kulis landeten auf den Tischen. Die Radio- und Filmleute richteten ihre Mikros aus. Scheinwerfer flammten auf. Dann kehrte eine erwartungsfrohe Stille ein.

Drei Minuten verstrichen, bis Hauptkommissar Erich Neutzel und Pressesprecher Gruber hereinschneiten. Sie platzierten sich vor den Mikrofonen.

Gruber, wie üblich in einen eleganten, dunkelblauen Anzug gekleidet, ergriff als Erster das Wort: »Meine Damen und Herren, ich begrüße Sie zu unserer Pressekonferenz und darf mich für Ihr zahlreiches Erscheinen bedanken. Wie Sie der Einladung entnehmen konnten, dreht es sich heute um das Thema Jugendkriminalität. Unter diesem Begriff werden alle Straftaten subsumiert, die von Personen unter 21 Jahren begangen werden. Die leider beunruhigende Zunahme von Delikten, die dieser Altersgruppe zuzuschreiben sind, macht unser heutiges Treffen nötig. Über die aktuelle Entwicklung in unserer Stadt möchte Sie jetzt Hauptkommissar Neutzel, der zuständige Sachgebietsleiter für Verbrechensbekämpfung, informieren.« Gruber lehnte sich zurück, zufrieden mit seiner Ansage.

Neutzel trug Uniform. Nichts passte zu ihm mehr, zumindest auf den ersten Blick, fand Frank. Kerzengerade saß der Hauptkommissar auf seinem Stuhl, den Rücken durchgedrückt, die Augen fest auf einen Punkt hinter der Reporterschar an der Wand gerichtet. Jeder Zoll an ihm wirkte korrekt und keimfrei sauber. Doch Bachmann wusste es besser. Neutzel war ein leidenschaftlicher Zocker. Wenn der Mann ein Kartenspiel sah, war er verloren. Frank mochte ihn. Neutzel passte in keine Schublade.

»Bevor ich auf die Zahlen der ersten beiden Quartale des Jahres zu sprechen komme«, hob der Beamte an, »werde ich Ihnen von einem neuen Fall berichten, der sich erst vor etwa eineinhalb Stunden ereignete. Die beachtliche Rücksichtslosigkeit, mit der die beiden offenbar minderjährigen Straftäter im Luitpoldhain vorgingen, macht die Dringlichkeit unserer Zusammenkunft deutlich, weil es sich wegen dieser Brutalität um eine für unsere Stadt neue Dimension handelt.«

Bachmanns Kuli machte sich an die Arbeit.

Der Kommissar listete die Fakten auf. Eine 72-jährige Rentnerin hatte bei einem Handtaschenüberfall drei Frakturen an den Armen und eine Gehirnerschütterung erlitten. »Obwohl die Frau bereits am Boden lag, wurde sie weiter mit Schlägen und Tritten traktiert«, führte der Polizist aus. »Sie liegt mit schweren Verletzungen im Südklinikum und ist noch nicht vernehmungsfähig. Erhebliche Gesichtsverletzungen wurden auch einem Zeugen zugefügt, der die Täter stellen wollte. Seinen Angaben zufolge muss einer der Täter ein Kampfsportler sein. Auch der Zeuge musste ins Krankenhaus zur ambulanten Behandlung verbracht werden.«

Frank verzog das Gesicht, als hätte er auf eine Chili-Schote gebissen. *Verbracht* – typisches Polizistendeutsch. Das wurde nur noch durch *Gliedvorzeiger* – kurz GVZ – übertroffen. Dennoch: Sein Interesse war geweckt. »Können Sie etwas zur Identität der Täter sagen?«, hakte er ein.

»Leider noch recht wenig. Wie ich schon bemerkte, ist die Rentnerin nicht vernehmungsfähig. Die Aussagen des Mannes sind vage. Demnach war der eine Täter – ich will ihn hier einmal den Kampfsportler nennen – über einhundertachtzig Zentimeter groß und sehr kräftig. Er hatte außerdem extrem kurze Haare. Das Opfer schätzt ihn auf etwa zwanzig Jahre. Der andere Täter war deutlich kleiner, etwa einhundertsiebzig Zentimeter groß und höchstens fünfzehn Jahre alt, so der Zeuge.«

»Wie hoch war die Beute?«, wollte eine TV-Reporterin wissen.

»Ein vierstelliger Betrag.«

»Können wir das bitte etwas konkreter haben?«

»Nein. Wir wollen nicht zur Nachahmung ermutigen, indem wir die zu erwartende Beute bei derartigen Überfällen beziffern. Bitte haben Sie dafür Verständnis. Bei beiden Tätern scheint es sich im Übrigen um Deutsche zu handeln.« Neutzel zog einen Stapel Papier hervor: »Und jetzt komme ich zur Statistik.«

Die Entwicklung war in der Tat »Besorgnis erregend«, wie es der Beamte nannte. Jede vierte Straftat in Nürnberg wurde bereits von einem Jugendlichen begangen. »Dabei liegt der Anteil dieser Altersgruppe an der Gesamtbevölkerung bei lediglich zwölf Prozent«, erläuterte der Beamte. Im Vergleich zu den beiden ersten Quartalen des Vorjahres hatte die Zahl der jugendlichen Tatverdächtigen um über zehn Prozent auf knapp 2500 zugenommen. »Besonders beunruhigend ist die Situation bei den strafunmündigen Jungen und Mädchen unter vierzehn Jahren: Hier haben wir sogar ein Plus von zwanzig Prozent gegenüber 1996 und sogar von neunundsechzig Prozent gegenüber 1993«, führte der Polizist aus. Mit gerunzelter Stirn ging er auf die verschiedenen Delikte ein: »Überproportional vertreten sind die Personen unter einundzwanzig Jahren bei Straßenraub mit achtundsechzig Prozent, Straßendiebstahl mit vierundfünfzig Prozent und einfachen Diebstählen mit vierunddreißig Prozent. Besonders zu schaffen macht uns derzeit eine Clique von Zehn- bis Sechzehnjährigen in der Südstadt. Sie gehen kaum zur Schule, treffen sich am Bahnhof, am Aufseßplatz oder in der Wölckernstraße. Manchen in der Gruppe schreiben wir bis zu zwanzig Delikte allein in den ersten sechs Monaten des Jahres zu. Darunter sind Beispiele erschreckender Aggression. Andere Jugendliche, meist Schüler, werden mit Eisenstangen oder Messern bedroht, um sie auszurauben.«

Bachmann schrieb eifrig mit. Das Thema ließ sich gut an. Die trockene Statistik könnte er mit dem aktuellen Fall der Rentnerin würzen. Er nahm sich vor, den Tatort unter die Lupe zu nehmen. Es sollte doch möglich sein, den Weg der Frau zurückzuverfolgen. So konnte er vielleicht einen szenischen Einstieg wählen. Außerdem musste er noch einen Psychologen an die Strippe bekommen zu den Themen: Warum wird unsere Jugend immer brutaler? Warum sinkt die Hemmschwelle? Welche Rolle spielt Jugendarbeitslosigkeit, welche das Elternhaus, welche das Fernsehen, welche die zunehmende Verarmung? Bachmann notierte sich seine Ideen stichwortartig. Das Thema ergab locker siebzig Zeilen, eignete sich seiner Meinung nach als Aufmacher auf der ersten Lokalseite.

»Welchen Anteil haben Ausländer laut Ihrer Statistik?«, wollte ein Fernsehredakteur wissen.

»Wie in anderen Großstädten auch schließen sich in Nürnberg Jugendliche ganz unterschiedlicher Herkunft zusammen«, holte der Fachmann aus. »Es gibt jedoch zwei Besonderheiten bei uns: eine Gruppe von Türken und eine von Russlanddeutschen. Die versuchen wir auseinander zu halten, um Konfrontationen zu unterbinden. Generell aber gilt: Ausländerkinder schlagen in der Nürnberger Kriminalstatistik nicht stärker zu Buche als ihre deutschen Altersgenossen. Unter den Deutschen fällt eine Gruppe von hundert gewaltbereiten Skinheads immer wieder auf. Von denen sind drei Dutzend als Rechtsradikale zu bezeichnen. Etwa hundert Mann stark ist auch die Nürnberger Hooligan-Szene. Da sie uns allerdings bekannt sind, kommt es so gut wie nie zu Schlägereien mit Anhängern anderer Fußballclubs.«

Der Kommissar drang immer tiefer in das Zahlengestrüpp seiner Statistik ein und Bachmann schaltete allmählich ab. Verstohlen linste er auf seine Uhr. Es war noch nicht einmal halb zwölf – Zeit satt.

Endlich senkte Neutzel seine Stimme und legte das letzte Blatt zur Seite. »Ich darf mich für Ihr Kommen bedanken«, schloss er. »Wenn noch Fragen offen sind ...«

»Eines darf ich vielleicht noch ergänzen«, meldete sich Polizeisprecher Gruber zu Wort. »Es geht um den brutalen Fall von heute früh. Die beiden Jugendlichen hinterließen am Tatort einen Hinweis, den wir bisher noch nicht entschlüsseln konnten. Sie malten mit Kreide eine Zwei und eine Fünf auf den Boden. Es ist nicht das erste Mal, das solche Zahlen im Zusammenhang mit Straftaten auftauchen. Daher wollen wir Sie von der Presse bitten, folgenden Aufruf an Ihre Leser, Zuhörer und Zuschauer zu richten: Wer hat Jugendliche beobachtet, die solche oder ähnliche Zahlen malten? Das könnte uns weiterbringen.«

Jetzt ging's los. Eine Frage nach der anderen zielte auf die rätselhaften Zahlen ab. Doch so sehr die Presse auch bohrte, es gab keine weiteren Informationen. Neutzel und Gruber hatten schlicht und ergreifend keine oder wollten sie nicht herausrücken.

Nachdenklich verließ Bachmann die Pressekonferenz. Auf dem Vorplatz des Präsidiums tippte er Brockmüllers Nummer in sein Handy und gab die Fakten durch. Der Chef genehmigte ihm sechzig Zeilen.

»Falls Sie das Rätsel um diese Zwei und Fünf knacken, machen wir achtzig Zeilen Haupttext draus«, fügte er hinzu. »Daneben stelle ich zwei Info-Schienen à zwanzig Zeilen. Da gehört der Statistik-Kram rein und der O-Ton des Psychologen.«

»Nur je zwanzig?«, wagte Frank Widerspruch.

»Zahlen sind nicht wichtig, erst die Geschichte dahinter macht die Materie anschaulich. Das wissen Sie doch. Und was den Psycho-Mann angeht: Ich habe noch keine Aussage von so einem Blubber-Bären gelesen, die sich nicht auf zwanzig edel geschnitzte, guti-gute und vor allem allgemein verständliche Zeilchen eindampfen ließe. Wenn Sie da die intellektuelle Redundanz, das ganze Gelaber und diese unsäglichen Allgemeinplätze abspecken, bleibt höchstens ein Zehntel übrig. Wir wollen den Leser ja nicht langweilen. Ich sag Ihnen: Etwas richtig Neues kommt aus der Ecke doch gar nicht mehr.« Die Idee schien Brocki zu gefallen. »Wissen Sie was, Herr Bachmann: Eigentlich würden sogar zehn Zeilen für den Psychologen reichen, oder?«

»Nein! Das glaube ich nun wirklich nicht!« Es war ohnehin undankbar, einen Experten aufzustöbern, auszuhorchen und nach aufwendigen Recherchen zwanzig Zeilen zu schreiben. Aber zehn! Diesen Fachmann brauchte Frank nie wieder anzurufen. Der fühlte sich hundertprozentig auf den Arm genommen, wenn man ihn eine halbe Stunde gratis löcherte und er dann am nächsten Tag schlappe zehn, grob vereinfachte Zeilen von seinem Statement las. Brockmüller sah das anders, wie Bachmann wusste. Er vertrat den Standpunkt, dass der Experte froh sein konnte, wenn man ihn überhaupt namentlich erwähnte. Eine bessere Werbung konnte er schließlich nicht bekommen.

»Wir sollten es bei den zwanzig lassen«, beeilte sich Bachmann zu sagen. Wenigstens bei denen, fügte er im Geiste hinzu

»Sehen Sie. Klappt doch. Bis später.« Brocki legte auf. Glatter Punktsieg. Er rieb sich die Hände.

Bachmann war sauer. Er stieg am Weißen Turm in die U-Bahn und fuhr in die Redaktion, die in der Nähe des Hauptmarktes lag.

Vor dem Labor fand er den kleinen Heiner. »Dich brauche ich. Zwei Teenies haben einer Oma übel mitgespielt. Ein brutaler Raub. Ich will ihren Weg verfolgen. Die Jungs haben nämlich eine markante Visitenkarte hinterlassen: Sie haben eine Fünf und eine Zwei aufs Pflaster gepinselt.«

»Komisch. Egal, ich bin dabei. Aber nur, wenn wir mit meinem Wagen fahren.« Den Fotografen kostete es größte Überwindung, in Bachmanns Kleinwagen einzusteigen.

»Das erinnert mich an etwas: Du kennst doch garantiert einen Psychologen.«

»Ich, wieso?«

»Ach, war nur so eine Vermutung. Du bist in der letzten Zeit so anders, so –«

»Gestört, oder was? Bei dir ist wohl der TÜV abgelaufen, du Haubentaucher!«, brauste Heiner auf.

»Nein, nicht gestört, aber vielleicht verstört im Sinne von – hm, sagen wir – verliebt?«

»Verdammt! So ein Schwachsinn. Na ja, obwohl ...« Der Fotograf sah den Kollegen hilflos an. »Dir kann ich ja sowieso nichts vormachen, Frank. Also gut: Es gibt da jemanden.«

Der Polizeireporter legte einen Arm um Heiners Schultern und bugsierte ihn Richtung Kantine. »Das musst du mir erzählen.«

»Na gut. Und im Ernst: Ich kenne wirklich einen Psychologen. Der ist ein Kumpel von mir. Ich kann dir seine Nummer geben.«

»Fein. Aber lenk nicht ab. Jetzt reden wir erst einmal ein bisschen über dich.« Frank freute sich für seinen Freund. Der kleine Heiner hatte in der Liebe immer zu den Pechvögeln gehört.

»Zwei Piccolo«, bestellte Bachmann bei der Kantinenpächterin. Er schob den Fotografen zu einem kleinen Tisch am Fenster und drückte ihn auf einen Stuhl. »Jetzt wird ausgepackt. Name, Alter, Größe, Maße.«

Heiner wand sich. Aber nach und nach konnte ihm Frank alles entlocken: Monika Strasser hieß die Auserwählte. Sie war Ende dreißig, geschieden, hatte einen Sohn und verdiente offenbar ein Heidengeld als Anwältin. Und sie war blond.

»Kein normales Blond«, schwärmte Heiner. »Sondern eher ein Gold.«

»Ah ja«, erwiderte sein Gegenüber gedehnt. Den Kollegen schien es wirklich voll erwischt zu haben. Sie ließen die Sektgläser aneinander klirren. »Glückwunsch!«

Der Fotograf war jetzt nicht mehr zu bremsen. Ohne Punkt und Komma erging er sich in allen möglichen Details über seine Traumfrau.

Nach einer halben Stunde gelang es Frank, ihn daran zu erinnern, dass Arbeit auf sie wartete. »Auf der Fahrt kannst du mir ja noch mehr über sie erzählen. Ich bin wirklich gespannt.«

Das Ablaufen des Weges, den die alte Dame gewählt hatte, erwies sich schwieriger als gedacht. Zwar fanden die beiden Journalisten sofort das Geldinstitut, das Heiner fotografierte. Aber im Park standen sie vor einem Problem. Drei Wege führten vom Eingang in unterschiedliche Richtungen.

»Und jetzt?«, fragte Heiner.

Bachmann zuckte mit den Schultern und begann, Passanten zu befragen. Niemand hatte etwas gesehen. Weder die Opfer noch die beiden Jugendlichen waren jemanden aufgefallen.

»Tja, dann müssen wir die Wege ablatschen. Nimm du den rechten, ich den linken. Wenn's der mittlere ist, fangen wir von vorne an.«

»Langsam. Erst wetten.« Heiner ließ die schwere Fototasche von der einen auf die andere Schulter wandern.

»Gut. Um was?«

»Piccolo?«

»Piccolo.«

Sie trennten sich.

Frank schlenderte seinen Pfad entlang. Auch heute war es wieder unerträglich schwül. Bachmann freute sich auf sein Zuhause. Im ländlichen Pleinfeld, fünfzig Kilometer südlich von Nürnberg malerisch am Großen Brombachsee gelegen, war die Luft wesentlich besser.

Dem Reporter fiel die Verabredung mit seinem besten Freund, Professor Dr. Wilhelm von Schlierenberg ein. Den kannte und schätzte er schon seit ihren gemeinsamen Studientagen an der Münchner Uni, wo sie sich zu Diplom-Journalisten hatten ausbilden lassen. Willy wollte heute Abend mit ihm im Biergarten Tipp-Kick spielen. Prima Sache. Frank nahm sich vor, die Sache hier zügig zu Ende zu bringen. Sein Handy rührte sich.

»Ich bin's, Heiner. Stell schon mal den Piccolo kalt. Ich habe die Zahlen gefunden.«

»Also, mich macht das irgendwie doch nicht so recht an«, mäkelte Brockmüller später in der Redaktion. Er starrte auf den Monitor, seine lange Nase berührte fast das Glas. Um ihn herum standen Bachmann, Heiner und Brockis rechte Hand, der Chef vom Dienst – kurz CvD – Jürgen Rollmann. »Ich weiß nicht, wie wir diese zwei Zahlen in einer zündenden Zeile verkaufen können. Hat jemand eine Idee?«

»Jugendbanden-Terror erreicht neuen Höhepunkt: Teenies schlugen mit enormer Brutalität zu«, kam es von Rollmann.

Der Chef schüttelte sich: »Nein. Das Wort Jugendbanden-Terror ist zu lang. Enorme Brutalität ist völlig abstrakt.«

Der CvD blies die Backen auf.

Bachmann wagte sich vor: »Oma geschlagen und getreten: Unsere Kinder werden immer brutaler.«

Brockis Augen begannen zu leuchten: »Schon besser. Aber die Zahlen sind nicht mit drin. Die müssen wir irgendwie noch mit verbraten.«

»So lange wir nicht wissen, was die Zahlen bedeuten, wird das schwierig«, wandte Heiner ein.

Der Boss ließ sich in seinen Stuhl zurückfallen. Die Rückenlehne ächzte bedrohlich. »Das ist leider richtig. Aber das Rätsel werden wir heute kaum lösen. Also geben wir dem Ding einen Sinn und einen Name. Eine *Schlagzeile.*« Er richtete die Augen zur Decke.

Seine drei Mitstreiter wussten, was dies bedeutete: Schnauze halten, der Boss denkt nach.

Brocki verweilte mehrere Minuten in den höheren Sphären, dann kehrte er zurück. »Ich habe sie«, verkündete er feierlich. »Ich habe eine Headline. Eine guti-gute Headline.«

Die drei Assis lauschten ergriffen.

»Als Hauptzeile nehmen wir das: ›Die teuflischen Zwei – sie kennen keine Gnade.‹ Und dann kommt die erklärende

Unterzeile: ›Oma geschlagen und getreten – ganze Rente weg.‹ Wie finden Sie das?«

Es gab keine Proteste, obwohl Bachmann die Headline nicht besonders zusagte. Es fehlte die Fünf darin. Aber im Gegensatz zu Brocki maß er der Überschrift nicht so eine große Bedeutung bei.

»Daneben stellen wir die beiden Info-Kästen mit der Statistik und der Analyse von dem Psycho-Doc«, fuhr der Chef fort. »Haben Sie einen aufgetrieben, Herr Bachmann?«

»Ich weiß einen, der uns alles verklickert«, sprang Heiner ein. »Den können wir jederzeit anrufen.«

So war es. Frank bekam die gewünschten Auskünfte. Als der Redakteur auflegte, war er froh, dass er nur zwanzig Zeilen aus dem Gespräch zu machen hatte. Der Psychologe hatte die zunehmende Gewaltbereitschaft nämlich mit dem zurzeit trendigen Satz erklärt, dass zu hoher Konsum von Gewalt-Filmen zu einer Abstumpfung beziehungsweise Verrohung führe.

Bachmann ließ die Finger fliegen. Der Raum unter Brockmüllers Überschrift füllte sich rasch. Um achtzehn Uhr hatte Frank seine drei Artikel fertig. Den von der Polizei gewünschten Aufruf an die Leser packte er in den Haupttext.

Dann schrieb er noch einige Kurzmeldungen, bevor er die Polizeidirektionen ein letztes Mal telefonisch abklapperte, ob sich am Nachmittag noch etwas ereignet hatte.

Es war immer noch heiß. Der Reporter hatte beide Seitenscheiben des roten VW heruntergekurbelt. Im Stau, der sich wie üblich *An den Rampen* – dem Zubringer zur Autobahn – gebildet hatte, nützte das herzlich wenig. Der Polo mochte keine Staus. Sein alter Motor brauchte den kühlenden Fahrtwind, sonst begann er schnell zu kochen. Warum hatte die Karre bloß keine Temperaturanzeige, fragte sich der Redakteur bestimmt zum tausendsten Male. Meter für Meter schob er sich nach vorn. Der Wagen verabschiedete ein paar ungesunde Bäuerchen, packte es aber bis auf die Autobahn. Frank beschleunigte auf Tempo hundert, schaltete das Radio ein und lauschte dem Lokalsender *Radio 8*, der aus Ansbach sein pfiffiges Programm sendete.

Unterwegs bewölkte es sich. Auf der Höhe von Roth fielen die ersten schweren Tropfen. Ein Gewitter donnerte herab. Die Wischer des VW radierten und schmierten über unzählige Fliegenleichen. Der Reporter griff zum Handy: »Hallo, Willy, den Biergarten können wir wohl abschreiben.«

»Leider. Wie wär's mit einem Besuch bei der Zilli?«

»Gute Idee. Ich bin in etwa zwanzig Minuten dort.«

Zilli zapfte ihre Biere in einem unscheinbaren Gebäude des abgelegenen Pleinfelder Ortsteils Hohenweiler. *Michaelsklause* hieß der Laden. Die Wirtin, inzwischen jenseits der achtzig, hatte ihn nach ihrem verstorbenen Mann benannt.

Frank stellte den Polo ab und flitzte durch den Regen in die Kneipe. Dichter Zigarettenqualm empfing ihn – und Zilli, die kurz die Hand hob. Ohne groß zu fragen, füllte die Greisin einen Humpen mit Gerstensaft für den Reporter. Der sah sich um. Sechs Resopaltische standen in dem kleinen Raum. Willy saß in seinem Rollstuhl unter einem gewaltigen Foto der Freiwilligen Feuerwehr von Hohenweiler und versenkte seine Nase in einem Bierkrug. Neben dem Bild hing ein etwa ein Meter hoher Jesus. Weiteren Wandschmuck bildeten Teller, die an Wandertage erinnerten.

Bachmann haute seinem Freund auf die Schulter, so dass der sich fast verschluckte: »Hallo, alter Uni-Langeweiler.« Seit einem schweren Autounfall war Willy, der früher als Rathausreporter für den *Blick* geschrieben hatte, an den Rollstuhl gefesselt. Inzwischen lehrte er als Professor für Sozial- und Kommunikationswissenschaften an den Universitäten von Erlangen und München.

»Hallo, elender Witwenschüttler!«, konterte Willy mit dem Spitznamen für Polizeireporter lachend.

»Hast du das Tipp-Kick dabei?«

»Klar.« Von Schlierenberg zog das Tischfußballspiel aus einem Netz an der Rückenlehne des Rollstuhls. Er strich den grünen Spielplan säuberlich glatt und legte den zweifarbigen Ball auf den Anstoßpunkt.

Zilli schlurfte mit Bachmanns Bier heran.

Die Freunde ließen die Krüge zusammenkrachen.

Bevor er trank, meinte Bachmann: »Ich habe heute schon mal angestoßen – rate mal, mit wem?«

Er schaute seinen Freund prüfend an. Von Schlierenberg sah wieder einmal unverschämt gut aus. Braun gebrannt, edelst gekleidet. Unter dem türkisen Seidenhemd zeichneten sich enorme Brust- und Armmuskeln ab. Willy spielte in der ersten Bundesliga der Rollstuhl-Basketballer, hatte mit seiner Mannschaft in der letzten Saison den Meistertitel der Senioren geholt. Aber nicht nur im Sport feierte er Erfolge. An den Lehranstalten war er ein viel gefragter und hoch bezahlter Dozent. Und das, obwohl er die trockene Theorie an sich eher verachtete und den praktischen Journalismus vorzog. Aber im Rollstuhl hatte er in diesem Job kaum Chancen.

Der Professor legte die Stirn in Falten: »Mit deiner Pia? Habt ihr euch etwa verlobt?«

Frank lachte auf: »Nein. Obwohl das außer meiner Sicht sicher eine Überlegung wert wäre.«

»Du hast Recht. So blöd ist Pia aber nicht«, feixte der Professor.

»Lallbacke. Außerdem ist Pia doch im Urlaub. Noch einen Versuch gebe ich dir.«

»Keine Ahnung.«

»Habe ich mir gedacht. Mit Heiner. Der ist total verknallt. Und jetzt kommt's: ausgerechnet in eine Blondine.«

»Ich fasse es nicht.«

»Doch. Es ist die Wahrheit. Anwältin ist sie.« Frank nahm einen Schluck.

»Dann kann er sich seinen umfangreichen Witz- und Zoten-Schatz künftig ans Knie nageln. Sonst verklagt die unseren kleinen Heiner wegen Beleidigung.«

»So ist es.«

»Die Frau muss ich kennen lernen. Mach doch mal etwas aus.«

»Ich kümmere mich darum. Sollen wir anfangen?«

»Okay. Ich nehme den roten Kicker.«

»Nö. Der hat einen besseren Schuss, wie du weißt. Wir losen.«

Willy ließ das kalt. »Von mir aus. Einem Ronaldo ist es schließlich egal, in welchem Wams er die Kirsche in den Winkel zimmert.« Nach dem verquasten Theorie-Gelaber an der Uni liebte er es, in einen lässigen Sport-Slang zu verfallen.

»Halt mal den Ball flach, Willy. Welche Hand willst du?« Bachmann streckte von Schlierenberg beide Arme entgegen. In der linken Hand hatte er den Ball versteckt.

Der Professor tippte auf die falsche Hand.

Mit einem breiten Grinsen schnappte sich Frank die begehrte Figur, die nach beider Ansicht den besseren Schuss hatte. Der wurde durch einen Knopfdruck am Kopf des Spielers ausgelöst. Frank trieb die Kugel schnell in Willys Strafraum.

»Intelligenter Pass«, lobte er sich selbst. Dann überwand er den Torwart mit einem gefühlvollen Heber.

»Was gibt's sonst noch Neues in eurer Zunft?«, knurrte der Professor, während er den Wiederanstoß ausführte.

»Ziemlich mau im Moment. Heute gab es eine Pressekonferenz zum Thema Jugendkriminalität. Das war noch das Interessanteste.«

Willy feuerte einen Weitschuss ab, den Bachmanns Keeper bravourös zur Ecke lenkte. »Bist du heute gedopt? Sonst hältst du die Dinger nie. Weiter im Text: Was war mit den Jugendlichen?«

»Eigentlich ging es nur um Statistik. Zunahme und so weiter. Aber dann gab es sogar einen aktuellen Aufhänger. Eine brutale wie mysteriöse Sache.«

Von Schlierenberg blickte auf: »Mysteriös?«

»Ja. Zwei Jugendliche haben eine Rentnerin misshandelt, ihre Handtasche geklaut und dann eine Zwei und eine Fünf auf den Boden gemalt. Könnte ein eine Art Duftmarke sein, ein Zeichen, vermute ich mal.«

Willy schob den Ball in Bachmanns Strafraum. »So – eine Zwei? Oder eine Drei?«

»Habe ich doch gesagt. Versuch bloß nicht, mich ab-«

Zu spät. Der Ball zappelte unten rechts im Netz.

Von Schlierenberg rieb sich die Hände: »Ausgleich, mein Freund. Trockener Böller, flach abgefeuert. Regelrecht reingestanzt, wenn du so willst.«

»Das war fies. Du hast mich abgelenkt«, empörte sich Bachmann.

»Du sollst auch nicht quatschen, sondern spielen. Selbst schuld. Prost!«

Der Professor gewann das Match mit 3:2 Toren. »Richtig schön, so ein klassisches Spiel. Aber die Computersachen sind auch heiß«, meinte er.

»Sag bloß, du spielst jetzt mit diesem Zeug?«

»Dieses Zeug, wie du es nennst, ist nicht von Pappe. Da sind ein paar höchst knifflige Sachen dabei. Macht Spaß, sich da durchzuknobeln, Level für Level. Ziemlich aufregend. Ich zeig es dir mal, wenn du magst.«

»Na ja, ich weiß nicht«, argwöhnte Frank.

Ihre Krüge leerten sich. Verlierer Frank hatte die nächste Runde zu bezahlen. Er winkte Zilli, die wie versteinert hinter ihrer kleinen Theke stand und den Raum überblickte. Nichts entging ihr. Sie nickte dem Reporter kurz zu und öffnete den Hahn.

»Noch mal zu deinen Teenies. Die schlagen also jemanden nieder und hinterlassen eine Art Botschaft, richtig?«, fasste der Professor nach.

»Ja. Und das offenbar nicht zum ersten Mal. Die machen das schon länger, nur hat die Polizei die Presse bisher nicht informiert. Vermutlich, weil die Delikte im Vergleich zu dem heutigen Überfall harmlos waren.«

»Hm, sieht ganz so aus. Ich teile deine Meinung, dass es sich bei den Zahlen um einen Geheimcode oder so etwas in der Richtung handeln könnte. Sprayer machen das ja auch ganz gerne. Neben ihren Schmierereien findet sich regelmäßig eine Art Visitenkarte. Die Initialen ihres Künstlernamens etwa. Möglichkeit Nummer zwo und die gefällt mir sogar besser: Die Jungs machen ein Spiel.«

Zilli stellte die Krüge auf den Tisch.

»Danke«, sagte Bachmann zu ihr. Dann wandte er sich wieder Willy zu und flüsterte: »Ein Spiel? Seit wann sind Raubüberfälle ein Spiel?«

»Das kommt auf die Sichtweise an. Straftäter gehen nicht rational vor«, stellte von Schlierenberg fest. »Es könnte doch sein, dass diese Zahlen für etwas ganz Bestimmtes stehen.«

»Jetzt greifst du aber tief in die Symbol-Kiste. Das ist mir zu abgedreht. Da erscheint mir die erste Version plausibler.«

Willy wiegte den Kopf: »Auf den ersten Blick sicher. Gegen Theorie eins spricht aber der Name. Fünf und Zwei sind völlig langweilig, nichts sagend. Schau dir mal andere Bandennamen an. Da findest du ›Tigers‹ oder ›Panthers‹, aber doch keine schnöden Zahlen. Nein, ich glaube, dass es sich um ein Spiel handelt. Du musst nur die Regeln kennen. Dann hast du auch die Täter.«

4.

»Mein Gott, ich werde zu spät kommen!«, jammerte Monika Strasser aus dem Bad. »Jakob, kannst du mir mal die schwarzen Pumps rauslegen? Bitte!«

Genervt legte ihr Sohn den Sportteil des *Blick* zur Seite. Im Schuhschrank fand er vier Paar schwarze Pumps. »Welche?«

»Was meinst du mit: welche? Die schwarzen, das habe ich doch gerade eben gesagt. Mensch, Jakob, ich habe es furchtbar eilig.«

»Hier sind vier verschiedene Paare.«

Die Tür zum Bad flog auf. Jakobs Mutter stürmte heraus. Sie trug ein anthrazitfarbenes, kurzes Kostüm. »Unfug!«, rief sie. »Seit wann habe ich –«

Sie kniete sich neben Jakob, wühlte im Schrank. »Du hast Recht. Entschuldige. Das liegt alles nur an diesem verdammten Stress. Ich werde noch zu spät kommen. Heute passiert es und genau heute kann ich mir das nicht leisten.«

Sie riss das gesuchte Paar heraus und schlüpfte hinein. Vor dem Spiegel zupfte sie einen Fussel vom Kostüm. »Wie sehe ich aus?«, fragte sie.

»Gut. Wie immer.« Jakob setzte sich wieder an den Frühstückstisch. »Isst du nichts?«

»Wo ist mein Aktenkoffer?«

»Mama?«

Die Anwältin stob durch die elegante Penthouse-Wohnung. Unter einem Stapel mit Illustrierten wurde sie fündig.

»Mama?«

»Was ist denn? Lass uns das heute Abend besprechen, mein Schatz. Rufst du mir mal ein Taxi? Das habe ich ganz vergessen.«

Jakob wählte die Nummer. »In fünf Minuten ist der Wagen da«, meldete er.

»Fünf Minuten, erst in fünf Minuten? Die haben wohl einen Vogel. Jetzt kann ich diesen Termin endgültig vergessen.«

»Bleibst du dann hier? Ich meine, wenn das Taxi zu spät kommt?«, fragte ihr Sohn.

»Schön wär's. Nein, ich werde natürlich versuchen, es noch zu schaffen. Am besten gehe ich schon einmal runter vor die Tür. Auf Wiedersehen, mein Kleiner.« Sie hauchte ihm einen Kuss auf die Wange.

»Mama?«

»Ja?«

»Übermorgen gibt es Zeugnisse.«

»Was, schon wieder? Habe ich nicht gewusst. Wie die Zeit vergeht«, lachte sie. »Na ja, aber bei dir muss man sich ja keine Sorgen machen. Deine letzten Noten waren doch prima.«

»Ja, die letzten schon.«

»Fein, bis heute Abend. Ich weiß nicht, wann ich komme. Könnte später werden. Ich bin an der Fakultät noch zu einem Essen eingeladen.« Sie fingerte in ihrer Handtasche, zog einen Zwanzig-Mark-Schein hervor, steckte ihn in Jakobs Hemdtasche. »Hier, kauf dir was, wenn du Hunger hast.«

Der Junge schaute sie mit großen Augen an. Forschend, mit leichter Bitterkeit.

Monika hielt inne. Du hast zu wenig Zeit für deinen Sohn, sagte sie sich. Aber welche Alternative gab es? Wenn sie beruflich nicht am Ball bleiben würde, war es bald vorbei mit der Traumwohnung im Nürnberger Nobelstadtteil Erlenstegen. Nicht jedes Kind hatte ein großes Zimmer, ein nagelneues Mofa und eine sündhaft teure Computeranlage.

»Vielleicht können wir morgen Abend etwas zusammen unternehmen«, meinte sie. »Ins Kino gehen, oder was du möchtest.« Zähe Sekunden verstrichen. »Jetzt muss ich wirklich los.«

»Diesmal ist es wohl etwas anders.«

»Was?«

»Das mit den Noten«, druckste Jakob.

»Ach was, du wirst mich schon nicht enttäuschen, das weiß ich, mein Liebling. Tschüs!«

Du weißt überhaupt nichts, dachte der Sohn.

Über mangelnde Aufmerksamkeit konnte sich Manu in der Villa ihrer Eltern grundsätzlich nicht beschweren. Sie stand im Bad vor dem Spiegel und lackierte ihre langen Fingernägel. Das Mädchen trug ein Seidennachthemd. Die Tür stand einen Spalt offen. Eine Anweisung ihres Vaters. Schönheitschirurg Dr. Franz Walter. Diese Doktrin gab es, seit Manu fünf Jahre alt war. Jede Missachtung wurde derart konsequent bestraft, dass sich bei Manuela ein Automatismus eingestellt hatte.

»Ich will wissen, was in diesem meinem Hause vor sich geht«, pflegte der Vater zu sagen. Durch die offenen Türen verfolgte er alles mit seinen Augen. Im Laufe der letzten Jahre hatte Manus Vater zudem seine Art des Schleichens perfektioniert, die es ihm ermöglichte, lautlos an die Öffnungen heranzugleiten und einen begehrlichen Blick hindurchzuwerfen.

Manu war sich sicher, dass ihr Vater, dieser gottverdammte Spanner, sie in diesem Moment beobachtete. Vermutlich hatte er sich im schräg gegenüberliegenden Raum postiert und linste mit Hilfe einer seiner selbstgebastelten Spiegel-Konstruktionen ins Bad. Das Mädchen kontrollierte den weinroten Lack auf ihrem rechten Zeigefinger. Es gab nichts zu meckern. Hart und fest stand der spitze Nagel.

Manu ließ ihn mit geschlossenen Augen über ihre Unterlippe gleiten. Er fühlte sich an wie eine Glasscherbe. Es kitzelte ein wenig und es machte ihr ein wenig Angst. Eine delikate Mischung. Das Mädchen genoss das Gefühl.

Dr. Walter war barfuß ins Bad geschlichen. Er warf seinen Arme von hinten um seine Tochter und drückte sie an sich: »Was macht meine Püppi denn da?«, wisperte er.

Manu war zu Tode erschrocken. Sie wand sich, doch ihr Vater war zu stark. Wie immer. »Hau ab!«

»Oh, so kratzbürstig heute Morgen?«, lachte der Arzt. Seine Hände glitten in den Ausschnitt des Nachthemdes.

Das Mädchen zappelte und strampelte. Sie roch das Aftershave des Vaters, seine Zahnpasta, die nur er benutzen durfte. Sie spürte seinen Atem in ihren Haaren, fühlte seinen Bart an ihrem Ohr, hörte ihn flüstern: »Komm, Püppi. Ich bin doch dein Daddy. Sei lieb zu Daddy, Püppi.«

Püppi! Die zweite Spezialität des Alten neben der Schleicherei: dumme Ansagen.

»Lass mich los oder ich schreie.«

»Das wirst du nicht, meine Kleine.« Seine rechte Hand verschloss ihr den Mund, während die andere weiter in ihrem Nachthemd unterwegs war.

Manu biss zu. Die Hand verschwand von ihrem Mund.

Dr. Walter stieß die Tochter hart gegen das Waschbecken. »Du Miststück, du kleines gemeines Aas. Sieh her, ich blute.«

Manu drehte sich um, schaute mit hassverzerrtem Gesicht auf die oberflächliche Wunde: »Na und? Hau ab!«

Der Vater holte aus, schlug aber nicht zu. Stattdessen kam er wieder ganz dicht an sie heran, presste sie gegen das Becken. »Nicht in diesem Ton, Püppi. Ich kann auch anders.«

Manu hielt seinem Blick stand. Ihr Vater war ein großer, attraktiver Mann vom Schlag eines George Clooney. Er war reich, erfolgsverwöhnt, einer der unvermeidlichen Promis auf jeder Party der Upper Class.

Und er war ein gottverdammtes Schwein.

»Oh ja, ich weiß. Du kannst noch ganz anders«, zischte die Tochter.

»Gut«, sagte Dr. Walter nur. Dann verließ er endlich den Raum.

Manu beugte sich würgend über das Klo.

Die Mutter hatte von der Szene im Bad nichts mitbekommen. Sich ihr anzuvertrauen, hätte wenig Sinn gehabt. Manu wusste, dass Frau Walter vorbehaltlos hinter ihrem Mann stand. Sie duldete keine Kratzer oder gar Tiefschürfenderes in der nach außen perfekten Familienfassade.

Mit hochgebundenen Haaren, um die sie ein Handtuch gewickelt hatte, lehnte die Mutter an der wuchtigen Theke, die die Küche vom Esszimmer trennte, und löffelte eine Grapefruit aus. Eine ihrer grauenhaften Elvis-CDs lief.

»Ist dein Vater noch nicht fertig?«, fragte die Mutter.

»Mit was?«, gab die Tochter zurück. Sie schnappte sich eine Kiwi und eine Banane von der Anrichte und ließ sie in ihrem Rucksack verschwinden.

»Was soll diese Frage, wie meinst du das?« Der Ton wurde schärfer. »Ich kann deine ständige Anspielungen nicht ausstehen.«

»Ich weiß nicht, ob er fertig ist. Aber etwas anderes weiß ich ganz genau: Heute gibt's Taschengeld.« Manu hielt die Hand auf.

»Frag deinen Vater. Der ist dafür zuständig.«

Manu verdrehte die Augen. Ein Blick auf die Uhr. Ihr Alter müsste jeden Moment angestiefelt kommen, seinen bescheuerten Kakao schlürfen, ein Brötchen mit dieser perversen Orangenmarmelade futtern und dann mit beschäftigter, äußerst wichtiger Miene Abschied von seinen lieben Angehörigen nehmen. Manu versuchte immer, dieser Zeremonie zu entgehen. Heute war das etwas anderes. Zweihundert Mark Taschengeld bekam sie. Es lohnte sich ausnahmsweise, auf den Mann zu warten.

»Uuh, ihr seid ja schon alle fertig!«, rief Dr. Walter vergnügt vom Treppenabsatz. Auf der letzten Stufe blieb er stehen und wackelte mit den Hüften zu den Elvis-Klängen. »Dann bin ich heute wohl der Bummel-Mann, haha!«

Du bist der Spanner- und Grabscher-Mann, dachte Manu.

Federnden Schrittes kam der Bummel-Mann in die Küche.

Mama Bummel-Mann hatte alles für ihn vorbereitet. Sie zog einen Teller aus dem Kühlschrank. Zwei Brötchen mit Orangenmarmelade, na klar! Frau Walter gab ihrem Mann einen Kuss und verabschiedete sich ihrerseits ins Bad. Etwa eineinhalb Stunden würde das umfangreiche Programm an ihrem trotz ihrer knapp 45 Jahre zugegebenermaßen immer noch jugendlichen Körper in Anspruch nehmen.

»Magst du eine Hälfte, Püppi?«

»Taschengeld.«

»Ach, wirklich?« Der Vater biss ins Brötchen. »Das glaube ich nicht.«

»Doch. Heute ist der Erste.«

»Magst du wirklich nichts von meinem Brötchen? Ist gesund.«

»Kohle.«

Blitzschnell war er bei ihr, fasste in ihr Gesicht, drückte es nach hinten: »Nicht dieser Ton. Das habe ich dir gerade schon gesagt.«

»Heute ist der Erste«, beharrte sie.

»Mag sein. Aber was war da im Bad? Was sollte diese zurückweisende Haltung? Auf so was stehe ich nicht.«

Ich auch nicht, dachte Manu, aber sie schwieg lieber.

»Was hast du vorhin gesagt? Dass ich abhauen soll, oder? Und weißt du was – genau das hörst du jetzt auch von mir: Hau ab.«

»Steck dir dein Geld sonst wo hin!«, schrie Manu in das Clooney-Gesicht.

Sie riss sich los und rannte aus dem Haus.

Bachmann drohte in einer Fax-Flut abzusaufen. Auf seinen Artikel über die Jugendkriminalität meldeten sich zwar keine Leser, die etwas beobachtet hatten, aber dafür die fünf wichtigen Fraktionen im Nürnberger Rathaus mit seitenlangen Stellungnahmen. Die CSU verlangte eine härtere Gangart vor allem gegenüber ausländischen Straftätern und eine Herabsetzung der Strafmündigkeit. Die SPD machte für den Trend den »Kahlschlag in der Sozialpolitik« verantwortlich, die Grünen vermissten eine bessere Integration von Ausländern, FDP und Freie Wähler forderten den verstärkten Einsatz von »Schwarzen Sheriffs an sozialen Brennpunkten«.

Frank schloss sich mit dem Politikredakteur Treiber kurz. Sie wollten einen gemeinsamen Artikel über Jugendkriminalität und die politischen Lösungsvorschläge verfassen.

Brocki spendierte ihnen einen Vorspann mit dreißig Zeilen. »Den halten Sie bitte ganz neutral. Nur Fakten. Drunter kommen die Köpfe der Fraktionsvorsitzenden mit je zwanzig Zeilen, in denen sie die Haltung ihrer Partei klar machen.« Der Chef schnalzte mit der Zunge: »Da habe ich doch eine guti-gute Idee: Was halten Sie davon, wenn wir einen Leseraufruf starten? Tenor: Was ist faul an unserer Jugend? Die Leser sollen uns ihre Meinung verklickern. Ja – das ist fein. Wir kommunizieren mit dem Leser. Das liebt der doch. Guti-gut.«

Er schwebte glücklich zu den Layout-Tischen, um mit Speckwürfel John die Seite zu basteln. »Setzen Sie mal die Zeile ab: Was ist faul an unserer Jugend?«

Um dreizehn Uhr verspürte Frank einen gewaltigen Hunger. Keinen gewöhnlichen Appetit, sondern einen ganz bestimmten. Fastfood! Einen feinen Burger. Das gab's in ihrer Kantine nicht und die Pommes erreichten höchstens Mittelmaß. Junk-Food-Experte Bachmann musste heute ausweichen, um seine Essbedürfnisse zu befriedigen.

Der Redakteur marschierte zu *McDonald's* in der Breiten Gasse. Er wählte ein Menü mit zwei Cheeseburgern und einer großen Portion Pommes samt Cola. Mit der fetten Beute ließ sich Frank an einem der Außentische nieder.

Da hatte er ja etwas losgetreten. Beim Thema Jugend und Verbrechen liefen die Politiker zur Höchstform auf. Gerade, weil in diesem Jahr nicht nur Landtags-, sondern auch Bundestagswahlen anstanden. Die Diskussion um die innere Sicherheit und die Arbeitsmarktpolitik würden diese Wahlen entscheiden, vermutete der Reporter. Angst hatte sich breit gemacht in Nürnberg, der einst so potenten Arbeiterstadt, die die Notwendigkeit zum Wandel in eine Dienstleistungs-Metropole lange Zeit überheblich ignoriert und jetzt teuer zu bezahlen hatte. Rekordarbeitslosigkeit wucherte wie ein Geschwür, Existenznot machte sich in weiten Teilen der Bevölkerung breit. Sie wütete längst nicht mehr nur in den klassischen Revieren der Underdogs, sie nagte bereits am Mittelstand. Die Furcht vor dem Absturz vergällte das Klima in der Stadt.

Frank nuckelte gedankenverloren an seiner Cola. Das Essen war kalt geworden.

Auch Polizeimeister Völk befand sich in der Breiten Gasse, an der Seite eines Kollegen namens Schulze, mit dem er seit drei Stunden kein Wort mehr gewechselt hatte. So erging es Völk oft. Man kannte sich zwar seit Jahren, grüßte sich, lief zusammen los, aber hatte sich unterwegs nichts zu sagen. Völk hatte das Gefühl, dass sich jeder davor drückte, mit ihm Streife zu gehen. Wahrscheinlich hatten sie Angst vor ihm. Oder zumindest Respekt. Der Gedanke gefiel ihm. Er galt wohl als unnahbar. Hart, exakt, professionell. Der Polizeimeister legte größten Wert darauf, Privates und Berufliches auseinander zu halten. Nicht, dass sein Privatleben auch nur den Hauch von Interesse hätte wecken können – der ledige Völk lebte mit einer Galerie von Porno-Videos in einer stinkenden Bruchbude des Stadtteils St. Peter – aber es war wichtig, den Blick auf das Wesentliche zu lenken. Und das bestand, mangels Hobbys, einer Frau, geschweige denn einer eigenen Familie oder eines Freundeskreises, aus seinem Job. Ganz anders seine Kollegen. Die schwatzten offenbar am liebsten über die ersten Gehversuche ihres Nachwuchses oder die Zuchterfolge ihrer saublöden Rammler, die sie wochentags in enge Verliese quetschten und am Wochenende über irgendwelche Häsinnen, oder wie immer die hießen, stülpten.

Da ihm keine Ablenkung beziehungsweise Störung seitens des Beamten neben ihm drohte, konnte sich Völk in aller Ruhe der Bestandsaufnahme dieser Breiten Gasse, die er nur die Breite *Gosse* nannte, widmen. Es gab hier keine Hosen-Läden mehr, sondern Jeans-Factories. Belegte Semmeln wurden als Sandwiches verkauft. Die Tiefgeschosse der Kaufhäuser hießen Basement. Original Asia Food wurde neben Döner angeboten, Sonderangebote hießen Occasions, der Urlaub wurde im Travel-Shop gebucht, Rucksäcke und Wanderstiefel gab's im Outdoor-Center, Fahrräder im Biker-Paradise. Warum konnten die nicht deutsch schreiben, in der Sprache, die Völk verstand?

Ein Mann rotzte den Inhalt seiner Nase auf den mit Kaugummi übersäten Asphalt. Ein Türke, glaubte Völk. Ein Ausländer. Ausländer, wohin er auch schaute. Am meisten nervten den Beamten die Kleinen, die Brut der Fremden. Die waren einfach überall und nicht zu fassen. In Völks Augen beleidigten, pöbelten und klauten die Kinder, wann immer sie wollten. Niemand hielt sie auf. Aufgrund ihres Alters waren sie unerreichbar für die deutsche Polizei und Justiz. Der Beamte lud allmählich auf.

Sein schnarchzäpfiger Kollege raffte nichts. Mit einem seligen Lächeln wackelte Schulze durch die Nürnberger Einkaufsmeile, die nach Völks Einschätzung einem orientalischen Basar näher war denn je. Womit tröstete sich der werte Kollege über den ihn umgebenden Schmutz hinweg, woran dachte er? An seinen kürzlich geborenen Sprössling oder an seinen Lieblingsrammler, den er bald über ein anderes Langohr schicken würde, um ein neues Gesprächsthema zu zeugen? Neue Wesen mit großen Ohren und einwandfreiem Stammbaum! Mit exaktem Lebenslauf und exakter Herkunft! Sauber.

Völk heftete seine Augen auf einen Bettler, der an dem kleinen Wasserspiel vor dem *Kaufhof* saß. Der war ja fast noch ein Kind. Vielleicht dreizehn oder vierzehn. Der Junge hatte den Kopf gesenkt, einen Hut und ein Pappschild vor sich stehen: *Habe Hunger. Bitte Geld.*

Du bekommst jetzt etwas ganz anderes, mein Freund, beschloss Völk. Den Typ kannte er noch nicht, der war neu und verwundbar. Zeit für einen kleinen, hoffentlich heftigen Platzverweis. Vielleicht würde der Neuling Widerstand leisten und Völk dürfte ein bisschen hinlangen. Zuschlagen ...

Der Beamte stoppte seinen verträumten Kollegen und deutete auf den jungen Bettler.

»Lass ihn doch in Ruhe«, meinte der Rammler-König.

»Nein.«

»Komm, geh weiter.«

»Geh du weiter. Ich nicht.« Völk kickte gegen den Hut mit den spärlichen Münzen. »Steh mal auf und zeig mir deinen Ausweis.«

Der Jugendliche erhob sich wortlos, den Kopf gesenkt. »Nix Ausweis. Nix deutsch.«

»Nix gut für dich, du kleines Stück verwanzte Scheiße. Dann kommst du eben mit auf die Wache. Kein Problem. Da haben wir Zeit für dich. Ganz viel Zeit. Und keine Zeugen, so wie hier. Ich freu mich auf dich.«

Schulze zupfte Völk an der Uniform: »Was redest du denn da für einen Unfug? Wir haben anderes zu tun. Lass ihn doch, der tut keinem was.« Er ging ein paar Schritte weiter, äugte in ein Schaufenster.

»Hast du eine Ahnung«, rief ihm Völk hinterher. »Und jetzt zu dir, Bürschchen: Wir gehen.«

Der Junge riss das Knie hoch und traf Völk genau da, wo es Männern am meisten wehtat. Während der Polizeimeister heulend zusammenbrach, rannte der Teenager weg und verschwand in der Menge.

Schulze stürmte, alarmiert durch das Geschrei, heran und half Völk, wieder auf die Beine zu kommen. Passanten blieben stehen und glotzten. »Weitergehen«, bellte Völk.

»Was ist passiert?«, quakte Schulze aufgeregt. »Wo ist –«

»Halt doch die Schnauze! Weg ist der kleine Verbrecher, das siehst du doch.« Der Polizeimeister riss sein Funkgerät aus der Halterung. »Wir müssen eine Großfahndung auslösen, wir brauchen Hubschrauber, Hunde, Absperrungen.«

»Mach dich doch nicht lächerlich. Willst du melden, dass dich ein Teenie übertölpelt hat?«

Völk steckte das Funkgerät murrend weg. Der Rammler-König hatte leider Recht. Mein Gott, was gäbe er jetzt für einen ergiebigen Schluck aus seinem randvollen, noch verschlossenen Flachmann, der in seiner rechten Gesäßtasche steckte und nur darauf wartete, entjungfert zu werden. Aber vor dem dämlichen Kollegen ging das wohl schlecht.

»Scheiße, verdammte. He – was ist denn das?« Er zeigte auf die Stelle, wo der Junge gesessen hatte. Eine Eins war dort mit Kreide hingemalt.

»Was soll schon sein? Gehen wir weiter.«

Schweigend nahmen sie ihren Weg wieder auf. Das höllische Ziehen in Völks Unterleib nahm allmählich ab. Dafür meldete sich bei ihm ein halbes Magengeschwür, als er die Tische bei *McDonald's* ins Visier nahm. Da saß doch dieser elende Reporter, dieser lästige Witwenschüttler vom *Blick*, der ihm schon mehrfach in die Ermittlungen gepfuscht hatte. Natürlich: rumsitzen und essen, anstatt zu arbeiten. Der verdiente mit seinen Schmierereien zu allem Überfluss bestimmt das Doppelte wie er.

Der Polizeimeister blieb abrupt stehen: Das durfte ja wohl nicht wahr sein! Jetzt schenkte dieser Schreiberling auch noch seinen Hamburger einem bettelnden Mädchen. Eines dieser Zettel-Zecken, die von Tisch zu Tisch gingen. Garantiert eine Komplizin des Verbrechers von vorhin.

In diesem Moment sah Bachmann hoch und erkannte Völk. Der Beamte kam auf seinen Tisch zu.

»Sieh zu, dass du Land gewinnst«, riet Frank der etwa Zwölfjährigen. »Der Bulle da hat ein Auge auf dich geworfen.«

Die Jugendliche erschrak, als sie den Polizisten sah. Ihre Hand drückte kurz die des Reporters. Dann flitzte das Mädchen davon.

»Das haben Sie ja wirklich super hingekriegt«, schnauzte Völk Bachmann an. »So etwas nennt man Beihilfe, mein Freund.«

»Ich bin nicht Ihr Freund.« Frank stand auf. »Darauf lege ich großen Wert.«

»Ihr Ton passt mir nicht. Aber das war schon immer so!«, blaffte der Polizeimeister.

Bachmann sah in das blasse, konturlose Gesicht mit den hängenden Wangen und dem dürren Schnauzbart: »Wissen Sie was: Das ist mir so etwas von völlig egal, das können Sie sich kaum vorstellen.« Er ließ den Beamten stehen und ging Richtung Redaktion.

Arrogantes Arschloch, dachte der Polizist voller Wut. Irgendwie war das heute nicht sein Tag. Er brauchte dringend etwas zu trinken.

Der leere Parkplatz wurde von vier starken Scheinwerfern ausgeleuchtet. Es war kurz nach Mitternacht. Zwei Schatten drückten sich an der Mauer des Supermarktes entlang. Susi und Jakob konnten nicht vermeiden, dass ein später Spaziergänger sie hätte entdecken können. Aber was konnte er schon sehen? Zwei Jugendliche in dunkler Kleidung.

»Geht's nicht ein bisschen schneller?«, zischte Susi.

»Wenn wir hier rumrennen, fallen wir noch mehr auf«, gab Jakob zurück. Er war furchtbar nervös. Die Treiberei von Susi ging ihm auf den Keks. Trotzdem legte er einen Zahn zu. Sie bogen um eine Ecke, ließen das grelle Licht hinter sich. Der Junge atmete erleichtert auf.

»Da ist es!« Susi zeigte auf eine rote Tür. Der Hintereingang. Hier wurden die Waren angeliefert. Keine Alarmanlage, hatte Felix herausgefunden.

Hoffentlich hat er Recht, betete der Junge, als er das Brecheisen aus der Windjacke zog. Jakob setzte es auf der Höhe des Schlosses an und stemmte sich mit seinem ganzen Körpergewicht dagegen. Das Schloss ächzte, aber mehr auch nicht. Der Junge unternahm einen neuen Versuch – mit dem selben Ergebnis.

»Lass mich mal.« Susi schob den zierlichen Jakob zur Seite. »Ich bin eine andere Gewichtsklasse.« Sie verkeilte das Eisen in der Tür. Dann ging Susi einen Schritt zurück und trat mit voller Wucht zu.

Ein hässliches Splittern folgte. Jakob hielt sich vor Schreck die Ohren zu. Aber – die Dicke hatte es geschafft! Die Tür stand sperrangelweit offen. Sie blickten in ein schwarzes Loch. Und keine Alarmanlage kreischte los, kein rotes Warnlicht drehte sich.

»Klappt doch«, bemerkte das Mädchen nüchtern und ging voran.

Jakob warf einen letzten Blick über die Schulter. Den Krach *musste* einfach jemand vernommen haben. Doch es war alles völlig ruhig. Zum Glück lag der Laden in einem kleinen Gewerbegebiet. Hier wohnten nur wenige Leute. Der Junge folgte Susi.

Das Mädchen machte ihre Taschenlampe an, leuchtete den Raum ab. Regale und Paletten, voll gestopft mit Waren, die alle noch verpackt waren. Toilettenpapier, Kaffeefilter, Taschentücher, Konserven. »Langweilig«, urteilte Susi.

Jakob hatte eine schwere Eisentür entdeckt. Sie war unverschlossen. Er ging hinein. »Das ist der Kühlraum. Komm mal.«

Susi grinste, als sie die Berge von Obst und Gemüse sah. »Schon besser.«

Sie biss in einen Apfel, spuckte aber gleich wieder aus. »Schmeckt Scheiße.« Sie warf ihn an die Wand, wo er zerplatzte.

»Geil!« Jakob fand allmählich Gefallen an der Sache. Seine Angst schwand. Er klatschte ein paar Tomaten neben den Abdruck, den der Apfel hinterlassen hatte. Dann kickte er mit seinen Turnschuhen eine Honigmelone durch den Raum, als sei sie ein Fußball.

»Hier sind die Tiefkühlsachen!«, rief das Mädchen. Susi hatte den Deckel einer Truhe geöffnet. Sie nahm eine Truthahnkeule heraus und schlug damit auf das Gemüse ein. »Mann, das matscht voll gut.«

Jakob bekam einige Tomatenspritzer ab. »He, pass doch auf.«

Die Gefährtin drohte ihm scherzhaft mit ihrer Waffe: »Pass du lieber auf.«

Sie rannten lachend aus dem Raum, gelangten durch einen Plastikvorhang in die Verkaufsräume, die durch eine Notbeleuchtung erhellt wurden. Die beiden Jugendlichen knipsten ihre Lampen aus.

Still und friedlich lagen die breiten Gänge vor ihnen. Die Freunde tauchten hinein. Vor einem Regal mit Flaschen stoppte Jakob. »Schampus! Na klasse.«

Er schüttelte die Flasche kräftig durch, gab dann dem Korken freies Geleit. Der feine Tropfen spritzte in hohem Bogen auf die anderen Pullen.

»Gib mal 'nen Schluck!« Susi riss Jakob die Flasche aus der Hand, setzte an, trank in langen Zügen. Als sie absetzte, rülpste sie laut. »Zu viel Kohlensäure in der Kicherbrause, ich will 'ne andere Marke.« Sie ließ die Flasche einfach fallen. Es schepperte, Scherben flogen.

Vier Anläufe brauchte das Mädchen, bis sie die richtige Sorte gefunden hatte. Susi kippte etwa einen halben Liter in sich hinein. Danach war sie ziemlich angetrunken.

»Geil hier! Und alles gehört uns.« Zur Bestätigung kippte sie das Regal mit den Flaschen um. Ein infernalischer Höllenlärm entstand, als Hunderte von Flaschen zerbarsten. Susi lachte: »Mein Gott, das stinkt ja wie in einer Kneipe hier.«

Jakob schaute der feisten Verrückten feixend zu. Es machte ihm wirklich Spaß, hier zu randalieren. Er würde diese Bewährungsprobe bestehen. Jakob würde es schaffen, es allen beweisen. Er öffnete eine Bierbüchse, trank die Hälfte. Den Rest der Flüssigkeit ließ er in einen Stapel mit Mehltüten sickern.

»Schau mal!« Susi schwang die Keule hoch über ihrem Kopf und schleuderte sie in einen Sonderposten mit Honiggläsern, die im Preis herabgesetzt waren. Wieder splitterte es fürchterlich.

»Nicht schlecht. Aber was sagst du dazu?« Jakob zeigte der Freundin einen Karton mit Eiern. Er nahm eines heraus und knallte es an die Decke. Fünf weitere Eier folgten.

»Bäh, das kommt ja der Glibber runter«, ekelte sich Susi, während sie mit einem Arm eine Palette mit Blumentöpfen abräumte. Sie gelangte zum Wurst- und Käsebereich.

»Gar nicht so übel«, attestierte sie dem Schwarzwälder Schinken nach einer Kostprobe. Das Mädchen nahm eine Leberwurst und schmierte sie über das Glas der Verkaufstheke. »Echte Sauerei, muss ich mir lassen.«

Ihren Partner hatte es mit seiner Munition in die Schreibwarenabteilung verschlagen. Was er dort sah, ließ ihn die Eier vergessen – er feuerte sie samt Karton gegen einen Notausgang. Scheren, Sekundenkleber, Spraydosen gab es hier. Alles äußerst nützliche Dinge. Der Junge begann mit dem

Sekundenkleber. Damit verschloss er den Notausgang und einige Fenstergriffe. Danach stach er so lange mit der Schere auf Cornflakes-Schachteln und Milchbehälter ein, bis er außer Atem war. Mein Gott, wenn ihn hier seine Mutter sehen könnte!

Scheiß auf Mama.

Das Wüten machte Durst. Jakob steckte eine Spray-Dose in die Jacke und lief zurück zum Bier. Auf dem Weg trat er einen Stapel mit Olivengläsern um. Ein fürchterlicher Mief aus Öl und Kräutern machte sich breit. Mit zwei Bierbüchsen in der Hand traf er auf Susi, die inzwischen in den Auslagen der Wurst- und Käsetheke stand und die Waren mit ihren Stiefeln zu Brei verarbeitete.

»Voll pervers!«, lobte Jakob sie. »Hier, fang!« Er warf ihr ein Bier zu.

Susi fing die Büchse gekonnt auf, riss den Verschluss ab, stürzte den Alkohol hinab. An ihren Schuhen klebten Käse- und Wurstreste.

Die trinkt nicht, die säuft wie ein Loch, dachte Jakob. Ihm war schon die erste Dose reichlich zu Kopf gestiegen. Aber das Bier hatte ihn angespornt, locker gemacht. Nach der zweiten Runde würde er zur Top-Form auflaufen.

»Was für ein fetter Dreck!«, schimpfte die Pummelige. Sie stampfte weiter auf den Lebensmitteln herum. »Dass die so eine Scheiße überhaupt verkaufen.«

»Das Zeug verkaufen die nicht mehr, da warst du ja mit deinen Stinke-Füßen drin«, prustete Jakob heraus.

»Aber hallo!«, ereiferte sich Susi. Sie zermatschte ein Kilo Tortenbrie, wischte sich die Sohlen an einer Hartsalami ab. »Widerliches Dreckszeug. Ekel-Scheiße. Das mach ich alles kaputt.« Das Mädchen zündete sich eine Zigarette an.

»Gurken fehlen noch«, stellte der Junge fest. Er fand ein Glas im benachbarten Regal, zerdepperte es an der gekachelten Wand hinter der Theke. Die Brühe lief in die Wurstschneidemaschine.

»Treffer! Guter Wurf, Alter!«, kommentierte Susi. »Schau mal, da liegen ja richtige Äxte.« Sie hatte das Fleischerwerkzeug neben der Schneidemaschine entdeckt. Das Mädchen hüpfte zu der Arbeitsplatte und steckte sich ein besonders schweres Beil lässig in ihren Gürtel.

Jakob gönnte sich zufrieden einen großen Schluck von seinem Bier. Er wurde immer gelöster. Der Junge zog die Spraydose hervor. Er nahm die Kappe ab, drückte auf den kleinen, schwarzen Knopf. Roter Farbnebel bedeckte einen Stapel mit Vorderschinken.

»Ts-ts, böse Sache, böse Sache.« Jakob legte die Stirn in Falten. »Aber voll geil!«

Edamer und Tilsiter Käse färbten sich ebenfalls rot.

»Sieht spitze aus, Picasso!«, rief Susi. »Bevor wir's vergessen. Sprüh mal die Zahl hin.« Sie schnippte ihre Kippe in einen Eimer mit französischem Weichkäse.

»Bingo.« Jakob sprayte eine große Vier auf den Boden. »So recht?« Es war seine erste Vier. Er war stolz.

»Passt«, kam es zurück.

Jakob machte munter weiter. Er schmierte die Farbe über ein ganzes Regal mit Babynahrung, dann über eines mit Reis und Nudeln. Als die Dose leer war, setzte der Junge gläserne Ketchup-Flaschen ein. Da kam ja auch etwas Rotes heraus. Sie explodierten reihenweise in den Kühlfächern mit Yoghurt, Sahne und Crème fraîche. Ein Bombardement mit Mayonaise-Gläsern folgte. Dabei meldete sich Jakobs Blase. Der Junge pinkelte auf eine Palette mit Waschmittel-Kartons. Die danebenliegenden Weichspüler-Flaschen schraubte er eine nach der anderen auf und goss den Inhalt über die Fliesen.

Inzwischen hatte Susi die Lust an Wurst und Käse verloren. Außerdem war ihre Bier-Büchse leer. »Lass uns noch eins trinken. Und dann nach den Kassen schauen, Jakob!«

Der Junge folgte ihr den Gang hinab und bemerkte dabei nicht, dass er mit dem rechten Turnschuh in die feuchte Spray-Farbe trat.

Nachdem das Mädchen ihren Durst gestillt hatte, knackten sie mit der Eisenstange die fünf Computerkassen. Sie fanden nichts. Jakob hob wütend eine der Kassen hoch und knallte sie in eine andere, die beim Aufprall regelrecht zerplatzte.

Im Kassenbereich lagen wenigstens die Zigaretten. Stangenweise wanderten sie in Plastiktüten. Susi und Jakob nahmen je fünf Taschen.

»Jetzt hole ich mir noch ein Bierchen, aber dann sollten wir die Biege machen«, meinte Susi.

»Finde ich auch. Es langt.«

Müde lehnte sich der Junge an das Transportband und schaute gedankenverloren seiner Partnerin nach. Dicker Arsch, aber sonst ein Vollweib, urteilte er. Sie entschwand aus seinem Blickfeld.

In dieser Sekunde hörte Jakob ein Hecheln, dann ein Bellen. Ein Köter! Wieso hatte Felix von dem nichts gesagt? Der Junge presste die Tüten mit den Zigaretten an sich und stürmte Richtung Hinterausgang.

»Halt, stehen bleiben. Ich mach den Hund los!«, brüllte eine Männerstimme. Es war Bruckner, der alte, gehbehinderte Wachmann.

Jakob sprintete weiter.

Der Wachmann ließ Rottweiler Hasso von der Leine. »Fass!« Mit gefletschten Zähnen schoss das Tier los.

Der Junge rannte um sein Leben, hinter ihm der kläffende Hund. Meine Herren, was hatten sie den Laden verwüstet, stellte Jakob fest, während er über den Oliven-See sprang. Er schlug mehrere Haken, um das Vieh abzuschütteln. Doch der verdammte Rottweiler bellte und knurrte immer lauter, er holte ganz offensichtlich auf. Das war das Ende, durchfuhr es Jakob. Jetzt war er dran. Aus, schluss, vorbei. Ab ins Heim. Wie würde seine Mutter toben!

Plötzlich drang ein entsetzliches Winseln an sein Ohr. Der Junge stoppte, fuhr herum.

Hasso lag auf dem Boden in seinem Blut. Der Kopf war halb abgetrennt. Neben dem Tier stand Susi, die am ganzen Körper zitterte. Das große Fleischerbeil glitt ihr aus der Hand. Mit offenen Mund starrte sie auf die Fontäne, die aus dem Hals des Rottweilers sprudelte.

»Los, weg hier!«, schrie Jakob sie an. Geistesgegenwärtig hob er das Beil auf. Dann zerrte er seine Komplizin zum Hinterausgang.

Inzwischen humpelte Bruckner schweratmend um die Ecke. Als er seinen Hasso sah, sank er schreiend auf die Knie.

5.

»Die haben den Supermarkt mit einer Gründlichkeit verwüstet, die an Pedanterie grenzt. Und das mit dem Hund ist die Ober-Sauerei. Der alte Bruckner war zum ersten Mal in diesem Supermarkt. Und dann gleich so etwas«, grollte Hauptkommissar Neutzel am Tatort.

Neben ihm stand Völk. »Jawoll, Herr Kommissar!« In Gegenwart von hohen Vorgesetzten verschanzte er sich stets hinter seiner Meinung nach perfekten Umgangsformen. Das musste einfach gut ankommen.

Neutzel warf ihm einen unsicheren Blick zu. Hatte der noch alle Tassen im Schrank? Der korpulente Polizeimeister war ihm noch nie aufgefallen. Schon gar nicht positiv. Den Knaben sollte er lieber im Auge behalten, der wirkte, als würde er etwas neben der Kappe stehen.

»Dieses Jahr schon Urlaub gemacht?«, fragte Neutzel, um überhaupt etwas zu sagen.

»Urlaub?«

»Ja. Ferien, wegfahren, am Strand liegen, Sachen anschauen. Urlaub, halt.«

»Jawoll, verstehe.«

»Also, was jetzt: Waren Sie im Urlaub oder nicht?«

»Nein, war ich nicht. Ich bleibe immer hier. Werde hier gebraucht.« Kurze, knackige Antworten. Kein Gelaber. Fakten, auf den Punkt gebracht. Das ist meine Stärke, fand Völk. Das klang ein wenig nach Kasernenhof-Ton, hatte aber den Vorteil der Unmissverständlichkeit.

Oder auch nicht. Neutzel war erneut leicht irritiert. »Ach so. Sie müssen sich um jemanden kümmern. Pflege daheim. Keine leichte Aufgabe, könnte ich mir denken.« Seine Miene erhellte sich: »Oder haben Sie etwa Nachwuchs bekommen?«

Völk schluckte. Warum redeten die Kollegen ständig über dieses verdammte Thema? »Nein. Werde dienstlich gebraucht«, schnappte er.

Das glaube ich ja nun weniger, dachte der Hauptkommissar. »Sicher. Dann stellen Sie sich am besten mal vor den Eingang und lassen niemanden rein. Okay?«

»Jawoll.«

Gleich schlägt er die Hacken zusammen, fürchtete Neutzel.

Völk schob ab, vorbei an den Jungs vom K 3, dem Erkennungsdienst. Die Spezialisten in Sachen Spurensuche wuselten durch die Gänge, immer darauf bedacht, nicht in eine Lache aus Sekt oder Öl zu treten. Ein Kollege machte Fotos, ein anderer ließ eine Kamera laufen. Ein dritter bunkerte mittels einer Folie einen Fingerabdruck.

Neutzel lief grübelnd durch den Supermarkt. Wie viele Täter mochten es gewesen sein? Der Wachmann, der sie vor einer halben Stunden alarmiert hatte, sprach von zwei Jugendlichen. Aber das Ausmaß der Verwüstung ließ fast auf mehr Täter schließen. Die hatten richtig Spaß an ihrem Tun gehabt, das war deutlich zu sehen. Und was –

»Herr Kommissar, hier möchte Sie jemand sprechen, der vorgibt, der Filialleiter zu sein.« Völk stand plötzlich wieder vor dem Hauptkommissar.

»Herr Meisenbrink?«

»Der bin ich.« Der Mann war um die fünfzig, fett und hatte eine ungesunde rote Gesichtsfarbe.

»Sehr gut, ich habe Sie leider heute Nacht stören müssen. Aber die Umstände ließen mir keine andere Wahl.«

»Natürlich. Was für eine Bescherung. Ich kann es noch gar nicht fassen.«

Neutzels Stimme wurde scharf: »Und ich kann es nicht fassen, dass Ihr Hintereingang durch keine Alarmanlage gesichert ist.«

Meisenbrink verschränkte die Arme trotzig vor der Brust: »Das war nicht meine Idee. Wie Sie wissen, gehören wir zu einer großen Kette. Die Chefs gehen lieber mal das Risiko ein, dass geplündert wird, als in jeder unserer über tausend

Filialen aufwendige Sicherheitsanlagen zu installieren. Die gibt's vielleicht in schwierigen Ecken mit hoher Kriminalität, aber nicht hier.«

»Ihr Problem. Die Versicherung wird Schwierigkeiten machen.«

»Sie dürften mich kaum geholt haben, um mit mir über diese Dinge zu sprechen.«

»Richtig. Ich wollte Sie bitten, eine Bestandsaufnahme der Schäden zu machen.«

»Selbstverständlich. So weit das in meiner Macht steht.«

Ein junger Spurensucher stürmte heran: »Chef, ich habe einen Fußabdruck gefunden. Perfektes Profil in roter Farbe. Weitere Abdrücke sind im Käse.«

Völk passte genau auf. Das war ja wirklich interessant. Schade, dass er so etwas nie machen durfte. Aber er war ja nur im mittleren Dienst.

»Im Käse? Das waren aber wirklich ziemliche Schweine«, grummelte der Kommissar schwach begeistert. »Egal, Hauptsache die Abdrücke sind da. Das ist ja schon mal etwas.« Zu Völk meinte er kühl: »Und Sie, Herr Polizeimeister, gehen bitte wieder auf Ihren Posten.«

Völk trollte sich. Den Eingang zu bewachen war ziemlicher Schwachsinn, denn wer sollte um drei Uhr morgens in einen Supermarkt wollen? Allmählich beschlich Völk das Gefühl, dass ihn der Hauptkommissar nur hatte loswerden wollen. Das konnte gut sein. Vielleicht hatte Neutzel Angst vor qualifizierter Konkurrenz. Angst davor, dass ihm jemand die Schau stahl.

Als er außer Sichtweite des Kommissars war, verließ der Polizeimeister den Kurs zum Eingang und suchte stattdessen den farbigen Fußabdruck. Er fand ihn sofort, denn die äußerst wichtigen Kollegen der Spurensicherung machten ein Mords-Trara um ihren Fund. Die Spur war mit einem Metallschildchen, das die Nummer acht trug, gekennzeichnet.

Der Abdruck eines Turnschuhs, erkannte Völk. Das wusste sogar er. Daneben war deutlich eine aufgesprühte Vier zu sehen. Komische Sache. War da nicht etwas gewesen? Doch, na klar. Fast hätte sich der Beamte mit der Hand vor die Stirn geschlagen. Der miese Bettler, der ihn getreten hatte. Der hatte eine Eins hinterlassen. Sollte er von seiner Beobachtung berichten? Dem Mann, der ihn sinnloserweise vor dem Eingang postierte? Nein, sollte der tolle Herr Hauptkommissar doch selbst darauf kommen. Völk beschloss, den Vorgesetzten schmoren zu lassen.

Neutzel hätte Völks sensationelle Kombinationsgabe wenig weitergebracht. Denn natürlich hatte er längst erkannt, dass die Zahl ganz offensichtlich in Zusammenhang mit einer anderen Straftat stand: dem Überfall auf die Rentnerin. Eine Zwei, eine Fünf und eine Vier hatten sie bisher. Oder war es im Fall des Handtaschenraubes eine 25 oder 52?

Der Hauptkommissar seufzte. Das war eine harte Nuss. Einfacher würde es sein, die anderen Spuren, die die Täter im Supermarkt hinterlassen hatten, zu verfolgen. Der Abdruck, die vage Personenbeschreibung des Wachmannes. Der Polizist wandte sich an einen Erkennungsdienstler: »Hör zu, Thomas: Ich will bis spätestens heute Nachmittag wissen, welche Schuhmarke das hier ist.«

»Kriegen Sie, Chef. Wird uns ein Leichtes sein. Handelt sich übrigens um Schuhgröße 41.«

Das Sommerloch war gefüllt, die Zeiten der peinlichen Redaktionskonferenzen wie der am Montag für den Moment vorbei, stellte Bachmann zufrieden fest, als er um halb zehn das Fax mit den Infos zur Supermarkt-Randale in den Händen hielt. Das roch wieder ganz schwer nach einem Aufmacher. Mit Heiner raste er zum Tatort.

»Du?«, hob der Fotograf an, während er mit Tempo 70 eine scharfe Kurve nahm. Der BMW lag wie ein Brett auf der Straße.

»Ja?«

»Ich wollte dich was fragen.«

»Nur zu. Geht's um deine Monika?« Bachmann musste sich ein Grinsen verkneifen. Heiner druckste herum wie ein frisch verliebter Teenie.

»Hmh.«

»Raus damit. Habt ihr Probleme?«

Heiner sah ihn entsetzt an: »Wir? Um Gottes willen, nein. Ich wollte dich nur fragen, ob du Lust hast – ich meine, wenn du Zeit hast, ob du dann vielleicht heute Abend mit uns ein Bier oder ein Glas Wein trinken möchtest.«

»Du willst sie mir vorstellen? Das freut mich.«

»Ehrlich?« Der Fotograf wischte bei Dunkelgelb über eine Ampel. »Dann komm doch um acht zu mir. Wir können zum Griechen bei mir im Viertel gehen.«

»Gebongt. Nur eine Bitte habe ich: Kann Willy mitkommen?«

»Sicher, gern. Da vorn ist der Supermarkt.« Heiner nahm etwas Gas weg, als er einen Streifenwagen ausmachte.

Völk stand mit käsigem Gesicht an einer Absperrung, die aus einem rot-weißen Plastikband bestand.

»Nein«, sagte er zur Begrüßung.

»Sie wissen doch gar nicht, was wir wollen«, erwiderte Frank.

»Doch. Schnüffeln.«

»Mit Verlaub, das was Sie schnüffeln nennen, nennen wir Arbeit«, ließ Heiner den Beamten wissen.

»Ist mir wurscht. Hier ist abgesperrt. Hier kommen Sie nicht rein.«

»Wer leitet die Ermittlungen – Hauptkommissar Neutzel?«, fragte Frank.

»Könnte sein. Weiß ich nicht«, log der Polizeimeister.

»Ich will ihn sprechen. Wie sogar Sie wissen, habe ich darauf ein Anrecht.«

»So?«, antwortete der Beamte gedehnt. »Davon weiß ich nun wieder leider nichts.«

»Da hinten ist er doch!«, rief Heiner.

Neutzel lief gerade zu seinem Dienstwagen.

»Hallo, Herr Hauptkommissar!« Der Fotograf hüpfte auf der Stelle, um sich bemerkbar zu machen.

Der Chefermittler erkannte die beiden *Blick*-Leute und kam zu ihnen. »Morgen. Kommen Sie ruhig rein.«

»Aber –« protestierte Völk.

Ohne ihn auch nur im Geringsten zu beachten, hob Neutzel das Plastikband hoch, so dass die Reporter durchschlüpfen konnten. Bachmann schenkte Völk sein liebenswürdigstes Lächeln.

Der Hauptkommissar führte sie durch den Supermarkt, in dem eine zehnköpfige Putzkolonne ihr Bestes gab.

»Unglaubliche Sauerei«, fand Heiner, die Kamera dicht ans Gesicht gepresst. Er schoss eine Serie Bilder. Vor allem der Flaschenberg hatte es ihm vom Motiv her angetan.

»Wir haben wieder eine Zahl gefunden, diesmal eine Vier«, erzählte der Beamte mit bewölkter Miene. Sie erreichten die Käse- und Wursttheke, die schon komplett ausgeräumt war.

Frank machte sich Notizen. »Wie hoch ist der Schaden?«, wollte er wissen.

»Wird noch ermittelt. Mehrere zehntausend Mark sicherlich. Außerdem wurden Zigaretten entwendet.«

»Wie viele?«

Neutzel schüttelte den Kopf. »Keine Angaben. Sie wissen doch: Wiederholungsgefahr.«

»Okay, verstehe.«

»Ich möchte Sie bitten, dass Sie einen Fahndungsaufruf veröffentlichen. Unter keinen Umständen aber darf das mit dem Fußabdruck durchsickern. Das ist unsere Trumpfkarte!«

»Versprochen. Etwas anderes: Haben Sie eigentlich schon eine Spur von dem verschwundenen Jungen, diesem Robert?«

»Nein, leider nicht. Auch bei den brutalen Handtaschenräubern sind wir noch nicht weiter.«

Der kleine Heiner verknipste noch zwei weitere Filme, dann zogen sie wieder ab.

An der Absperrung war jetzt die Hölle los. Die werten Kollegen von den anderen Medien hatten sich eingefunden, begehrten Einlass, wurden aber von Völk in Schach gehalten.

Neutzel ließ die Meute durch und begann seine Führung von neuem. Das hielt ihn ziemlich auf, aber so konnte er sich eine Pressekonferenz sparen. Außerdem brauchte er die Medien als kostenlose Vervielfältiger seiner Steckbriefe.

Was er den Journalisten nicht auf die Nase band, war die Tatsache, dass vor drei Stunden eine umfangreiche Suchaktion angelaufen war. Kleine Teams durchkämmten die Stadt auf der Suche nach einem Turnschuh, an dem rote Farbe klebte. Jeder Jugendtreffpunkt, jedes Freibad, jede Sportanlage wurde abgeklappert. Einen besonderen Augenmerk richteten die Beamten auf den Hauptbahnhof und den linken Szene-Treff *KOMM*. Denn aus Neutzels Sicht konnte das Verwüsten des Supermarktes auch einen politischen Hintergrund haben – eine Attacke gegen den ›Konsumterror‹.

»Hübsche Geschichte. Wer träumt nicht davon, einmal in einem Supermarkt so richtig rumzumatschen?« Brockmüller war selig.

»Also, ich nicht«, widersprach Heiner.

»Na, na, na. Das sind so die geheimen Wünsche, die keiner offen zugibt«, verbesserte ihn der Redaktionsleiter. »Glauben Sie mir das.«

Der Fotograf verdrückte sich in seine Dunkelkammer. Die Diskussion brachte nichts ein.

Bachmann hämmerte achtzig Zeilen in den Computer. Der Boss hatte eine halbe Seite herausgerückt, eine halbe Seite nur für ihn und Heiner!

»Da machen wir eine hübsche Bilderstrecke draus. Der Leser will die Zerstörung sehen«, hatte Brocki ausgeführt. »Und Sie, Herr Bachmann, werden ihn durch das Chaos leiten wie ein Fremdenführer. Von Attraktion zu Attraktion quasi.«

Frank schrieb wie ein junger Gott. Fand er jedenfalls. Zwischendurch unterrichtete er Willy von dem geplanten Treffen beim Griechen.

Der Professor war sofort Feuer und Flamme. »Ich eile!«

»Ein Supermarkt ist aufgemischt worden.«

»Was für eine Ausdrucksweise, Schüttler«, tadelte von Schlierenberg. »Wie meinst du das: aufgemischt?«

»Alles kurz und klein geschlagen. Und eine Vier wurde hingesprüht.«

»Ein Spiel, Frank. Ich sage dir, das ist ein Spiel. Ich muss jetzt Schluss machen, bin gerade voll im Druck.«

Das stimmte so nicht ganz; aber wichtig war das, was der Professor gerade tat, alle Mal. Er saß in der Badewanne und seifte den Rücken seiner überaus attraktiven Freundin Maria ein. Sie hatte den Kopf in den Nacken gelegt und genoss die Ausflüge von Willys zarten Händen.

Willy und Frank hatten sich so gesetzt, dass sie den Eingang zu dem Biergarten des griechischen Lokals genau im Blick hatten. Sie waren zehn Minuten zu früh gekommen, hockten an einem Biertisch unter einer Ulme und spähten. Plötzlich hörten sie einen Motor aufheulen und Reifen quietschen.

»Das ist er«, tippte Bachmann.

Er lag richtig. Ein schwarzer BMW parkte genau vor dem Gartenlokal. Die Fahrertür flog auf, ein bekannter Fotograf rannte um die Schnauze des Wagens herum, riss die andere Tür auf – und da war sie.

Die Augen der beiden Späher wurden größer.

Monika Strasser trug ein eng anliegendes, hellblaues Kostüm. Ihre blonde Mähne wehte um das scharf geschnittene Gesicht. Eleganter, federnder Schritt. Jeder Zoll an dieser zierlichen Frau verströmte Klasse.

»Uiuiui!«, machte Bachmann begeistert.

»Hätte ich dem Kleinen nicht zugetraut«, ergänzte Willy. Auch er war baff.

Ihre Überraschung steigerte sich, als sie sahen, dass sich eine dritte Person von der Rückbank schälte. Es handelte sich um einen Teenager.

»Und wer ist jetzt das?«, wollte der Professor wissen.

»Keine Ahnung. Wohl ihr Sohn, wer sonst?«

Heiner kam mit leicht geröteten Wangen an ihren Tisch.

»Wie siehst du denn aus?«, fragte ihn Frank in Anspielung an die schlecht sitzende Krawatte. »Seit wann trägst du –«

»Halt die Klappe!«, zischte Heiner böse. Er wagte eine ausladende Handbewegung, deutete auf die Blonde, dann auf den Jungen: »Darf ich vorstellen: Monika Strasser und Jakob.«

Die Schöne reichte ihnen die Hand. Sie setzte dabei ein umwerfendes Lächeln auf. Charmant, sexy, überlegen. Ihre Stimme war kehlig, etwas rau.

Jakob war das krasse Gegenteil. Er bekam kaum den Mund auf. Der Junge machte absolut den Eindruck, dass er hier nicht hingehörte. Er brütete über einer Cola und starrte den Baum an. Heiner gab sich immer wieder Mühe, ihn in das Gespräch einzubeziehen. Doch der Junge ließ ihn voll auflaufen.

Erst, als das Essen kam, wurde Jakob etwas aktiver. Er glotzte nicht mehr auf den Baum, sondern auf seinen gigantischen Fleischspieß. Das war es dann aber auch schon.

Monika ignorierte seine fast an Unhöflichkeit grenzende Verweigerungshaltung. Angeregt unterhielt sie sich mit den drei Männern über deren Berufe und ließ sich umgekehrt bereitwillig aushorchen.

Heiner wurde indes immer unglücklicher. Seine Bemühungen, Jakob als Freund zu gewinnen, waren genauso rührend wie erfolglos. Der Fotograf kippte frustriert zwei Ouzo, aber das machte ihn auch nicht lockerer.

Der Junge schob einen Bissen in den Mund. Über was Erwachsene stundenlang labern konnten, war schon erstaunlich. Vor allem die Witzfigur, die seine Mutter umgarnte. Ein Schleimer. Wie der vorhin den Wagenschlag aufgerissen hatte! Als käme die Queen heraus. Ätzend, lächerlich. Oder sein Auftritt, als er mit seinem Prolo-BMW vor ihrem Wohnhaus aufgekreuzt war. Aus der Kiste dröhnte der Müll-Sound der 70er-Jahre. Zu peinlich aber auch. Und er musste sich in die Schleuder mit hineinquetschen.

»Du gehörst doch zu mir, du bist mein Sohn. Tu mir den Gefallen und komme heute Abend mit«, hatte ihn die Mutter bekniet. So lange, bis er nachgegeben hatte.

Wenigstens hatte der Knipser die Lalla leiser gedreht, als sie losgefahren waren. Dennoch: Das seiner Meinung nach gänzlich sinnentleerte Geschrei von der Kult-Band *The Sweet* war unüberhörbar.

»Magst du vielleicht noch eine Cola?«, fragte der Fotograf jetzt.

Jakob sah in das erhitzte Gesicht des Schleimbeutels, verdrehte demonstrativ die Augen und sprach betont langsam, als wäre der Mini-Romeo mindestens mittelschwer gaga: »Nö, Alter. Brauchst auch nicht mehr fragen.«

Unsicher wandte sich Heiner den anderen zu: »Netter Abend, nicht?«

Diabolo glitt ziel- und rastlos durch die Dunkelheit. Die Nacht hatte kaum Abkühlung gebracht, es war immer noch heiß. Vergeblich hatte der Junge zu schlafen versucht. Es war nicht allein die Hitze, die ihn wach hielt. Es war Manu.

Seit sie Einzug in ihrem erlauchten Kreis gehalten hatte, war alles anders. Dieter hatte plötzlich eine neue Seite an sich entdeckt. Er hegte eine Art Beschützerinstinkt ihr gegenüber. Gleichzeitig nahm er sich vor der kleinen, zarten Manu in Acht. Diese Frau kehrte mitunter eine beängstigende Kälte heraus. Sie war ein Profi, die mit der Präzision eines Diamantenschleifers ausgestattet war. Das reizte Diabolo. Er schätzte Manu und manchmal – wie in dieser Nacht – glaubte er, sie zu lieben. In seinen Gefühlen war ein Durcheinander entstanden, das er nicht mehr zu ordnen wusste. Also war er aufgestanden, hatte seine Sportklamotten übergeworfen und war losgerannt.

Diabolo verfiel in einen leichten Trab. Er würde sich müde laufen, auch wenn es Stunden dauerte. Der Junge durchmaß den Frauentorgraben. Aus den Büschen rechts und links des Weges drang Lachen herüber. Penner, die an ihrem Landwein nuckelten. Diabolo widerte das an. Das war Schmutz und Schmutz hasste er. Im Laufen boxte er gegen einen unsichtbaren Gegner.

»He, schaut euch den Arsch an!«, pöbelte eine junge Frau. Sie gehörte zu einer Gruppe von Punkern, die an der Stadtmauer lagerte.

Dieses Volk konnte Dieter genauso wenig ab. Versoffene Faulenzer, die sich mit ihrer dämlichen Kleidung auch noch den Anstrich der Extravaganz verpassten. Diabolo musste an ihnen vorbei, wenn er nicht umdrehen wollte. Das war ausgeschlossen. Der Junge lief weiter. Die Punker kamen immer deutlicher in sein Blickfeld. Es waren vier, zwei Frauen und zwei Männer.

»Hast du 'nen Stich? Joggen um Mitternacht? Du bist voll ein Wichser!«, eiferte eine Stimme, die zu einem fetten Mädchen mit grünen Haaren gehörte.

Die Punkerin stellte sich Diabolo in den Weg. Er wich aus, aber die Frau schubste ihn. Fast wäre Diabolo gestürzt. Er blieb stehen, mit dem Rücken zu ihr und den anderen dreien. Sein Atem ging gleichförmig, während er jeden Muskel seines durchtrainierten Körpers anspannte. Eine leichte Erregung ergriff von ihm Besitz.

Die Grüne jubelte ihren Begleitern zu: »Habt ihr gesehen? Fast wäre er auf die Fresse geflogen.«

Die anderen lachten.

»Was bist du für ein Typ? Pervers?«, höhnte ein Mann. »Wahrscheinlich ein scheißiger Skin. Schaut euch doch mal den Haarschnitt an.«

Diabolo drehte sich nicht um. Er wartete. Die Erregung wuchs.

»Ganz klar 'ne Nazi-Sau, wetten?«

Der Junge bewegte sich keinen Millimeter.

Der Punker spuckte gut hörbar aus: »Bist du festgefroren, oder was? Ich rede mit dir, Glatze!«

Diabolo blieb erstarrt. Sein Körper glich der bis zum Zerreißen gespannten Sehne eines Bogens.

Endlich tat ihm der Mann den Gefallen. Der Punk trat von hinten an Diabolo heran und fasste ihn hart an der Schulter: »He, dreh dich doch mal –«

Die Spannung löste sich. Der Junge wirbelte herum und rammte dem Mann den Ellbogen ins Gesicht. Es krachte und Diabolo wusste, dass das Nasenbein gebrochen war. Ein Handkantenschlag gegen die Schläfe und der Punker lag auf dem Boden. Die anderen stürzten heran. Es ging alles blitzschnell. Diabolo nahm zunächst den zweiten Mann aufs Korn, indem er einem schlecht platzierten Faustschlag auswich und dem Typ zweimal mit dem Fuß ins Gesicht kickte. Eine Augenbraue riss mehrere Zentimeter auf, Blut schoss über das Gesicht des Angreifers. Er torkelte zurück.

Mit den Frauen hatte Diabolo mehr Mühe als mit den Männern. Die Dicke konnte er erst mit einem Schlag genau unter das Brustbein stoppen, der anderen zertrümmerte er mit einem Tritt die Kniescheibe. Diabolo sah verächtlich auf die Gegner hinab. Ein Gewinsel und Gejammer erhob sich wie in der Hundeabteilung eines Tierheims. Der Junge genoss es. Das hier war echt, das war nicht der nachgestellte Käse aus den unzähligen Horror-Videos, die er sich auf Empfehlung von Felix angeschaut hatte. Die Realität gab ihm den entscheidenden Kick.

Dieter lief weiter durch die Nacht, ohne eine Zahl zu hinterlassen. Die Aktion war schließlich nur Drecksarbeit gewesen. Mehr nicht. Felix hätte das sicher auch nicht gewollt.

Felix. Vater. Gottvater?

6.

Felix Bruhn nahm in dem schwarzen Ledersessel vor dem Computer Platz. Das Ungetüm stand exakt in der Mitte des fast dunklen Raums, der spartanisch möbliert war. Außer dem imposanten Sitzmöbel gab es nur noch ein voll gestopftes Bücherregal und eine kleine Stereoanlage. Bruhn brachte per Fernbedienung den CD-Player in Gang. Leise, fast kaum hörbar, erklang ein Stück von Chopin.

Felix lehnte sich zurück und lauschte. Ihm war jede Form von überzogener Lautstärke zutiefst verhasst. Permanent schreiende Menschen etwa waren seiner Meinung nach entweder dumm oder hatten eine ausgewachsene Profilneurose. Dröhnende Musik empfand er als aufdringlich. Eine Band, die ihre Verstärker voll aufdrehte, wollte doch nur ihre handwerklichen oder kompositorischen Unzulänglichkeiten übertönen. Röhrende Sport-Auspuffe klebten unter den Wagen von Angebern, kreischende Werkzeuge waren die Missgeburten schlampiger Konstrukteure.

Felix war aber nicht nur ein Mensch der leisen Töne. Gedämpft musste bei ihm auch stets das Licht sein. Grelligkeit war das Zweite, was ihm absolut zuwider war. Tagsüber sorgten Jalousien für ein permanentes Dämmerlicht, nach Einbruch der Dunkelheit erledigten das kleine Kerzen. Im Fall der Helligkeit verband Bruhn die Abneigung jedoch nicht mit den manigfalten Charakterdefiziten seiner Mitmenschen. Es hatte mit Felix selbst zu tun. Das Gesicht des Psychologen war vollkommen entstellt. Und Bruhn wollte nicht, dass man ihn anstarrte.

Vor der Zeit der latenten Finsternis, die ihn inzwischen umgab, hatte er furchtbar unter den Blicken der anderen gelitten. Wie sie ihn angeglotzt hatten, sein verbranntes Antlitz, als wäre er ein Monster. Er wusste, dass er zum Fürchten aussah: Lippen und Ohren fehlten fast ganz, außerdem hatte er keine Augenbrauen und keine Haare. Seine scheckige, von Narben übersäte Haut wirkte wie Papier. Nach sechs schmerzhaften Operationen, die jedoch ausschließlich dem Erhalt lebenswichtiger Funktionen gedient hatten, war es Felix leid. Auch der beste Schönheitschirurg hätte bei ihm kapituliert oder höchstens ein Quäntchen seiner Eitelkeit befriedigt. Nach dem Motto: Könnt ihr euch vorstellen, dass Felix Bruhn vor meiner OP noch viel schlimmer ausgesehen hat? Doch als Baukasten oder Spielwiese für Frankensteins Enkel war sich Felix zu schade. So hatte er sich bald eingeigelt in seine stille, dunkle Welt, ein Fernstudium absolviert, schließlich sogar promoviert. Er war ein gefragter, gut bezahlter Gutachter geworden, obwohl er sich um Geld aufgrund einer millionenschweren Zahlung von seinem Vater nie Gedanken machen musste. Nun lebte Felix in einer Villa, die neben zwölf Zimmern und drei Bädern auch eine Poollandschaft und einen Park aufwies.

Der Psychologe knipste eine Leselampe an der Rückenlehne des Stuhls an und schlug den *Blick* auf. Auf der dritten Seite wurde er fündig. Er lächelte, was bei ihm wegen der fehlenden Lippen so aussah, als wenn er die Zähne blecken würde. Deshalb gönnte er sich das Lächeln in der Regel nur, wenn er allein war. Fein, dass die kleine, heftige Aktion die ihr gebührende Aufmerksamkeit bekommen hatte. Es war für Felix das Größte, der aus seiner Sicht moralisch gänzlich verrotteten Gesellschaft immer wieder vor Augen zu führen, dass deren verlogenen Gesetze und Regeln für ihn und seine jungen Getreuen nicht galten. Sie hatten ihre eigenen Gesetze, die da hießen:

1. Kümmere dich nicht um alte Regeln. Es gelten nur unsere eigenen.
2. Deine Eltern bedeuten nichts, wenn sie dich nicht lieben. Wenn sie dich liebten, wärst du nicht hier.
3. Lass dich niemals von Fremden bewerten. Schulnoten spielen keine Rolle. Sie gelten nichts.
4. Nimm, was du begehrst. Akzeptiere nur den Besitz von Gruppenmitgliedern.
5. Töte, wenn es sein muss.
6. Sprich nie über uns zu Fremden.
7. Verrat bedeutet den Tod.

Felix hütete sich, diese Gesetze schriftlich zu fixieren. Das war auch nicht nötig, er hatte sie dem Team oft genug mündlich eingebläut. Und fast alle hatten die Regeln nicht nur internalisiert, sie *liebten* sie förmlich.

Bruhn vertiefte sich wieder in die Zeitung. Ein Reporter namens Frank Bachmann hatte sich richtig Mühe gegeben. Sieben Fotos zählte Bruhn. Auch der Textanteil war für eine Boulevardzeitung recht umfangreich. Felix sah sich die Aufnahmen genau an. Saubere Arbeit, das musste er Susi und Jakob wirklich lassen. Doch da war die Sache mit dem Wachmann und dem Hund. Das hätte in die Hose gehen können. Erstaunlich, dass Susi und Jakob die Situation noch gemeistert hatten.

Bruhn ließ das Blatt sinken. Wie hatte das passieren können? Eine ganze Woche lang hatte er den Supermarkt jede Nacht observiert. Nie war ein Wachmann aufgekreuzt. Wurde der Laden nur sporadisch kontrolliert? Oder war der Wachdienst eventuell erst kürzlich neu eingerichtet worden? Dieses Rätsel würde er wohl kaum lösen. Hauptsache, die beiden waren nicht erwischt worden.

Felix langte nach dem Homehandy und wählte eine kurze Nummer.

»Ja?«, ertönte Diabolos Stimme.

»Sind Susi und Jakob schon da?«

»Ja. Sie warten bei mir hier unten am Empfang.«

»Gut, schick sie hoch.« Bruhn ließ den Knopf los. Diabolo. Ein prima Junge. Er hatte ihn adoptiert, aus dem Heim geholt. Das war vor zwölf Jahren gewesen. Der Psychologe konnte sich noch gut erinnern. Damals hatte er eigentlich ein anderes Kind adoptieren wollen, die Papiere waren schon so gut wie unterschrieben. Auf dem Weg ins Büro des Heimleiters war Bruhn von zwei Sanitätern überholt worden. Der eine trug ein Bündel im Arm. Aus purer Neugier hatte Felix die beiden gestoppt.

»Zu was Menschen fähig sind«, hatte der eine Sani gemurmelt und die Decke zurückgeschlagen.

Diabolo, drei Jahre alt, halb tot geschlagen von der eigenen Mutter, lag darin. Das Gesichtchen des Kindes war grün und blau, die Stupsnase stand schief. Ein trauriger Anblick, bis auf die Augen. Darin war neben unendlichem Schmerz eine gehörige Portion Trotz, Wissen und Hass zu erkennen. In dieser Sekunde war es Bruhn sonnenklar geworden, dass er dieses Kind wollte. Und er bekam es. Er hatte es bisher nicht bereut.

Es klopfte an der Tür. Felix löschte das Licht. »Herein.«

Susi und Jakob marschierten in das Zimmer und blieben unschlüssig stehen. Sie mussten sich an das Dunkel gewöhnen. Nur durch die Ritzen der Jalousie fiel etwas Licht. Vorsichtig machte Susi einen Schritt nach vorn, Jakob folgte ihr.

»Gut habt ihr die Sache gemacht, sehr gut«, sprach Bruhn leise. »Ich habe gerade davon gelesen.«

Jakob nickte stolz. Dann gab er Felix die Zigaretten, die sie dabei hatten.

Bruhn steckte beiden je 500 Mark zu. »Ihr habt es euch verdient. Nehmt es als Entschädigung für die Sache mit dem Hund. War sicher ein ganz schöner Schreck.«

Allerdings, dachte Susi. Aber das war jetzt vergessen. Die Kohle gehörte ihnen – nicht zu fassen! Sie hätte vor Freude einen Luftsprung machen können. »Danke!«, stammelte sie. »Vielen Dank.«

»Schon gut. Geht jetzt. Die Schule geht gleich los. Ich hoffe, es hagelt saubere Noten.« Bruhn erlaubte sich sein Totenkopflächeln. »Wir sehen uns heute Abend.«

Jakob zuckte zusammen. Die Messe. Er verbeugte sich leicht und beeilte sich, den finsteren Raum zu verlassen. Das Mädchen kam hinterher.

Bruhn machte wieder die kleine Lampe an. Nicht untalentiert, die beiden, dachte er. Aber noch lange nicht gut genug. Grünschnäbel. Doch sie waren willig, formbar, ausbaufähig. Vielleicht würden sie sogar einmal die Klasse von Manu und Diabolo erreichen, die er auserkoren hatte, dass sie sich bei Gelegenheit um seinen Vater kümmerten.

Sein Vater, der Herr Minister. Nachdem der Kontakt zwischen ihm und Felix abgebrochen war, sammelte der Filius alle Daten, Erkenntnisse und Zeitungsberichte, die er in die Finger bekommen konnte. Welche Karriereschritte machte er, wo hatte er Erfolg, wo nicht? Auch scheinbar vergleichsweise belanglose Erkenntnisse nahm Felix zur Kenntnis. Wo ging der Vater essen, welchen Wein trank er am liebsten, wo machte er Urlaub, mit welchen Frauen schmückte er sich, in welche Tennishalle ging er? Die Unterlagen füllten inzwischen sechsundzwanzig Aktenordner. Um nicht den Überblick zu verlieren, hatte Felix in seinem Computer eine Art Inhaltsverzeichnis mit dem Namen *Vater* angelegt. In einer Tabelle standen links in alphabetischer Reihenfolge die Stichwörter, daneben folgte das Medium, das darüber berichtet hatte, und in der dritten Spalte fand Felix das Erscheinungsdatum. Bruhn hatte auf diese Art und Weise eine umfassende Dokumentation über seinen Erzeuger zustande gebracht.

Doch eines wurmte ihn gewaltig: Alle diese Recherchen hatten ihm nicht wirklich weitergeholfen auf dem Weg zu seinem großen Ziel, dem allumfassenden, zerstörerischen, gewalttätigen wie gewaltigen Finale. Es fehlte der Schwachpunkt in der Vita des alten Herrn, der Punkt, wo man den Hebel ansetzen und den Herrn Minister wegkegeln konnte. Und jetzt war er auch von Bodyguards umringt. Felix wurde immer mehr klar, dass diese Observation aus der Ferne und über Dritte nicht den gewünschten Erfolg bringen konnte. Man musste da persönlich heran. Aber das war für Felix unmöglich, weil der Vater ihn sofort erkennen würde. Nein, Felix brauchte dafür gut ausgebildete Späher. Er hatte noch eine Menge zu tun.

Am Albert-Einstein-Gymnasium herrschte das blanke Chaos. Der schmucklose Waschbetonklotz, in den 70er-Jahren als Paradebeispiel kostengünstiger Bautechnik gelobt, war inzwischen heruntergekommen. Es gab kaum eine Wasserleitung, die nicht leckte. Die marode Heizung pumpte die Hälfte der Energie in die Atmosphäre. An den Spielgeräten des zubetonierten Hofes nagte der Rost, die kümmerlichen Pflanzen dienten der Mittel- und Oberstufe als Aschenbecher und die Turnhalle war vor zwei Monaten geschlossen worden, weil man Asbest gefunden hatte. Inmitten dieses allgemeinen Verfalls gärte ein Klima, das der Schulleiter in einem Brandbrief an die Stadtväter als »extrem gewaltbereit und gekennzeichnet von Perspektivlosigkeit« bezeichnet hatte. Sein Appell, die Schule doch umgehend personell und finanziell besser auszustatten, verhallte ungehört. Die Stadt habe zu sparen, war die Antwort, und auch die Einstein-Schule müsse ihr Scherflein dazu beitragen. Hinein in diesen schwärenden Reizzustand passte eines ganz sicher nicht – eine Zeugnisvergabe.

Klassenleiter Norbert Kalb hatte die Nacht mit Hilfe von drei Schlaftabletten einigermaßen überstanden. Der dicke, kleine Mann hatte ein rotes Froschgesicht, dessen Basement ein ungepflegtes Bärtchen-Gestrüpp belagerte. Kalb trug wie üblich das verschossene, schwarze Kord-Sakko, das an den Ärmeln durchgescheuert war. Das dazu gänzlich unpassende rosa Hemd, das Kalb fälschlicherweise für progressiv hielt, zierte ein Marmeladenfleck im Zentrum der Knopfleiste, die sich über Kalbs Bug wölbte, und zwei weitere dunkle Flecken unter den Achselhöhlen.

Angstschweiß.

In der rechten Hand des Paukers schwang ein Plastiklederkoffer mit einem verwelkten Greenpeace-Aufkleber. Kalb tippelte auf kurzen Beinen zum Raum 201, wo ihn gleich die Hölle empfangen würde, wie er wusste. Nichts, aber auch gar nichts würde ihn heute aus der Fassung bringen können, hatte sich der Studienrat vorgenommen. Auch wenn er noch so stank vor Angst. Er sollte sich irren.

Jakob saß auf der Fensterbank und begrüßte den Lehrer mit einem herzhaften wie jahreszeitlich falschen *Helau!* Das Konfetti, das er rieseln ließ, bestand aus der Seite zwölf des *Diercke Weltatlas*. Keines der Kinder machte Anstalten, sich hinzusetzen. Überall Geschrei und Gezeter.

Kalb ignorierte das. Er würde diese Zeugnisse verteilen und dann den Raum verlassen. Nach Hause gehen und sich seinem Hobby, der Schneckenzucht, widmen. Das Telefon aushängen, für niemanden mehr da sein. Der Lehrer begab sich zu seinem Tisch, auf dem das Klassenbuch lag. Die heutige Seite war aufgeschlagen, was ihn wunderte. Solchen Service war er nicht gewöhnt. Fast hätte er sich ein wenig gefreut.

Fast. Denn als er sah, warum das Buch aufgeschlagen war, hob sich sein Magen. Jemand hatte einen Regenwurm auf der Seite zerdrückt. Der Studienrat unterband den Ekel. Er legte die Zeugnisse auf den Tisch, drehte sich gewohnheitsgemäß zur Tafel und klappte sie auf.

Schallendes Gelächter ertönte.

Fick dich ins Knie stand dort in großen Lettern. Kalb spürte nun doch die erste leise Wut in sich aufkeimen. Er fuhr herum, mit ernstem, strengem Gesicht. Das hatte früher manchmal etwas bewirkt.

Die Schüler lachten lauter.

Ein blondes Mädchen machte die Ausnahme. Still und schön saß es da und beobachtete den Pädagogen mit kühlen, blauen Augen. Manu.

Die Tochter des Schöhnheitschirurgen war Kalb schon immer etwas unheimlich gewesen. Sie hob sich deutlich vom Rest der Klasse ab. In den meisten Fächern war Manu den anderen klar überlegen. Doch sie glänzte nie mit reger Teilnahme am Unterricht, interessierte sich nicht die Bohne für ein Fach. Sie absolvierte das ihr offenbar lästige aber unvermeidbare Lernprogramm mit einer lässigen Arroganz.

Auch jetzt schien sie die Verzögerung, die bei der Zeugnisvergabe durch die Tumulte entstand, eher zu missbilligen.

Ganz anders gebärdete sich Jakob, der immer noch auf der Fensterbank hockte und sich schief lachte. Er hatte den Spruch an die Tafel geschmiert und erntete dafür jetzt den Beifall der Klassenkameraden. Der Spruch war Jakobs ganz persönliches Abschiedsgeschenk für den dicken Pauker, der fassungslos vor der Klasse stand und nicht wusste, was er tun sollte. Jakob ahnte, dass er nicht versetzt werden würde, und daher blieb ihm der Anblick dieses Lehrers vorläufig erspart. Der Schmerz über den Verlust hielt sich in Grenzen. Was seinen Lachanfall weitaus eher torpedierte, war die Tatsache, dass sich Manu heraushielt.

»Hinsetzen!«, mühte sich Kalb. »Alle hinsetzen.« Er legte die Kumpel-Platte auf, grinste schief und falsch. »Na, kommt schon, ihr Racker. Lasst es uns hinter uns bringen, okay? Es sind ja auch prima Noten dabei!«

Das Gejohle schwoll an.

Der Lehrer wechselte die Tonart, sie wurde einen Tick schärfer: »Ihr sollt euch hinsetzen!«

Ein Papierflieger hob ab und landete auf dem Lehrerpult.

Der Studienrat hämmerte seine kleine Faust auf den Tisch. »Wollt ihr nicht hören?«

Eine Papiertüte knallte.

Kalb verschränkte die Arme vor der Brust. Jetzt kam die Trotzphase. »Wie ihr wollt. Dann gibt es eben keine Zeugnisse.«

»Au ja!«, brüllte Jakob.

»Scheiß Sitzenbleiber!«, höhnte ein Junge in der ersten Reihe.

Jakob stürzte sich auf ihn.

Kalb warf sich ins Getümmel und trennte die beiden. »Ich bin heilfroh, dich nicht mehr zu sehen, Jakob Strasser. Das kannst du mir glauben«, giftete er.

»Sie brauchen einen Scheibenwischer«, antwortete Jakob in Hinblick auf die beschlagene Brille des Paukers.

Und dir würde ein Vater gut tun, dachte der Lehrer im Geheimen. Ein Vater mit Händen so groß wie Kohlenschaufeln. Kalb strich sein Sakko glatt und ging zurück zum Pult. Ein Kaugummi, abgefeuert aus der letzten Bank, verfehlte ihn knapp.

Die Zeugnisse lagen nicht mehr an ihrem Platz.

»Wer hat –« Der Pauker glaubte seinen Augen nicht zu trauen. Manu ging durch die Reihen und verteilte die Blätter.

Jetzt verlor der Pädagoge doch die Fassung. »Das sind Dokumente! Unterschrieben vom Direktor!«, schrie er hysterisch. »Die kannst du doch nicht so einfach –«

Manu sah ihm in die Augen und Kalb begann schlagartig zu frösteln. »Ich wollte Ihnen nur helfen, Herr Kalb. Das dauert hier alles ein wenig lang, finden Sie nicht auch?« Sie brachte ihm die Zeugnisse, legte sie in seine Hände. »Ich habe mir erlaubt, meines herauszunehmen.«

Mit diesen Worten verschwand sie aus dem Zimmer und ließ den Pauker mit dem Chaos allein. Draußen, als sie sicher war, dass man sie nicht beobachtete, warf sie einen flüchtigen Blick auf die vielen Einsen. Dann verbrannte sie das Papier.

Eine halbe Stunde später war Jakob in dem Klassenzimmer allein. Der Boden war übersät mit den Fetzen seines Atlanten und Papierfliegern. Vom Gang drang Lärm herein. Aufgeregt tauschten Jakobs Mitschüler ihre Noten aus. Der Junge beteiligte sich lieber nicht daran. Er starrte aus dem Fenster auf den tristen Hof.

Drei Fünfen, sechs Vieren. Das Wort *versetzt* war durchgestrichen. Dafür prangte unter dem *Nicht versetzt* ein geschwungener, fast fröhlich wirkenden Füllerstrich. Kalbs Handschrift.

Fick dich ins Knie.

Eine armselige Rache. Einmal mit dem Schwamm drüber und schon war Jakobs toller Streich verschwunden. Jakob halt, typisch Jakob. Versager, Null, Sitzenbleiber.

Auch Diabolo hatte ihn zuletzt eine Null genannt. Und Manu übersah ihn meistens geflissentlich. Er liebte sie, doch sie war für ihn unerreichbar. Kein Wunder. Wer war er, was konnte er eigentlich? Dumme Sprüche an die Tafel pinseln –

und was noch? Hier hatte er es schwarz auf weiß: *Nicht versetzt.*

Der Spott der Klasse. Der Idiot. Ausgeschlossen, zurückgeblieben, hintendran. Sogar in Sport nur eine Drei. Andere Deppen waren wenigstens darin gut. Jakobs Kopf sank gegen die dreckige Scheibe. Er ließ seinen Tränen freien Lauf.

»Nein, die ganze Turnschuh-Aktion hat bisher nichts gebracht«, gab Polizeisprecher Gruber zu.

»Tut mir Leid für Sie. Gab es vielleicht sonst noch etwas?«, wollte Bachmann wissen. Er machte den Rundruf vor der Redaktionskonferenz.

»Ja, eine schwere Körperverletzung«, stöhnte Gruber. »Vier verletzte Punker, die angeben, von einem Skinhead zusammengeschlagen worden zu sein.«

»Eine Glatze haut vier Punker um?«

»Ja. So geben es die Geschädigten jedenfalls an. Von der Beschreibung her könnte es sich bei dem Täter um den gleichen Jugendlichen handeln, der am Dienstag die Rentnerin überfallen hat.«

»Ach, hat er eine Zahl hinterlassen?«

»Nein. Deswegen sind wir auch noch etwas vorsichtig, die beiden Vorfälle in Verbindung zu bringen und demselben Täter zuzuschreiben. Schlägereien zwischen Skins und Punks gibt's immer wieder.«

»Gut. Was anderes: Können wir die Sache mit der Turnschuh-Spur jetzt rauslassen?«

»Um Gottes willen, nein. Bloß keine Veröffentlichung. Da muss ich an Ihre Fairness appellieren. Die Fahndung läuft ja noch.«

»In Ordnung. Ich muss das nur meinem Chef klar machen.«

»Ich bitte Sie ausdrücklich darum. Auf Wiederhören.«

Als Frank auflegte, spürte er eine Hand auf seiner Schulter.

»Morgen!«, rief Heiner betont gut gelaunt. »Hat es dir gestern gefallen?«

»Logo, war prima. Klasse Frau.«

Heiner sog die Luft tief in seinen Brustkasten, um sie mit einem begeisterten »Ja!« wieder auszustoßen.

»Aber der Junge scheint noch ein bisschen Zeit zum Auftauen zu brauchen«, ergänzte Bachmann.

Der Fotograf seufzte: »Stimmt. Aber ich kann ihm das nicht verübeln. Er ist in einem schwierigen Alter. Ich wäre wohl auch nicht gerade glücklich gewesen, wenn meine Mutter damals mit einem Neuen aufgekreuzt wäre.«

»Das legt sich, warte nur ab«, tröstete ihn Frank. »Komm, wir müssen hoch zur Konferenz. Es ist gleich zehn.«

Susi personifizierte an ihrer Realschule das gesunde Mittelmaß, wenn es um Noten ging. Das galt aber zweifellos nicht in Bezug auf das Einkaufen. Hier verkörperte sie die erste Liga. Das Mädchen nahm Kurs auf eine Boutique in der gesichtslosen Karolinenstraße. Es war die vierte innerhalb von zwei Stunden.

»Ich gehe lieber ein Eis essen«, trat Jakob den Rückzug an.

»Vergiss es, ich brauche dich. Du musst mir sagen, ob mir die Klamotten auch wirklich geil stehen.«

Jakob wehrte sich: »Nicht schon wieder. Ich habe keinen Bock mehr.« Er hatte seinen Anteil des Supermarkt-Honorars in CD-ROM-Spiele investiert. Eine schnelle Sache, noch dazu in einem vollklimatisierten Fachgeschäft.

»Bitte, nur noch diese hier. Die sollen fetzige Sachen haben. Okay?«

»Aber das ist die letzte«, brummelte der Junge.

Ergeben trottete er neben der Walküre in den stickigen Shop. Ein Ventilator kreiste müde über ihnen. Techno-Sound deckte sie zu. Susi schnippte im Rhythmus mit, während sie mit großen Augen das Jeans-Regal absuchte. Wenige Minuten später tauchte sie beladen mit vier Hosen in eine Kabine ab.

Jakob bezog gelangweilt davor Stellung.

Drinnen fluchte seine Gefährtin leise. Die Jeans hatte sie zwar noch über ihre Schenkel zerren können, aber am Po war definitiv Endstation. Es war zum Kotzen. Die Größe hatte ihr vor ein paar Monaten noch locker gepasst. Sie futterte zu viel, eindeutig. Wütend riss Susi die Hose wieder herunter und stieg in die nächste. Die fiel zum Glück etwas weiter aus. Schwitzend pfropfte das Mädchen seinen Hintern in den Stoff, zog den Bauch ein – und jetzt kam der spannende Moment: der Reißverschluss. Mit der linken Hand presste Susi den Hosenbund vorn zusammen, mit der rechten zog sie den Verschluss Zentimeter für Zentimeter nach oben. Es drückte und quetschte, aber dann war es geschafft. Zwar bildete sich eine Beule, aber wenn Susi ein T-Shirt drüber ziehen würde, wäre die Sache geritzt. Nun fehlte nur noch der Knopf. Sie atmete tief ein und verschloss ihn mit einem seligen Lächeln. Dann stellte sich das Mädchen vor den Spiegel und atmete wieder aus. Mit einem entlarvenden »Peng« hüpfte der Knopf gegen das Glas.

Missmutig kletterte Frank aus seinem VW. Freitagabend und niemand hatte Zeit für ihn. Heiner umgarnte seine neue Flamme, Willy und Maria genossen klebrige Cocktails auf einer piekfeinen Party, Pia war im Urlaub.

Scheißzeit.

Bachmann kontrollierte den Inhalt des Briefkastens. Fast hätte er laut gejubelt. Eine Karte von Pia! Der Reporter drückte die Post an sich und stürmte in sein kleines Haus, das im Schatten der katholischen Kirche von Pleinfeld lag. Er verschlang die Zeilen noch im Flur:

Lieber Frank! Landschaft, Strand, Wetter und Hotel sind klasse. Nur Du fehlst. Nicht nichts ohne Dich, alles mit Dir. So hatten wir es uns einmal geschworen, weißt Du noch? Es muss wohl auch Ausnahmen geben. Schade. Ich freue mich auf Dich. In Liebe: Pia.

Bachmann hatte einen Kloß im Hals. Klassisch, kitschig, schön. Pia. Er schloss die Augen, lehnte sich an die Wand. Frank sah seine Freundin vor sich, ihr hübsches, freches Gesicht, ihre schlanke, sportliche Gestalt. Er hörte ihr Lachen, roch ihren Duft, spürte ihre Hände. Und mit einem Male wusste Bachmann, wie er dem Abend doch noch etwas abgewinnen konnte. Er würde sich einen weinseligen Abstecher in die Welt der Melancholie gönnen. Frank öffnete die Glupscher, flitzte in den Vorratskeller und fand eine gut gekühlte Flasche Weißwein. Mit dieser verdrückte er sich in den Nachbarraum, wo sein Schlagzeug wartete. Der Redakteur aktivierte die 1000-Watt-Stereoanlage und legte den *Earth Song* von Michael Jackson auf.

Lass die Stille sterben. Breche sie.

Die Boxen erbebten, gebärten einen prallen Klang, der in Franks Kopf explodierte. Der Reporter hockte sich hinter seine Schießbude und trommelte mit. Doch irgendetwas passte Frank nicht, obwohl der Sound perfekt war.

Nach der Hälfte des Songs wusste er es – Bachmann rannte hoch ins Schlafzimmer und holte den kleinen, roten Stoffelefanten mit der staubigen Nase. Ein Geschenk von Pia. Den setzte er neben die satt blubbernden Boxen. Das Auditorium.

Gregorianische Chöre wehten durch den hohen, von wenigen Kerzen erhellten Saal. Nur leise waren die Stimmen zu hören, dafür kamen sie von überall. Sie erfüllten den Raum mit einer unaufdringlichen, aber allgegenwärtigen Präsenz. Der Raum atmete den Klang; das Ergebnis eines ausgeklügeltes Beschallungssystems, an dem Felix lange herumgetüftelt hatte. Bruhn saß auf einer Art Regiestuhl in der Mitte des Raumes. Neben ihm kauerte Diabolo. Davor hatten die anderen etwa zwanzig Jugendlichen einen Halbkreis gebildet. Wie Diabolo hockten sie auf dem Boden.

Bruhn hielt den Kopf leicht gesenkt, so dass man sein Gesicht bestenfalls erahnen konnte. Die Kapuze seines schwarzen Mantels fiel ihm fast über die Augen. Dennoch war ihm nichts entgangen. Sie waren alle gekommen, freiwillig, und das war gut so. Gut und wichtig. Keines seiner Kinder hatte sich ihm heute entzogen. Er bedachte eines nach dem anderen mit einem langen Blick.

Jakob fühlte sich entsetzlich. Zum einen lag das an der Grabeskälte, die Manu neben ihm ausstrahlte. Zum anderen beschäftigte ihn nach wie vor das Gespräch, das er am frühen Abend mit seiner Mutter geführt hatte. Mama, die Ahnungslose. Sie hatte nicht einmal getobt, als sie von seinem Fiasko erfuhr. Das wäre ja noch gegangen. Nein, seine Mutter wirkte persönlich beleidigt. Jakob war schnell klar geworden, dass sie sein Scheitern auch als das Ende ihres Experimentes der allein erziehenden Mutter sah.

»Ich glaube, wir haben uns getäuscht«, hatte sie schließlich bei einem Glas Wein festgestellt. »Ich dachte immer, dass wir das schaffen, du und ich. Ich hatte das Gefühl, dass du die Sache im Griff hast.« Monika hatte hochgesehen, seine Augen gesucht. Vergebens, sie sah nur seinen Rücken. »Ich konnte ja nicht ahnen, wie sehr du im Schlamassel steckst.«

Nach dieser müden Ansage hatte Jakob seine Mutter wortlos verlassen und war mit seinem Mofa zu Felix gefahren.

Sie alle lauschten den erhabenen Chören. Jakobs aufgedrehte Nervenstränge glätteten sich allmählich. Er war daheim. Hier akzeptierte man ihn, hier spielte es keine Rolle, ob er sitzen geblieben war, hier zählte er allein, hier hatte er eine Funktion, auch wenn er noch viel besser werden musste. Niemand hatte ihn bisher auf sein schulisches Versagen angesprochen. Allmählich ließ der Druck in seinem Magen etwas nach.

War das wirklich sein Zuhause, durfte er sich so sicher sein? Jakob sah sich wieder durch den langen Gang gehen, er sah Manu nackt auf Robbi. Sah ihren blutigen Finger. Das war sein Zuhause, war es das?

»Jakob.« Felix sprach ihn an. Ruhig, fast schmeichelnd.

Der Junge erschrak fürchterlich. Was, er?

»Jakob.« Erneut tönte der Name über die Jugendlichen hinweg.

»Ja?«

»Steh auf.«

Jakob gehorchte.

»Du bist nicht versetzt worden.«

Der Junge wäre am liebsten im Boden versunken. Spielte es etwa doch eine Rolle, dass er versagt hatte?

»Du musst dich nicht schämen. Jeder von uns weiß längst Bescheid.«

Das gab Jakob einen gehörigen Stich. »Es tut mir Leid, dass ich es nicht gepackt habe. Ich werde mich –«

»Du bist kein Versager.« Bruhns Stimme war etwas lauter geworden. »Keineswegs. Du bist nur neu bei uns, du weißt es offenbar nicht besser. Was sind schon Noten?«

Die anderen Jugendlichen lachten.

Felix hob seinen Kopf ein wenig: »Was sind Noten, mein Freund?«

Jakob hob ratlos die Hände, druckste: »Bewertungen, oder?«

»Du lässt dich bewerten?«

»Ja, natürlich.« Dem Jungen wurde warm. Er meinte, die Blicke der anderen auf sich zu vereinen.

»Du lässt dich mit Noten bewerten?«, fasste Bruhn nach.

»Was bleibt mir übrig?«

»Du lässt dich mangelhaft nennen oder ungenügend?«

»Ja. Ich meine, was sollte ich dagegen tun?«

»Nichts. Entscheidend ist, was du dabei fühlst. Und du, Jakob Strasser, fühlst dich als Abschaum, als Müll, als Dreck in der Gosse. Ist es nicht so?«

»Nein.« Der Junge log. Er schwitzte. Gerne wäre er geflohen. Nur – wohin?

»Oh doch. Das sehe ich dir an. Mach mir nichts vor.« Felix beugte sich kurz zu Diabolo hinab und gab ihm Anweisungen. Dieter sprang auf, zerrte Jakob heran. Der Junge musste sich niederknien.

»Lass mich gehen, ich passe nicht zu euch!«, rief der Junge. Der ganze Frust des Tages kam hoch. »Ja!«, schrie er. »Vielleicht bin ich doch ein Versager, nicht nur wegen der Noten. Vielleicht bin ich zu schlecht für euch, weil ich die Sache mit der Oma im Park fast versaut hätte.«

Felix rutschte von seinem Stuhl auf den Boden und nahm Jakobs Kopf in beide Hände. Er riss die Kapuze zurück und zeigte dem Jungen zum ersten Mal seine ganze monströse Hässlichkeit. »Du darfst hier nie mehr so schreien. Und jetzt sage mir: Ist mein Gesicht mangelhaft, ist es ungenügend?«

Jakob stockte der Atem. Er hatte vergleichbares Grauen noch nie aus dieser Nähe gesehen. Doch in den Augen des

Mannes lag Stärke, Kraft und Zuversicht. Jakob verabschiedete sich visuell von den Narben und Falten, er konzentrierte sich allein auf die Augen.

»Ist das mangelhaft, ungenügend?«, fragte Felix noch einmal.

»Nein«, wisperte Jakob.

Bruhn lachte böse. »Doch, das ist es. Zumindest in der Welt vor der Tür zu diesem Haus. Dort werden keine Außenseiter geschätzt, lieber Jakob. Keine Krüppel, keine Fremden, keine Sitzenbleiber.« Felix schob die Kapuze wieder ins Gesicht. »Und du bist kein Versager, du bist unser Freund. Wir beschützen dich und du beschützt uns. Wir lieben dich.«

Jakob schluckte. Lieben. Ein seltsames Wort. Aber es tat ihm gut.

»Setz dich wieder zu anderen, Jakob. Und ich will nie wieder von dir hören, dass du dich als ein Nichts fühlst.«

Der Junge hockte sich wieder neben Manu. Er war unendlich erleichtert.

Bruhn fuhr fort: »Dennoch, so hart es auch klingen mag: In den Augen dieser kaputten Gesellschaft ist Jakob ein Schulversager. Sie nennen ihn ungenügend und haben dafür Regeln, die ihnen das erlauben. Deshalb haben wir unsere eigenen Regeln. Und die werden wir verteidigen.«

Diabolo nickte stumm.

»Nehmen wir zum Beispiel unseren Robert«, flüsterte Bruhn.

Ein Murren erhob sich in der Gruppe.

»Psst!«, machte Felix. »Robert. Schade, dass er unsere Gruppe verlassen musste. Aber es ging nicht anders. Er hat gegen die Regeln verstoßen, die uns zusammenhalten.« Er berichtete den Jugendlichen, was vorgefallen war.

Jakob lauschte der leisen Erzählung mit wachsendem Erstaunen. Robert war ein Verräter gewesen! Man hatte ihn bei einem Automatenaufbruch geschnappt. Robert hatte der Polizei erzählt, dass er von Felix zu der Tat angestiftet worden war.

Felix' Stimme erreichte fast normale Lautstärke: »Er wollte damit wohl seine Haut retten oder sich einschmeicheln.

Und das ausgerechnet bei der Polizei! Könnt ihr euch vorstellen, wie es war, als die Beamten bei mir aufkreuzten?«

Wieder grollte die Gruppe.

»Natürlich konnten sie mir nichts nachweisen, diese Gesetzeshüter.« Das letzte Wort spie Bruhn in den Raum. »Aber sie waren hier, hier in unseren Räumen. Robert hat sie entehrt und uns alle gefährdet.« Felix hatte seine Augen auf Manu gerichtet.

Ihr rechter Arm war ausgestreckt, der Daumen deutete nach unten.

Zwei Stunden später. Der Zauber war verflogen, Felix allein. Er zitterte. Die Schatten waren wieder gekommen. Die Angst, die Erinnerung hatte ihn gepackt. Nichts konnte er tun. Unruhig durchmaß er das Kaminzimmer, die Augen weit aufgerissen. Er durfte sie nicht schließen, weil sonst die Bilder kamen, als wären seine geschlossenen Lider die Leinwand des Terrors. Der Trick verpuffte, auch wenn seine Augen brannten wie Feuer. Die Bilder nahmen Gestalt an. Schemenhaft zunächst, aber mit zunehmender, hässlicher Präzision, voller verletzender, glasscharfer Brillanz.

Bruhn drückte seine Stirn gegen die Wand. Er hatte verloren. Die Flut der Erinnerung schwappte über ihn und nahm ihm die Luft. Die Küche. Kaltes Licht. Jedes Detail gestochen scharf. Die Frau auf dem Boden. Wimmern. Blut. Weiße Fliesen, sonst so rein. Wimmern, kein Schreien. Ist verboten. Die Frau kriecht. Der Mann ist über ihr. Sein Gesicht glänzt vor Schweiß. Schläge. Dumpfes Klatschen. Von hinten auf den Kopf, in den Rücken. Die Frau kriecht weiter, Tränen mischen sich mit Blut. Schlieren auf dem Boden. Sonst so rein. Schluchzen. Der Mann bleibt über der Frau. Klatschen. Immer wieder.

Der kleine Junge steht in der Tür. Sieht alles. Darf es nicht sehen. Der Vater ist bei ihm, schnell, so schnell. Das Kind kann nicht fliehen. Er hat es gepackt, reißt es aus der Küche, hebt es hoch, rammt es gegen die Wand.

»Was willst du denn hier, warum spionierst du hier herum, das lass ich mir von dir nicht bieten!«

»Hab doch gar nichts gemacht.« Die Stimme zittert. »Wollte doch nur was trinken!«

»Du bist genau so wie deine Mutter.« Klatschen in das Gesicht des Kindes. Es hält die Arme schützend vor das Gesicht. Das nützt nichts. Haut reißt. Warme Flut. Rot.

In der Küche versucht die Frau aufzustehen. Sie stützt sich auf einen Stuhl. Er kippelt, fällt. Es ist nicht zu überhören.

Der Mann lässt von dem Kind ab.

»Nein!«, schreit der Kleine.

Der Mann erreicht die Frau. Die Faust trifft, ein Knochen bricht. Die Frau fällt hart auf den Boden, blutet noch stärker. Ihre Augen sind offen, starr. Unter ihrem Kopf bildet sich ein See.

»Nicht!«, gellt die Stimme des Kindes. Es läuft los, hin zur Mutter, zum See, will helfen, retten, gelangt in die Arme des Vaters. Kann nicht ausweichen. Klatschen. Es tut so weh.

Dann, hinein in den Hass, die Abmachung. Ein violettes Gesicht spricht: »Wir sind doch ein Team, weißt du das nicht? Du hast nichts gesehen. Wir gehören zusammen. Aber ab und zu muss ein Mann seiner Familie klar machen, wo es lang geht.«

Der Junge lauscht, schweigt. Er hat Angst.

Mama blutet.

Felix auch.

»Du bist mein Partner. Das musst du lernen.« Vater lässt nicht locker. Ein neuer Schlag, als der Junge schweigt. Frisches Blut. Es läuft aus dem Gesicht des Kindes, dunkel.

Felix nickt jetzt. Angst.

Komplize Felix.

Thaddäus Bruhn lächelte galant.

»Hoch erfreut«, log er in das mit Make-up zugekittete Antlitz einer etwa 100-jährigen, die ihm im Münchner *Park-Hotel* als Gastgeberin der *Gala für Afrika* ans Herz und dann an die Brieftasche gedrückt worden war.

»Der Herr Minister, welch eine Ehre«, kam es zurück.

Das will ich doch hoffen, dachte Bruhn, während er weiter freundlich strahlte. Ohne mich kannst du deine Gala das nächste Mal in irgendeiner Kaschemme in der Pampa feiern und dich über einen Reinerlös von 2,46 Mark freuen. Weil ich hier bin, sind die anderen da. Ohne mich wäre das hier eine verwaiste Losbude mit einer abgehalfterten Schabracke am krächzenden Mikro. Kauft Lose, Leute, für einen guten Zweck.

Kameras blitzten auf. Die Presse hatte ihn entdeckt. Gut so. Der Minister lächelte noch breiter. Er trug einen sündhaft teueren Trachten-Janker. Das kam immer gut an. Erdverbunden, bayerisch, aber doch mit Klasse. Ein Mann des Volkes und ein Staatsmann noch dazu. Da hatte er den Bogen raus, diese Kombination war genau sein Ding, das musste er sich lassen. Der Stoiber, dieser Halb-Preusse, bekam das auch immer ganz gut hin. Obwohl es bei ihm immer etwas aufgesetzt wirkte, wie Bruhn fand. Stoiber, der Unbestechliche, der Untadelige, der Korrekte und Fleißige. Aber irgendwo musste auch ein Stoiber zu packen sein. Der war schließlich auch nur ein Mensch.

Bruhn schob sich an der Mumie vorbei in die Richtung einer dünnbeschürzten Bedienung, die ihm mit einem blöden Grinsen das Tablett hinhielt. Gerade, als Bruhn zupacken wollte, drängte sich einer seiner Sonnenbrillen-Schimpansen zwischen ihn und das Tablett und hielt dem Minister den Sektkelch unter die Nase: »Bitte, Herr Minister.«

»Aber aufs Klo wollen Sie mich nicht begleiten, hm?«

»Wie bitte?« Ein unsicheres Lachen ertönte. »Nein, natürlich nicht. Es sei denn, Sie wünschen es, Herr Minister.«

Bruhn verdrehte die Augen. Wenn diese Pfeife ihn im Ernstfall bewachen sollte, könnte er sich vorsorglich gleich selbst erschießen.

»Hallo, hier Michael Mommsen von *Antenne München*. Ein kurzes Interview, bitte!« Ein aufgeregter Junge in einem billigen Anzug.

Antenne München? Kannte Bruhn nicht. Vielleicht einer dieser junnge, flippigen, links angehauchten Privatsender. Nicht sein Ding.

»Wie viele Hörer hast du?«, fragte der Minister und nippte an seinem Glas.

»Wie viele Hörer? Ich? Weiß nicht, aber wir haben eine tägliche Reichweite von etwa –«

»Das habe ich nicht gefragt. Wie viele hören *dich*?«

Der Junge ließ das Mikro sinken, grübelte.

»Vergiss es, Kleiner. Geh üben. Und kauf dir was zum Anziehen.« Bruhn lachte laut, seine Leibwächter stimmten mit.

Der Politiker entdeckte den Klatschreporter der Münchner *TZ*, Peter Rambichler. Die machten richtig Auflage. Rambichler, in weinrotem Sakko, weißem Hemd und schwarzer Fliege, hatte es nicht nötig, sich an den Minister heranzuwerfen. Das galt auch umgekehrt. Also traf man sich eher zufällig. Bruhn streifte an ihm vorbei, beiläufig, und prompt kam die Ansage, leise, aber eindringlich: »Nett, Sie mal wieder zu sehen. Wir sollten uns kurz unterhalten.«

»Sicher«, gab der Minister zurück. »Gern.«

»Bald sind Wahlen in unserem schönen Land. Stelle gerade die Biographien unserer Polit-Prominenz zusammen. Habe gar nicht gewusst, dass Sie einen Sohn haben«, bemerkte Rambichler.

Bruhn kniff die Augen zusammen: »Ja – und?«

Rambichler lächelte schief: »Man sieht und hört von ihm nichts. Seltsam, oder nicht?«

»Keineswegs. Er lebt in Nürnberg. Sehr zurückgezogen. Er mag keinen Rummel.«

»So? Man hört, er habe einen Unfall gehabt.« Der Klatschreporter beugte sich vor, dicht an das Ohr des Ministers. »Und man hört noch andere Sachen, hässliche Sachen.«

»Von was sprechen Sie?« Es war heiß geworden in dem Saal, sehr heiß.

»Nun, sagen wir mal, von Körperverletzung«, wagte sich der Redakteur vor.

Der Minister sah ihn scharf an: »Vergessen Sie das. Die Sache liegt lange zurück. Alle Ermittlungen wurden abgeschlossen. Es war ein Unfall.«

»So?«

Bruhn griente kalt: »Wissen Sie eigentlich, wie viel Geld meine Partei zu Wahlkampfzeiten in Ihre Zeitung für Anzeigen steckt? Wollen Sie darauf verzichten?«

Rambichler zögerte. Dann zischte er: »Ich könnte darauf verzichten, auf Sie wie auf Ihre Partei.«

»Aber Ihr Verleger sieht das anders, mein Freund. Wir spielen zusammen Golf. Soll ich ihn anrufen?« Der Minister zog ein Handy aus dem Janker.

Der Klatschreporter winkte ab: »Schon gut.«

»Klappt doch.« Bruhn schob das Telefon zurück. »Fangen wir noch einmal von vorne an. Sie können mich jetzt gerne fragen, warum ich anlässlich dieser Gala spende.«

»Lassen Sie das. Ich kenne meinen Job.«

»Manchmal wohl nicht so ganz. Halten Sie sich an die Regeln.«

»Die Sie festlegen?«

»Genau, mein Freund. Und jetzt fangen Sie an, meine Zeit für Sie ist begrenzt.«

7.

Polizeimeister Völk ging es gar nicht gut. Anders ausgedrückt: Ihm ging es zum Kotzen. Würgend stand er am Samstagmorgen in seinem winzigen Bad vor dem klapprigen Allibert. Er hätte nach seinem üblichen, allabendlichen Kneipenbesuch und dem Trinken bis zu dem selbst auferlegten Finanzlimit – 25 Mark, mehr ging leider nicht – zu Hause nicht mehr die Flasche mit dem billigen Schnaps aufmachen sollen.

Ein vom Alkohol verwüstetes Gesicht stierte Völk aus dem Spiegel an. Gut, dass er keine Freundin oder Frau hatte. Die würde ihn jetzt wahrscheinlich ordentlich rundmachen. Keifen, meckern, dumm reden: »Wieso steht du erst jetzt auf? Wir haben gleich elf, du faules Stück! Wann gedenkt der Herr denn heute einkaufen zu gehen? Wir haben keine Getränke mehr im Haus! Leg los, die Läden machen bald zu! Und zur Post musst du noch, das schwere Paket wegbringen, und bring mir vom Markt 'nen Kopfsalat mit und vom Schlecker die Soundso-Damenbinden, die sind da grade im Angebot, und das Auto gehört gewaschen, das sieht vielleicht aus. Apropos aussehen: Wenigstens einmal in der Woche könntest du dich duschen. Du stinkst, Peter Völk! Ich hab das langsam satt mit dir. Und wenn du bei der Tankstelle bist, kannst du gleich einen Blumenstrauß mitbringen für die Tante Marion, da müssen wir heute Nachmittag nämlich hin. Der Blumenladen ist gleich neben der Tankstelle, wie du wahrscheinlich nicht weißt, weil du mir ja nie was schenkst. Und überhaupt: Ich finde das gar nicht gut, wie du in letzter Zeit ...«

Grässliche Ansage. Arme Männer, die sich so etwas anhören mussten. Der Gedanke, dass ihm kein zänkisches Weib auf den Zeiger ging und seinen höllisch brummenden Schädel punktierte, tröstete Völk ein wenig. Das Singledasein hatte auch seine Vorteile. Wieder einmal erlag der Beamte dem verlockenden Selbstbetrug, das Alleinsein wirklich immer gewollt zu haben.

Er riss die Plastikschublade in dem Spiegelschränkchen auf, wühlte fahrig darin herum. Endlich hatte er die Schmerztabletten in der Hand. Völk nahm gleich drei. Das würde bitterböse Magenschmerzen nach sich ziehen, doch die nahm der Polizist angesichts seines Mega-Katers in Kauf.

Er rumpelte vom Bad in die Küche. Mein Gott, sah das hier aus. Überall streckten ihm Konservendosen – vornehmlich Ravioli und Erbseneintopf – ihre aufgerissenen Deckel entgegen. Aus der Spüle wuchs ein Turm mit verklebten Tellern. Fleckige Gläser bildeten rechts und links ein Spalier. Ein dreckiger Putzschwamm faulte auf dem Herd vor sich hin. Mit dem hatte Völk vor einigen Tagen probiert, die eingebrannten Essensreste und Fettspritzer abzuhobeln. Vielleicht wäre eine Frau doch nicht so schlecht, überlegte der Polizist. Aber nur eine, die diese Sauerei ohne einen Mucks aufräumte. Eine Putz-Wutz, die spurte. Aber mit solchen fabelhaften Ideen brauchte er den heutigen Emanzen gar nicht zu kommen. Vor drei Wochen hatte er eine Kontaktanzeige aufgegeben, wo er fairerweise vermerkt hatte, dass er eine *Haus*frau suchte. Keine hatte sich bisher gemeldet. Es war zum Weinen.

Völk hielt seine schwere Birne in den Kühlschrank. Dosenbier, eine angerostete Fischbüchse unbekannten Datums. Aber da: Milch! Gesunder Leckerschmecker. Gierig kippte der Beamte das Zeug direkt aus der Tüte in seinen wunden Schlund. Ein Fehler, wie er schnell merkte. Klümpchen schmirgelten Völks Speiseröhre hinab. Zum Teufel, die Milch war sauer. Der Beamte spuckte auf den Berg in der Spüle. Einfach ekelhaft, dieser Geschmack.

Die Schnapsflasche geriet in sein Blickfeld. Völk hatte sie gestern Nacht in den Kühlschrank stellen wollen, es aber nicht mehr auf die Reihe bekommen. Deshalb stand sie jetzt neben dem selten benutzten Spülmittel. Die Begegnung mit dem Träume-Spender löste bei Völk zwei intensive wie unterschiedliche Gefühle aus: Brechreiz und Lust. Zwei Finger hoch stand das Sonderangebot von *Norma* noch in der Flasche. Der Beamte kratzte sich am Kopf. Er hätte sich fast mit der Milch vergiftet, also durfte er etwas Medizin nehmen. Mit geschlossenen Augen saugte der Polizist an der Pulle, bis sie leer war. Als er sie absetzte, schüttelte es Völk. Mein lieber Scholli, das war wirklich ein hammerartiger Wellenbrecher. Aber leider leer. Wieso hatte er den Schnaps gestern überhaupt aufgemacht? Da war doch etwas gewesen, grübelte der Beamte, während er sich in seinem Schlafanzug auf das abgewetzte, dunkelbraune Kordsofa vor dem Fernseher fallen ließ. Irgendeinen Grund zum Feiern hatte es gegeben. Wenn er sich doch nur erinnern könnte. Hilfe suchend wanderte sein benebelter Blick durch das Zimmerchen, das gänzlich ohne Pflanzen und Bilder auskam.

Auf dem Couchtisch, halb verdeckt vom fettfleckigen TV-Magazin, wurde Völk fündig. *Alles Gute zum Geburtstag* stand dort auf einer Karte, die einen Blumenstrauß zeigte. Völk schlug sich vor die Stirn. Na klar, Geburtstag! Und Tante Heidi hatte ihn nicht vergessen, wie nett. Jetzt musste er schnell die andere Post sichten.

Der Beamte warf sich einen Bademantel über, lief zum Briefkasten. In dem heruntergekommen Mietsblock im Nürnberger Stadtteil St. Peter war dieser Aufzug völlig normal. Die Schabracke über ihm namens Göderlein konnte man hier trotz ihrer sechzig Jahre schon mal im Unterrock bewundern, was Völk jedoch tunlichst vermied, um keine Begehrlichkeiten zu wecken. Zitternd rammte Völk den kleinen Schlüssel ins Schloss und riss das quietschende Metalltürchen auf. Der Briefkasten war leer. Der Beamte glotzte in die Nachbarkästen. Die waren voll. Missmutig knallte Völk die Tür wieder zu. Dann eben nicht. Was brauchte er diesen gefühlsduseligen Quatsch. Er straffte die Schultern, ging zu seiner Wohnung im ersten Stock hinauf. Auf der Treppe musste ihm natürlich die alte Göderlein entgegenschlurfen. Wenigstens war sie vernünftig angezogen. Völk drückte sich grußlos an ihr vorbei.

»Sie haben die Hausordnung noch nicht gemacht«, hob das dünne Stimmchen der Alten an. »Sie müssen noch die Treppe putzen und vorm Haus kehren, jawohl. Sie sind dran, ich weiß das genau.« Sie hielt ihm einen Schreibblock unter die Nase. »Ich führe Buch.«

»Ja ja, anderes Mal. Vielleicht«, gab der Polizist mürrisch zurück und lief weiter. Was ging das diese Schlampe an?

»Ich behalte Sie im Auge«, drohte das Weiblein. »Ich melde Sie der Hausverwaltung, wenn Sie nicht putzen.«

Dann breche ich dir jeden Knochen einzeln, schwor sich Völk. Er stolperte in seine Bude und knallte die Tür mit solcher Wucht zu, dass der Rahmen erbebte. Dreckstag! Geburtstag. Scheißtag. Scheiß Geburtstag. Was machte man am Geburtstag? Freunde einladen kam mangels Masse nicht in Frage. Einen trinken? War sowieso klar. Erst mal waschen, beschloss er, um die Rübe frei zu bekommen.

Mach doch einen schönen Ausflug, dachte der Beamte unter der Dusche. Schau dir etwas an. Nur was? Natur langweilte ihn. Auch Museen interessierten ihn nicht, mit einer Ausnahme: die *Lochgefängnisse*. Diese berüchtigten, mittelalterlichen Folterstätten gleich beim Rathaus hatten es Völk angetan. Das letzte Mal war er vor drei Monaten da gewesen. Das könnte er sich heute doch gönnen. Vielleicht gab es ja ein neues Exponat, an dem er sich ergötzen konnte.

Seine Stimmung hob sich.

Eine halbe Stunde später sprang der Polizist in den Bus der Linie 42, der zum Bahnhof fuhr. Da es Samstag war, hatte sich Völk für seine legere Kleidung – wie er sie nannte – entschieden. Zum fast sauberen, weißen Polo-Shirt hatte er stilsicher pinkfarbene, verknitterte Shorts, schwarze Socken und braune Sandalen kombiniert. Der Beamte wandte sich in den hinteren Teil des Busses. Dort hing ein Rotzlöffel tief in den Polstern, wälzte ein Kaugummi von der einen in die andere Backe und hatte die Füße auf die Rückenlehne des Sitzes vor ihm gelegt. Nicht zu fassen. Der Beamte wollte gerade dienstlich einschreiten, als ihm der Atem stockte.

Am rechten Turnschuh des Teenagers klebte rote Farbe. Exakt der knallige Ton, den der Einbrecher im Supermarkt hinterlassen hatte.

Völk ließ sich gegenüber dem Ein- und Ausstieg nieder. Vergessen waren die hübschen Lochgefängnisse mit ihrer schaurigen Vergangenheit. Das hier war Jetzt-Zeit. Jagdzeit.

Bachmann genoss die klare Luft auf dem Balkon. Er hatte eine Tasse Kaffee in der Hand, mampfte ein Brötchen, las dabei das *Weißenburger Tagblatt*. Vom dicken, gelben Kirchturm schlug es zehn Mal. Bereits jetzt war es sehr warm. Es würde ein schöner Tag werden. Ideal für einen Ausflug zum Brombachsee oder in einen Biergarten. Sicher würden heute wieder Tausende von Nürnbergern ins Fränkische Seenland einfallen. So wie Heiner, der am Nachmittag seinen Besuch angekündigt hatte. Er wollte mit Monika und dem Jungen kommen.

Keine leichte Sache für den Fotografen, fand Frank. Was dieser Jakob neulich abends für eine Laune gehabt hatte. Und es war nicht zu übersehen, dass der Knabe Heiner völlig ablehnte. Vielleicht kamen sich die beiden ja heute bei ihrem Ausflug etwas näher. Er gönnte seinem Kumpel die Liebe zu dieser tollen Frau von ganzem Herzen.

Völk rang mit sich. Sollte er den kleinen, miesen Verbrecher an Ort und Stelle hopp nehmen? Da fiel dem Beamten siedend heiß ein, dass er ja in Zivil unterwegs war. In seinen labberigen Shorts befand sich ein benutztes Taschentuch, aber weder eine Pistole noch Handschellen oder der Schlagstock, den er über alles schätzte und dem er den Spitznamen *Woodstock* gegeben hatte – eine kleine Hommage an die bevorzugte Zielgruppe seiner Hiebe.

Doch was war, wenn sich dieser Schwerstkriminelle wehrte? Besonders kräftig sah der Bursche zwar nicht aus, aber wer konnte ahnen, was der Heini so alles in der Hosentasche hatte. Ein Klappmesser vielleicht oder einen Schlagring? Am besten wäre es, die Kollegen zu benachrichtigen. Er sollte zum Busfahrer gehen, der über Funk Hilfe herbeiholen konnte. Aber das würde auffallen. Völk wusste nicht, wo der Junge aussteigen wollte. Roch der Kerl Lunte, sprang er an der nächsten Haltestelle hinaus und war verschwunden. Der Beamte entschied sich dafür, den Kriminellen unauffällig zu beschatten. So konnte er eventuell herausfinden, wo der Typ wohnte.

Jakob pappte den Kaugummi an die Scheibe. Busse waren das Letzte. Aber sein Mofa war heute Morgen nicht angesprungen, aus welchen Gründen auch immer. Der Junge hatte es zu einer Werkstatt schieben müssen. Und jetzt saß er notgedrungen in diesem grässlichen Bus. Dieses Gerumpel und Geschunkel, dieses ständige Anhalten, diese käsegesichtigen Busfahrer, diese verdammten Fahrschein-Kontrolleure. Der Typ in dem lächerlichen Aufzug, der gerade eingestiegen war, entsprach genau dem Typ eines Kontrolleurs. Ein Glück, dass er ausnahmsweise einmal einen Fahrschein gelöst hatte.

Bald war Jakob alt genug, um sich eine 80er zu kaufen. Das Geld hatte er längst zusammen. Dann würde er an diesen Bussen vorbeiballern, tief vornübergebeugt, die Nase fast auf dem Lenkrad, den Auspuff mindestens halb ausgeräumt, die ganze Maschine frisiert bis zum Gehtnichtmehr. Der Helm kam dahin, wo er hingehörte – auf den Gepäckständer.

Der Bus bog ächzend in den abgasgeschwängerten Marientunnel ein. Gleich hatte es Jakob geschafft.

Zwei Minuten später hielt der Bus am Bahnhof.

Völk gab dem Jungen ein wenig Vorsprung, er hielt sich etwa zehn Meter hinter ihm.

Jakob lief schnurstracks in die Bahnhofshalle. An der Rolltreppe zur U-Bahn verharrte er.

Der Polizist ging hinter einer Telefonkabine in Deckung.

Der Jugendliche wippte auf den Zehenspitzen, sah sich suchend um.

Vor einem Tabakgeschäft bemerkte Völk zwei Streifenbeamte, die einen Penner kontrollierten. Ich brauche nur hinüberzugehen, ein Klacks, wusste Völk. Doch wenn er diesen Kerl allein schnappen sollte, wenn ihm der große Fahndungscoup gelänge, würde sich das zweifellos positiv auf seine bisher bestenfalls bescheiden zu nennende Karriere auswirken. Außerdem hatte er Hauptkommissar Neutzels sinnentleerte Anweisung noch nicht vergessen, die ihn nachts an einem Supermarkt hatte Wache schieben lassen. Wo war der tolle Kommissar jetzt, warum hatte er nicht die Witterung aufgenommen? Nein, entschloss sich Völk grimmig. Das hier ist mein Ding. Und das ziehe ich durch. Solo.

Jakob setzte sich wieder in Bewegung. Er hielt sich rechts, steuerte auf das Sexkino zu.

Völk blieb an ihm dran. Hoffentlich begrüßte ihn der Kinobesitzer nicht lauthals. Der Polizist war dort Stammgast. Aber sicherlich hatte der Laden noch zu.

Der Junge ignorierte im Gegensatz zu dem Beamten die Werbung für den Porno-Streifen. Gleich hatte er die Flügeltüren des Westausganges erreicht. Jetzt flogen sie auf und ein dunkler Junge stürmte hindurch.

»Manolo!«, rief Jakob. »Dich habe ich gesucht.« Die beiden gaben sich die Hand.

Der Polizeimeister vertiefte sich in einen Fahrplan an der Wand. Er war zu weit weg, um der Unterhaltung folgen zu können. Völk schielte zu den beiden hinüber. Jetzt zog der Kerl mit dem farbigen Turnschuh sein Portemonnaie. Ein Schein wechselte den Besitzer. Der dunkle Bursche schaute sich um und Völk musste seine vom Verdrehen schmerzenden Augen wieder auf den Plan richten. Als er erneut hinüberlinste, trennten sich die Jungen gerade.

Jakob beeilte sich, die U-Bahn zu erreichen.

Völk sah den Jungen auf sich zukommen. Verdammter Mist! Er presste seine Nase noch dichter an den Fahrplan, damit man möglichst wenig von seinem Gesicht erkennen konnte. Der Supermarkt-Verwüster trottete so dicht an ihm vorbei, dass Völk den Windzug spürte. Der Beamte hielt die Luft an. Wieder gab er dem Knaben zehn Meter Vorsprung. Ein hoch gewachsenes Ehepaar bot ihm Deckung.

Plötzlich begann Jakob zu rennen.

Der Beamte fluchte. Er tauchte aus dem Windschatten des Paares auf, legte einen Zahn zu. In seinem Kater-Kopf läuteten die Alarmglocken Sturm. Bloß keine hektischen Bewegungen, die tun doch weh!

Der Junge war ein guter Läufer. Ausdauernd, schnell. Geschickt wich er den Reisenden mit ihren Kofferkulis aus.

Völk hatte da mehr Probleme. Er verströmte eher die Eleganz eines trächtigen Walrosses beim Landgang. Sein Bierbauch hüpfte, das Doppelkinn schwabbelte, Knie und Knöchel sträubten sich mit ungesundem Knirschen und Knacksen gegen die ungewohnte Belastung.

Jakob erreichte die Rolltreppe. Hier musste er das Tempo verlangsamen, eine Menschentraube hatte sich vor dem Abgang gebildet.

Japsend bremste auch der Polizist.

Der Junge sprang auf die Treppe, glitt mit ihr hinab. Niemand folgte ihm unmittelbar.

Völk knabberte an seiner Unterlippe. Sein Herz raste, der Schweiß brach ihm aus. Der Beamte spürte, wie seine Füße anschwollen. Wann kam endlich jemand, der sich zwischen ihn und den Verbrecher postierte? Er konnte ja schlecht direkt hinter ihm hinabfahren.

Bange Sekunden verstrichen. Endlich bequemte sich eine alte Frau, die Völk vom Typ her an seine liebreizende Nachbarin erinnerte. Sie machte vor den Metallstufen ängstlich Halt, tastete sich vorsichtig zum Handlauf.

»Kann ich Ihnen behilflich sein?«, erbot sich Völk. Und schon stand die zierliche Dame wie eine Eins auf der Rolltreppe.

»Huch«, meinte die Greisin. »Nicht so stürmisch, junger Mann. Aber trotzdem: vielen Dank.«

»War mir ein Vergnügen«, log der Beamte mit falschem Lächeln im krebsroten Gesicht.

»Sie Schmeichler.« Die Alte kicherte in sich hinein. »Wenn ich das nachher der Trude erzähle.«

Der Polizeimeister duckte sich hinter der Frau, was bei ihrer Größe kein leichtes Unterfangen war.

»Ist etwas nicht in Ordnung, der Herr?«, fragte die Oma.

»Was? Nein, alles klar.«

Jakob begann, sich durch die vor ihm stehenden Menschen zu schieben.

»Platz!«, herrschte Völk die alte Frau an. »Weg da!« Er schob sie energisch zur Seite und sprang die Stufen hinab.

»Also, so etwas. Ein seltsamer Mensch«, meinte die Rentnerin zu sich selbst, während sie mühsam das Gleichgewicht wiedererlangte. »Erst so höflich und nun das. Ts-ts.«

Der Junge schlenderte in die Mitte des Bahnsteiges, schaute sich den Comic auf dem *Info-Screen* an.

Völk stieß die vor ihm stehenden Personen weg: »Platz da. Polizei. Lassen Sie mich durch!«

»Polizei?«, lachte eine junge Frau. »Wohl eher Schweinchen Dick beim Riesenslalom.«

Ein kräftiger Wind kündigte die heranbrausende U-Bahn an. Auch Völk hatte jetzt den Bahnsteig erreicht. Etwa fünfzig Meter trennten ihn von dem Jungen. Er ging an einem bezopften, selig lächelnden Schwarzen vorbei, der gerade einen gewaltigen CD-Player in Gang setzte. Satter Reggae dampfte durch das schmucklose U-Bahngeschoss. Völk wären fast die Ohren weggeflogen. Er sehnte seinen *Woodstock* herbei.

Jakob fuhr herum, als er die Rhythmen vernahm. Da sah er den Dicken in der lila Buchse. Das war doch der aus dem Bus! Wieso stierte der ihn so an, wieso war er so außer Atem? Der wollte doch etwas von ihm. Jetzt sah der Typ weg, als hätte man ihn beim Naschen ertappt. Dem Jungen wurde warm, sehr warm. Vorsicht, mahnte er sich. Da ist was faul. Der Kerl war garantiert ein Bulle.

Der Zug donnerte heran.

Jakob stellte sich ganz dicht an die Bahnsteigkante. Die Bahn rollte vor ihm aus. Cool bleiben, das war jetzt das Wichtigste.

Völk hatte den Jungen nicht aus den Augen gelassen. Er sah ihn einsteigen. Der Beamte nahm das gleiche Abteil, ließ aber eine Tür zwischen ihm und dem Kerl Platz.

Jakob drückte sich in die Nische direkt neben die Tür.

»Zurückbleiben bitte! Vorsicht«, tönte die Stimme des Fahrers. Der Türmechanismus zischte.

In dieser Sekunde stieß sich Jakob ab und presste sich durch den immer schmaler werdenden Schlitz nach draußen. Er blieb mit dem Fuß an einer der Flügeltüren hängen, stolperte auf den Bahnsteig, wäre fast gestürzt. Er ignorierte das Geschimpfe des Zugführers, warf einen schnellen Blick auf das Abteil. Rumpelnd schlossen sich die Türen. Jakob sah das ferkelige Gesicht des Shortsmanns an der Scheibe. Der Junge hob die Hand zum Abschied. Der Zug ruckte an, gewann schnell an Fahrt.

»Cool, man!«, applaudierte der Reggae-DJ, während er sich zu seiner Musik wiegte. »War das ein Scheißcop?«

»Yeah!«, antwortete Jakob und lachte.

Völk lehnte fix und fertig an einer Haltestange im Zug. Er schnaufte. Enttäuschung und Wut über sein Missgeschick hatten seine ohnehin kleinen Schweinsäuglein noch schmaler werden lassen. Der Beamte versuchte sich mit der Gewissheit zu beruhigen, dass er nun immerhin das Gesicht des Jungen kannte. Die Stupsnase, die Sommersprossen, die leicht abstehenden Ohren. Völk hämmerte sich diese Fakten in den Kopf. Er würde sich in seiner Freizeit an dieser Strecke auf die Lauer legen. Irgendwann musste der Kleine ja mal wieder aufkreuzen. Und dann würde er sich nicht mehr abschütteln lassen. Der Plan gefiel ihm. Der Polizeimeister malte sich aus, wie er den Verbrecher schnappte. Während seiner Gedankenspiele merkte Völk nicht, wie sich der stattlichen Beule, die sein Portemonnaie in der bunten Hose bildete, eine flinke Hand näherte. Es dauerte nicht mal einen Lidschlag, bis der Geldbeutel den Besitzer wechselte. Völk nahm nichts davon wahr. Der Zug stoppte an der Station *Lorenzkirche*. Der Dieb glitt hinaus.

Der Beamte hätte eigentlich hier aussteigen müssen, um zu seinen verehrten Lochgefängnissen zu gelangen. Doch er träumte gerade davon, wie er den Supermarkt-Verwüster mit einem einwandfreien Schulterwurf auf den Boden beförderte und ihn knebelte.

»Nächster Halt: Plärrer«, tönte es über Lautsprecher.

Jetzt peilte Völk die Lage. »Mist«, zischte er. Na egal, dann würde er eben eine Station zurückfahren.

»Die Fahrscheine bitte vorzeigen«, schnarrte eine unangenehme Stimme. Ein kleiner Mann, der trotz der Hitze einen Hut trug, und ein wahres Fass von einem Kerl gingen die Reihen ab.

Mit großer Freude sah Völk, wie die beiden einen Türken herausfischten, der offenbar keinen Fahrschein besaß. Es war doch immer das Gleiche. Dieses Pack konnte nichts als betrügen und lügen, dachte der Beamte. Haha, schaute der Türke dumm aus der Wäsche. Fragt doch mal nach seiner Aufenthaltserlaubnis, giftete Völk insgeheim.

Das Fass blieb bei dem Schwarzfahrer stehen, während der Hutträger jeden Moment Völk erreichen musste.

Der Polizist langte mit einer große Geste an seine Hecktasche. Er wurde bleich. Das Portemonnaie!

»Den Fahrausweis bitte vorzeigen«, leierte der Kontrolleur sein Sprüchlein herunter. Er steckte seine Nase in die *Mobi-Card* eines Mädchens, ging weiter.

Der Zug wurde langsamer. Völk schob sich zum Ausgang. Da spürte er eine Hand an seinem Ellbogen. »Und Sie? Ihren Fahrschein, bitte.«

Völk lachte dumm in die faltige, missmutige Visage des kleinen Mannes. »Ich bin Polizist, da brauche ich doch eigentlich keinen –«

»Polizist? Sie?« Der Kontrolleur musterte den Dicken von Kopf bis Fuß.

Alle Umherstehenden blickten nun auf Völk, dem der Schweiß inzwischen in Bächen den Rücken hinabrann. Man hatte ihn bestohlen! Die U-Bahn hielt, die Türen öffneten sich.

»Kommen Sie mal mit«, nörgelte der Kontrolleur.

Der Polizeimeister und der Türke wurden zu einer Säule in der Mitte der Station geführt, wo es etwas ruhiger zuging. Das Fass nahm die Personalien des Südländers auf.

»Sie wollen also Polizist sein. Dann weisen Sie sich mal aus«, hörte Völk.

»Geht leider nicht. Ich bin soeben bestohlen worden. Meine Geldbörse ist weg«, ereiferte sich Völk. »Papiere, Geld, Fahrkarte. Statt unschuldige Beamte zu behelligen, sollten Sie lieber diesen Verbrecher stellen.«

»Keinen Ausweis, kein Geld, keine Fahrkarte«, echote der Hut-Mann. »Das Spiel kennen wir. Kommen Sie mal mit.«

»Wohin?«

»In unsere Diensträume. Ich werde Ihre Angaben prüfen.«

»Das ist doch lächerlich.«

Der Kleine stellte sich auf die Zehenspitze und bellte in das feiste Gesicht des Beamten: »Was hier lächerlich ist und was nicht, das liegt nicht in Ihrem Beurteilungsspielraum. Fakt ist, dass Sie keinen Fahrschein haben, und Fakt ist auch, dass ich Sie mit dem größten Vergnügen zur Kasse bitten werde! Und jetzt: Abmarsch!«

Der Polizeimeister hielt vorläufig lieber die Klappe. Was war das nur für ein Tag? Scheißtag. Scheiß Geburtstag!

In einem finsteren, aber kühlen Kämmerlein der städtischen Verkehrsbetriebe griff der Kontrolleur zum Telefon. Er sprach absichtlich so laut, dass Völk jedes Wort hören musste. »Ich habe hier so einen bunten Clown, der vorgibt, Polizist zu sein. Außerdem behauptet er, dass er bestohlen wurde. Könnt ihr mal eine Streife vorbeischicken?«

Eine Streife? Jetzt wurde es aber allmählich wirklich oberpeinlich, durchfuhr es Völk.

»Ach so, ihr seid im Stress. Hm, was machen wir denn da?« Der Kleine lauschte eine Weile angestrengt in den Hörer. Dann drehte er sich zu Völk um: »Ihre Kollegen werden versuchen, Ihre Angaben über Telefon zu überprüfen. Wie heißen Sie?«

Der Polizeimeister nannte nacheinander Namen, Vornamen, Alter, Dienststelle, Wohnort.

Der Kontrolletti stellte den Lautsprecher am Telefon an. Jetzt konnte Völk mithören.

»Also, die persönlichen Daten stimmen«, erklang die Stimme des anderen Polizeibeamten. Sie kam Völk irgendwie bekannt vor. »Einen Völk haben wir in unseren Reihen. Ich kenne ihn vom Sehen. Wie sieht Ihr Schwarzfahrer denn aus?«

Mit einem bösen Lächeln musterte der Hutträger den Polizisten: »Dick, fast fett. Schütteres Haar. Fliehendes Kinn. Doppelkinn, pardon. Kurze Arme. Er trägt bonbonfarbene Shorts und –«

»Das ist Völk!«, brüllte der andere Beamte. »Auf jeden Fall. Besondere Kennzeichen: Bonbon-Shorts, huhu! Mit denen kam er letzte Woche zu unserem Sommerfest. Unvergesslich, hähä.« Schallendes Gelächter brach aus dem Telefon. »Nehmen Sie seine Personalien auf und schicken Sie ihm Ihre Rechnung, wenn es denn sein muss!« Es knackte in der Leitung.

Heiner holte Monika und Jakob gegen Mittag ab. Er trug Jeans und ein kurzes Hemd. »Jetzt geht's zum Brombachsee, freust du dich?«, fragte er Jakob.

»Nein. Ich würde lieber an meinem Computer spielen. Manolo wollte nachher kommen. Er hat neue CDs.«

Monika seufzte: »Aber doch nicht bei diesem Traumwetter. Kein Mensch sitzt da vor dem Bildschirm. Komm, sei so gut.«

»Nein.«

Der Fotograf gab dem Jungen einen freundschaftlichen Knuff: »Komm! Da draußen können wir auch was spielen. Minigolf zum Beispiel. Außerdem gibt's in Pleinfeld eine affengeile Sommerrodelbahn.«

»Minigolf, Rodelbahn«, äffte ihn Jakob nach. »Bin ich ein Titti, oder was? Manolo hat das neue *Over Kill III* auf CD-ROM.«

Monikas Ton wurde scharf: »Reiß dich am Riemen. Du hast noch etwas gutzumachen.«

Eine Anspielung auf sein Zeugnis. In diesem Moment

hätte Jakob in das Gesicht mit dem makellosen Make-up schlagen können. Er erschrak. Solche Hassausbrüche kannte er von sich nicht. Jetzt plagte ihn wirklich ein schlechtes Gewissen. »Na gut«, gab er sich geschlagen.

»Voll für'n Arsch«, kommentierte Jakob.

Sie hockten schwitzend in Heiners BMW im Stau, der sich vor der Kassiererin am Parkplatz zur *Badehalbinsel Absberg* gebildet hatte. »Wie kann man nur ein schwarzes Auto fahren?«

Heiner lud allmählich auf. Dieser Heini hatte eine selten dämliche Art der Selbstherrlichkeit. Er verkniff sich einen Kommentar. Noch.

Eine Viertelstunde später hatten sie endlich den Wagen abgestellt und schleppten Kühltasche, Liegen, Sonnenschirm und die große Tasche mit den Badesachen zum Strand, der sich als schmaler Streifen an eine malerische Landzunge schmiegte. Erwartungsgemäß war es total voll. Aber sie fanden ein akzeptables Plätzchen. Heiner gab sich die größte Mühe, brachte den Schirm in Stellung, klappte die Liegen auf, breitete Handtücher aus und bot Orangensaft, Bier sowie Cola aus der Box an.

»Nein«, hörte er von Jakob, der seine Liege verschmähte und sich demonstrativ abseits ins Gras hockte.

»Er macht es einem verdammt schwer«, zischte Heiner, während er Monikas Rücken eincremte.

»Nicht nur dir«, seufzte sie. »Das ist ein heikles Alter. Er entgleitet mir immer mehr. Mir fehlt oft die Zeit. Ich bin zu wenig für ihn da. Aber der Junge ist in Ordnung.«

Monika genoss Heiners kundige Hände. Sie würden es schaffen, dass Jakob ihre Beziehung tolerierte. Davon war sie felsenfest überzeugt. Liebe versetzt Berge, fiel ihr ein. Sie musste über sich selbst schmunzeln. Wurde sie jetzt allmählich sentimental?

Jakob ahnte, dass sie über ihn sprachen. Über ihn, den Sitzenbleiber. Das war unerträglich, diese verdammte Flüsterei. Sollten sie doch labern, Erziehungsprogramme ausdenken, einen Maßnahmenkatalog basteln. Er stand wortlos auf. Scheiße war das hier, mehr nicht. Und Manolo hatte *Over Kill III*.

Jakob trottete ohne Ziel los. Mama quakte irgendetwas hinter ihm her, aber das kam nicht bei ihm an.

Die Minigolf-Partie mit dem Bullen-Reporter Bachmann, die sich dem Baden anschloss, hob Jakobs Laune auch nicht. Erstaunlich, welchen Ehrgeiz Erwachsene bei diesem Kleingeist-Spiel entwickeln konnten, dachte er, während er den Ball hart über die Rampe zu einem Mini-Leuchtturm drosch. Die Kugel landete tief im angrenzenden Wäldchen.

Monika machte sich auf, den Ball zu suchen.

Heiner kochte vor Wut. Er legte seinen Ball auf den Abschlagpunkt. »Ich würde dich losschicken«, meinte er zu Jakob. »Das war doch Absicht.«

Der Junge zuckte nur mit den Schultern: »Schreib mir eine Acht auf.«

»Keine Fünf?«

»Was soll das?«

»War nur 'ne Frage, Herr Toll. Fünf steht doch für mangelhaft. Die Zahl ist dir doch vertraut.«

Jakob knallte seinen Schläger auf die Bahn. »Na klasse. Weißt du was: Du kannst mich mal!« Er war den Tränen nah.

Der Fotograf packte ihn an den Schultern und zog ihn ein Stück zur Seite, so dass Frank nichts mitbekam: »Jetzt hörst du mir mal gut zu. Wie vielleicht sogar du gemerkt hast, gebe ich mir reichlich Mühe, damit wir uns gut verstehen. Wenn du mich nicht abkannst – okay. Aber es gibt ein paar Regeln, an die auch du dich gewöhnen musst. Eine davon heißt, dass deine Mutter nicht hinter einem beschissenen Minigolfball hinterherrennt, den ihr verhaltensgestörter Sohn in die Landschaft donnert. Und noch etwas, wo wir schon mal dabei sind.« Heiner redete sich in Rage. »Ich bin auch schon mal hängen geblieben. In der Oberstufe, zwölfte Klasse. Mathe und Chemie. Ein- und derselbe Pauker, selten dumme Konstellation. Ich habe sogar um eine Vier gebettelt. Verstehst du: gebettelt. Und was sagt dieser graugesichtige, abgenudelte Rechenschieber von einem Pauker, während er meine Hand tätschelte?« Heiner legte den Kopf schief, seine Stimme verstieg sich in die ungesunden Höhen eines Eunuchen, als er den Naturwissenschaftler nachahmte: »Eigentlich müsste ich Ihnen eine Sechs geben, aber ich gebe Ihnen eine Fünf – unter der Voraussetzung, dass Sie in Ihrem Leben schweigen, wenn sich das Gespräch um Mathematik oder Chemie dreht.«

Jakob konnte nicht verhindern, dass er grinste.

Seine Mutter hatte den Ball gefunden, winkte. Sie lachte, sie war wunderschön. So strahlend schön hatte er sie noch nie gesehen. Das war wohl das frische Verliebtsein. Jakob freute sich nun doch für sie. Gleichzeitig tat es ihm weh.

Manu. Kälte. Desinteresse.

»Super, oder? Eine Sechs statt einer Fünf. Sitzen geblieben, na und?« Heiner wurde ernst. »Lass dich nicht einschüchtern davon. Scheiß drauf!«

Der Junge sah den Fotografen zum ersten Mal richtig an. Vielleicht war der doch nicht so blöd. Vielleicht. Er wandte den Blick wieder ab. Abwarten. »War's das?«

»Ja. Aber hör auf, mir auf den Zeiger zu gehen.«

Jakob spielte die Runde nun mit mehr Ernst zu Ende. Für die letzten drei Bahnen brauchte er jeweils nur zwei Schläge. Er trug die Zahlen auf seinem Spielberichts-Zettel ein.

Anschließend hockten sie sich noch eine Stunde in den angrenzenden Biergarten. Bachmann und Heiner, der beim Minigolf gewonnen hatte, diskutierten das Spielergebnis.

»Meine einmalig elegante Haltung, die perfekte Körperbeherrschung und die Präzision beim Putten machen mich so stark«, blubberte der Fotograf.

»Schwatzbär, du hast wie üblich nur Glück gehabt«, raunzte ihn Frank an.

Jakob musste lachen. Das war kein uncooler Ausdruck. Seine Mutter sah ihn ganz überrascht an, fuhr ihm über die Haare.

»Nächstes Wochenende gibt's eine Revanche«, forderte Bachmann den Kollegen heraus. »Da werde ich dein Ergebnis von heute unterbieten.«

»Kein Problem. Aber heb die Zettel auf. Damit wir vergleichen können.«

Frank steckte sie in seine Hemdtasche.

Völk kramte in seinem Vorratsschrank. Nach dem Fiasko mit dem Diebstahl hatte er zum Trost seine letzten zwei Weinflaschen verdrückt. Jetzt hatte er einen Bärenhunger. Sturzbetrunken suchte der Beamte nach Geld. Vor vielen Jahren – waren es zehn oder fünfzehn her? – hatte er die Fächer in dem Schrank beschriftet. Damals in der naiven Hoffnung, dass sich die Bude bald mit einer Frau und später mit Kindergeschrei füllen würde. An den Brettern klebten noch die vergilbten, inzwischen unleserlichen Schildchen, wo einmal *Nudeln* oder *Reis* darauf gestanden hatte. Eine Pumpenzange, Schraubenzieher und eine Kiste mit Nägeln lagerten heute dort. Diese Dinge brauchte er immer öfter, um die wichtigsten Lebensfunktionen dieses Saustalls, den er sein Zuhause nannte, zu erhalten.

Wo war nur die Blechdose, wo er die eiserne Geldreserve aufbewahrte? Die Büchse, in die er übrig gebliebene Groschen und auch schon einmal einen Schein warf? Die hatte er lange nicht mehr angerührt, weil er sich konsequent an sein allabendliches Limit hielt und sonst keine unerwarteten Ausgaben hatte. Etwas klapperte, der Polizeimeister zog es begierig hervor und wurde belohnt. Die Dose mit dem Geld.

Fünfzig Mark waren darin. Der Beamte drückte die Büchse an die Brust, wiegte sie hin und her. Er hatte Geburtstag. Er war ein König. Der König dieses Tages. Auch wenn nur die Karte von Tante Heidi im Briefkasten gewesen war. Das war doch nur ein Zeichen. Ein Beleg dafür, dass er, der Polizist, sich in den vergangenen Jahren rar gemacht hatte. Das war ja auch kein Wunder. Er war ja ein Geheimnisträger. Geschäftig und beschäftigt. Da kam das Private schon einmal zu kurz.

Beseelt verließ er seine Wohnung und schwankte in ein nahe gelegenes Lokal, wo man ihn zwar kannte, aber nicht schätzte. Es war ein griechischer Nobelschuppen.

»Immer noch verdammt warm«, schwatzte Völk den

Kellner an, als er dessen entsetzten Blick auf die Bonbon-Hose bemerkte.

»Aber doch nicht so warm. Ich weiß nicht, ob wir Sie so –« Der Ober brach kopfschüttelnd ab.

Halt dein Maul, Kanacke! geiferte Völk innerlich. Ich habe heute Geburtstag. Scheißtag. Wie dieser verdammte Kellner gerade geglotzt hatte. Als wäre er der letzte Dreck. Hass explodierte in Völk. Jetzt den *Woodstock* ziehen und hineinschlagen in das schlanke, gepflegte, hübsche Männlein im Anzug, auf das sicher eine ebenso hübsche Frau und zwei Kinder warteten. Seine Phantasie ging mit Völk durch. Knüppeln, bis der verfluchte Grieche unten war, wo er hingehörte, unten im Dreck, die Hände und Arme schützend, aber umsonst über dem Kopf, weil Völks Stock auch den härtesten Knochen spaltete, wie er aus froher Erfahrung von Einsätzen gegen linke Demonstranten wusste. Hinlangen, bis der Krauskopf schrie, jammerte, weinte, flehte. Bis er blutend, zerbrochen, zerschunden und aufgerissen hineinbetete, hineinstarb in die unbarmherzig harten Schläge, die er – Völk – unerbittlich abfeuerte. Damit der Ausländer Demut, Anstand und Respekt vor dem deutschen Beamten lernte, auch wenn es das Letzte war, was er lernte. Manchmal musste man einfach ein Exempel statuieren.

»Bring den Ouzo. Aber hurtig«, riet Völk dem Kellner voller Wut. Er suchte nach einem freien Tisch, setzte sich.

Der Grieche ging wortlos zu seinem Chef. »Der durchgeknallte Bulle ist wieder da. Ich werde ihn nicht bedienen. Er ist betrunken.«

»Gut. Ich mache das schon. Wenn er wieder Unsinn redet, werfe ich ihn raus.« Der Chef baute sich vor dem langen Tisch auf, an dem Völk allein kauerte: »Sie wünschen?«

Der Polizist hob den Kopf: »Wünschen?« Er stieß ein Lachen aus, das an eine angeschossene Hyäne erinnerte. Der Kopf mit den fettigen Haaren wackelte hin und her. »Was ich mir wünsche? Du bist gut. Da reicht dein kleiner, beschissener Block nicht.«

Der Lokalbesitzer blieb unbeeindruckt: »Getränke schon ausgewählt? Was darf es sein?«

»Oh ja. Getränke schon ausgewählt.« Völk erhob sich schwerfällig, breitete die Arme aus.

Der Grieche wich angewidert zurück. Erstaunlich, wie dieser Mann stank.

Der Beamte schwankte, drohte auf den Tisch zu kippen, fing sich, lallte leise: »Habe heute Geburtstag. Scheißtag.« Er richtete die Zeigefinger zur Decke, wackelte mit den Schultern und schrie: »Ouzo für alle, hombre.«

Entsetzte Blicke kamen von den anderen Tischen.

Völk rülpste den Chef des Restaurants an: »Tja, was is' nun? Halt dich ran, Grieche. Wir sind hier in Deutschland, nicht in Schlummerland. Pronto, Feta-Mann.«

»Hier gibt es weder hombre noch pronto. Ich denke, Sie haben sich im Lokal geirrt. Bedauerlich. Wenn ich Sie jetzt bitten dürfte.« Der Grieche führte den Mann in der bunten Hose sanft, aber bestimmt Richtung Ausgang.

Auf der Hälfte dämmerte es Völk, was der Lokalchef vorhatte. »Stopp. Was machst du da, was fällt dir ein? Ich habe doch noch gar keinen ausgegeben. Ich habe Geburtstag. Schau, ich hab Geld. Hier.« Er zog den Schein hervor.

»Nicht hier, nicht heute«, beschied der Wirt knapp.

Völk stand an der Tür, das Geld in der Hand. »Willste nicht, mein deutsches Geld, was?«

»Bitte, vielleicht ein anderes Mal.« Der Restaurantchef warf einen Blick zurück auf die anderen Gäste. Immer noch starrten sie ihnen nach. »Schlafen Sie sich aus. Auf Wiedersehen.«

»Willst deine scheiß Peseten, hä?« Völk ballte die Faust.

»Nein. In Griechenland zahlt man im Übrigen mit Drachmen.«

Arrogantes Arschloch, dachte Völk. »Is' doch egal, alles dieselbe Scheiße.«

»Es ist spät. Gute Nacht.«

»Ich schlag dir aufs Maul.«

»Nein, das werden Sie nicht. Sie sind doch Polizist, oder? Das haben Sie zumindest letztes Mal laut verkündet.« Weich war die Stimme, schmeichelnd. Genau das, was man sich als Summton des Radioweckers wünschte.

»Doch, das mach ich. Ich hab Geburtstag.« Völk konnte kaum noch gerade stehen. »Ich schlag dich kaputt, Türke.«

»Ich bin Grieche. Und Sie gehen nach Hause.«

Der Chef hatte Völk endlich durch die Tür geleitet und sie sofort hinter ihm wieder geschlossen.

Der Beamte wankte über den Bürgersteig, den Geldschein in der Hand. In einem Hundehäufchen verlor Völk das Gleichgewicht, krachte zu Boden. Er kam nicht mehr hoch. In seiner rosafarbenen Freizeitspaß-Hose robbte er durch den Dreck. Der Fünfziger entglitt ihm, wurde ein Spiel des Windes.

Völk schleppte sich zum Rinnstein. Der Polizeimeister giggelte traurig, leer und blöd, während er eine Bestandsaufnahme seiner Partygäste machte: eine zerquetschte Bierbüchse, geknickte Kippen, verdorrte Blätter. Das waren seine Gefährten der Nacht, seine Geburtstagsgäste.

Hier, in der Gosse.

Manu schreckte aus einem Alptraum hoch. Der Pauker Kalb hatte darin versucht, ihr Gesicht zu verbrennen. Mit pochendem Herzen machte das Mädchen die Nachttischlampe an. Manu setzte sich auf, atmete tief ein und aus, um sich zu beruhigen. Es wollte ihr nicht gelingen.

Entnervt schlug sie die Bettdecke zurück und schlich nach unten ins Wohnzimmer. Auf dem Couchtisch fand sie die Zigaretten ihrer Mutter. Manu steckte sich eine zwischen die Lippen, tat ein paar schnelle Züge. Es wirkte. Sie entspannte sich allmählich, musste sogar lachen: Wie konnte man nur von diesem Ekelpaket träumen? Das war schon reichlich verrückt. Manu drückte die Kippe aus. Dann ging sie wieder hoch.

An der Tür zu ihrem Zimmer stutzte sie. Das Licht war aus. Hatte sie es vorhin selbst gelöscht? Wohl kaum. War ja auch egal. Sie schlüpfte im Dunkeln ins Bett – und zuckte zurück. Sie war nicht allein. Ein nackter, haariger Körper.

»Na, Püppi? Kannst wohl auch nicht schlafen.«

»Was machst du hier? Raus!« Manu wollte aus dem Bett springen. Starke Arme hielten sie fest, zogen sie zurück.

»Nicht so eilig. Was hat du da unten gemacht? Ich habe dich lachen hören.«

»Nichts. Geh weg.«

»Ah, jetzt weiß ich es. Ich rieche es doch. Du hast heimlich geraucht.«

»Na und?«

»Das hat Daddy doch verboten«, tadelte er. Dr. Walter drückte den Körper seine Tochter an sich. »Püppi war unartig, Püppi gehört bestraft.«

Manu spürte seine wachsende Erregung an ihrem Bein. So weit war er noch nie gegangen. Sie geriet in Panik und riss das Knie hoch. Das Mädchen traf genau die Hoden ihres Vaters.

Der Arzt brüllte wie am Spieß und schlug um sich.

Manu entwischte, klaubte ihre Klamotten vom Boden auf und rannte aus dem Zimmer. Sie floh in die Garage mit dem roten Mercedes-Kabrio, das ihr Vater abgöttisch liebte. Manu lehnte sich gegen den Spind mit den Gartengeräten. Hier würde sie dieses Schwein kaum vermuten, falls er sie verfolgte. Der eigene Vater. Manu war voller Hass und Ekel. Plötzlich begann sie am ganzen Körper zu bibbern. Und wenn er sie doch hier fand? Sie musste weg, schnell! Das Mädchen zog das Nachthemd über den Kopf und schlüpfte in die anderen Sachen. Am Tor stoppte sie. Der Mercedes. Manu ging zurück, nahm aus dem Spind einen Spaten und ließ ihn in die Windschutzscheibe krachen. Es splitterte ohrenbetäubend. Dann rannte das Mädchen hinaus.

Auf der Straße hielt sie ein Taxi an, das sie zu Felix kutschierte.

»So spät in der Nacht kommst du zu mir?«, hörte sie ihn über die Gegensprechanlage. »Ist etwas passiert?«

»Ja. Bitte lass mich rein.«

»Natürlich.«

Der Summer ertönte und Manu lief über die breite Einfahrt zur Villa. Bruhn öffnete ihr selbst. Er trug den schwarzen Morgenmantel mit der Kapuze. Er sah aus wie ein Boxer.

Felix reichte ein Blick in das aufgelöste Gesicht von Manu, um zu wissen, dass etwas Gravierendes vorgefallen sein musste. Er brachte das Mädchen ins Wohnzimmer, in dem drei Kerzen für spärliches Licht sorgten.

Manu fiel schluchzend auf die Couch.

Bruhn setzte sich neben sie, ohne sie zu berühren. Er schwieg.

Das Mädchen wurde von regelrechten Weinkrämpfen geschüttelt. Schließlich lehnte es sich an die Schulter des entstellten Mannes.

Bruhn strich Manu sanft über die Haare. »Lass es raus, lass alles raus«, flüsterte er.

Langsam verebbte der Tränenstrom. Stockend erzählte Manu von ihrem Vater.

Als sie fertig war, stand Felix auf und lief im Raum auf und ab, die Hände hinter dem Rücken verschränkt. Er hatte eine äußerst verlockende Idee. »Soll sich Dieter mal ein bisschen um ihn kümmern?«

Manu erschrak. »Lieber nicht. Noch nicht. Vielleicht hat ihn der Tritt ja abgeschreckt. Wenn nicht, kannst du Diabolo immer noch von der Leine lassen.«

»Wie du meinst. Aber du wirst sehen: Die Sache wird unter den Teppich gekehrt.«

»Ja, das wird sie wohl«, bestätigte Manu.

»Da haben wir es wieder: Diese Typen können sich gegenüber ihren Kindern rausnehmen, was sie wollen. Das war bei meinem Vater nicht anders«, grollte Felix.

Das Mädchen sah ihn überrascht an. »Dein Vater? Du hast mir noch nie von ihm erzählt. Der ist doch Minister oder so was, oder?«

»Stimmt. Und ihm verdanke ich dieses Haus.«

»Ist doch geil!«

»Ja, vielleicht.« Bruhns Stimme bebte. »Aber ich verdanke ihm auch das hier.« Er riss die Kapuze in den Nacken.

»Das kann doch nicht – wie hat er das?«, stotterte Manu.

Felix goss sich einen Sherry ein, gab auch Manu ein Glas. Bei dem Gedanken an seinen Erzeuger geriet er in Wut. Er nahm einen Schluck und begann zu erzählen: »Mein Vater legte eine phantastische Karriere hin. Sie war immer dicht verknüpft mit seinem parteipolitischen Engagement. Schon auf dem Gymnasium war er in der Schüler-Union aktiv. Es folgte die Mitgliedschaft in der Jungen Union, deren bayerischer Landesvorsitzender er bald wurde. Mein Vater fiel stets durch rechtspopulistisches Gedankengut auf, das man durchaus in die Nähe eines Jörg Haiders rücken kann. Das stand ihm nicht im Wege. Im Gegenteil: Thaddäus Bruhn geriet in den Gönnerkreis von Franz Josef Strauß, später von Max Streibl. Mein Vater, der Günstling. Es folgte die Beförderung zum Staatssekretär, dann, vor zwei Jahren, die Berufung zum Minister für Handel und Technik. Jetzt ist er ganz oben. Ich würde ihm zutrauen, dass er den Thron von Ministerpräsident Edmund Stoiber schon fest im Visier hat. Doch der hält ihn sich vom Leib, wie man hört. Stoiber mag keine Karrieristen von diesem Kaliber. Gleich wie – nicht nur auf der Politbühne bewegt sich mein Vater äußerst gewandt. Es gibt eigentlich kein wichtiges Fest, zu dem er nicht eingeladen wird. Mein Vater gilt als charmant und geistreich, man sieht ihn gern auf Partys und Bällen.«

»Und deine Mutter?«, unterbrach Manu.

»Sie war ein ganz anderer Typ.«

»War?«

»Ja, sie ist tot. Wie gesagt, sie war ganz anders als mein Vater. Zurückhaltend, leise, introvertiert, hochintelligent. Für meinen Vater anfangs die ideale Partnerin. Scheinbar unkompliziert, die klare Nummer zwei hinter ihm, ohne dass er in Gefahr lief, sich mit ihr zu blamieren.«

»Wie das klingt – blamieren«, monierte Manu.

»Ich will das ja nicht beschönigen. So war es damals nun mal. Die Rollen waren zunächst klar verteilt. Das funktionierte, bis ich auf die Welt kam. Schon in der Grundschule stellte sich heraus, dass ich ein Träumer war, der gerne bummelte, unordentlich war und immer zu spät kam. Meine Mutter ließ das durchgehen, aber nicht mein Vater. Er begegnete diesem aus seiner Sicht unerträglichem Schlendrian mit brutalen Schlägen und Verboten. Es verging keine Woche, in der mich nicht blutig prügelte. Und da begann meine Mutter, sich gegen ihn zu stellen. Mit verheerenden Folgen für sie. Er machte in seiner Härte auch gegenüber ihr nicht

Halt. Er schlug auch sie. Und das Schlimme war –« Felix brach ab. Tat so, als könne er nicht weitersprechen, weil ihn die Erinnerung quälte. Ein kurzer, lauernder Blick zu dem Mädchen.

Es starrte Bruhn an.

Gut so, dachte Bruhn. Leise fuhr er fort: »Das Schlimme war, dass er nicht mehr aufhören konnte, wenn er losschlug. Er prügelte mit einer unvorstellbaren Grausamkeit auf uns ein. Ich glaube, es hat ihm Spaß gemacht. Und ich ließ es geschehen, weil ich Angst hatte.«

»Wer hätte die nicht gehabt.«

»Mag ja sein, aber das Dulden hat immer neue Grausamkeiten ermöglicht. Das Schweigen war ein Fehler, ein verhängnisvoller Fehler.« Wieder stoppte Bruhn.

Das Mädchen hing an seinen Lippen.

»Meine Mutter hat sich umgebracht. Ein Gift-Cocktail. Da war ich gerade mal zehn Jahre alt. Sie war tot, weil sie den Terror nicht mehr ertragen hat und weil ich den Schläger nicht gebremst habe.«

»Du machst dir zu viele Vorwürfe«, meinte Manu. »Wie hättest du als Teenie etwas ändern können?«

Bingo, dachte Felix. Jetzt sind wir da, wo ich hin wollte. »Darin liegt der Fehler«, führte er aus. »Natürlich hatte ich kleiner Kerl meinem Vater körperlich nichts entgegen zu setzen – aber ich hätte Hilfe holen müssen. Das ist doch genau das, was wir hier in unserer Gruppe tun. Wir wehren uns, wir rächen uns, wir lassen nichts mehr ungeschehen durchgehen. Schon in der Bibel, die ich auf Druck meines Vaters immer wieder lesen musste, steht: *Und der Herr wird deine Feinde, die sich gegen dich erheben, vor dir schlagen. Auf einem Weg sollen sie ausziehen wider dich und auf sieben Wegen vor dir fliehen*. Den Spruch habe ich mir wenigstens gemerkt. Getreu nach dem Motto: Wir schlagen zurück mit doppelter, wenn nötig siebenfacher Härte.«

Manu nickte, ein leichtes Lächeln um die Lippen: »Deswegen bin ich bei dir, bei uns. Sieben. Eine schöne Zahl. Vor allem, was meinen Vater angeht.«

»Ja«, meinte Felix. Dann fuhr er fort: »Als ich aufs Gymnasium kam, spitzte sich die Situation weiter zu. Jahr für Jahr stand ich auf der Kippe, nicht versetzt zu werden. Es ging aber immer so gerade noch gut. Ich baute sogar ein Dreier-Abi, ging an die Uni und studierte Psychologie. Es war wie an der Penne, ich mogelte mich durch, von Schein zu Schein. Aber beim Vordiplom hat es mich dann doch erwischt.« Felix stellte sein Glas auf den Kaminsims. »Ich setzte es voll in den Sand. Ich glaube, ich muss damals kurz davor gewesen sein durchzudrehen. Die Angst vor meinem Vater war übermächtig. Ich hatte die verrücktesten Ideen. Wollte fliehen, weit weg. Das nötige Geld plante ich, mir durch einen Überfall zu besorgen. Ich kannte da einen kleinen Supermarkt, der von einem Greis geführt wurde. Ich hätte leichtes Spiel gehabt.«

Manus Augen leuchteten, was Felix nicht entging. Er hatte sie in seinem Bann. Jetzt würzte er die wahre Geschichte mit einer Prise Romantik: »Ein Überfall, zusammen mit meiner damaligen großen Liebe. Ich lief zu ihr. Ihre Eltern erlaubten mir, dass ich eine Stunde bei ihr blieb. Ich beichtete ihr mein vermasseltes Vordiplom, meinen Überfall-Plan. Und meine Freundin tat etwas Wundervolles: Sie küsste mich auf die Stirn und nahm mich in den Arm. Dann zog sie erst mich und dann sich aus. Sie hat mich nach allen Regeln der Kunst verführt. Doch plötzlich klopfte es energisch an der Tür. Wir erschraken zu Tode. Zum Glück kam die Mutter nicht rein. Sie sprach durch die Tür, meinte, dass mein Vater angerufen hätte und ich sofort nach Hause kommen sollte. Der Herr Minister sei sehr in Sorge, wo ich denn so lange bliebe. Ich löste mich nur ungern aus dem Bett, wie du dir denken kannst. An der Tür drehte ich mich noch einmal um, drückte ihre Hand. Es war das letzte Mal, dass ich sie sah.«

»Was ist passiert?« Manu rutschte unruhig auf der Couch hin und her, hielt Felix ihr Glas hin. »Darf ich noch eins?«

Felix goss nach. »Natürlich, gern. Also, ich lief heim. Zu unserem Haus führte eine lange Einfahrt. In der Tür hob sich die große Figur meines Vaters ab. Ich ging Schritt für Schritt auf ihn zu, er wuchs und wuchs. Schließlich konnte ich sein von Hass verzerrtes Gesicht sehen, und ich weiß noch genau, was ich bei diesem Anblick empfand: Lauf weg! Denn auch als Erwachsener war ich ihm nach wie vor körperlich haushoch unterlegen. Doch für eine Flucht war es zu spät. Mein Vater packte mich am Hemdkragen und schleuderte mich in den Flur. Krachend schloss sich die Tür. Ich fiel gegen die Garderobe, riss Jacken und Mäntel hinab, verkroch mit darunter. Vater zog einen Schirm aus dem Ständer und prügelte mich unter den Kleidungsstücken hervor. Ich floh in die Küche, wollte mich dort einsperren, war aber zu langsam. Mein Vater jagte mich um den Küchentisch, nannte mich Versager, Dummkopf. Ich sei eine Schande für ihn, für die ganze Familie. Durch einen Anruf bei der Uni hatte er von meinem Scheitern erfahren. Mein Vater war mal wieder völlig außer Rand und Band. Ich stammelte irgendwelche Entschuldigungen, Ausflüchte. Vater wollte sie nicht hören. Und irgendwann war er das Spiel mit dem Küchentisch satt. Er packte ihn an der Längsseite und rammte ihn mit mir gegen den Herd. Ich schlug mit voller Wucht dagegen, fiel auf den Boden. Dabei riss ich einen großen Topf mit kochendem Wasser hinab, den die Haushälterin noch aufgesetzt hatte, bevor sie von meinem Vater heimgeschickt worden war. Die Brühe ergoss sich über meinen Kopf und mein Gesicht.«

»Oh, mein Gott«, raunte Manu.

Felix hatte seine Wanderung beendet. »Tja, jetzt weißt du, warum ich so aussehe. Ich, das Monster.«

»Du bist kein Monster!«, rief Manu. »Und deine Freundin?«

»Ich wollte nicht, dass sie mich so sieht. Doch dann kam der nächste Schlag. Unser Abenteuer war nicht ohne Folgen geblieben – sie war schwanger. Mein Vater klärte das Problem auf seine Weise: mit Geld. Er erkaufte die Verschwiegenheit der anderen Familie. Niemand durfte erfahren, dass das Kind von seinem Sohn stammte. Er untersagte mir jeden weiteren Kontakt zu meiner Freundin. Dazu kam die Diagnose, was mein Gesicht anging. Die Hoffnung, jemals wieder so auszusehen wie früher, schwand mit jeder Operation.

Es war klar, dass ich entstellt bleiben würde. Damit war der Hass gegen meinen Vater nicht nur endgültig besiegelt, er war zementiert. Und schließlich kam der letzte Brief von meiner Freundin. Sie schrieb mir, dass sie sich neu verliebt hätte. Ich weiß bis heute nicht, ob das stimmt. Wahrscheinlich wollte sie nur nicht mehr mit einem wie mir zusammen sein. Ich war zunächst verzweifelt. Dann habe ich sie eine Zeit lang verstanden. Aber nach zwei oder drei Monaten wandelte sich meine Liebe zu ihr in einen bodenlosen Hass. Ich habe ihn bis heute nicht ablegen können. Ich fühle mich immer noch verraten. Sie hat sich so schnell von mir lösen können, trotz des Kindes.«

Manu sah betroffen zu Boden. »Hat man wenigstens diesmal deinen Vater drangekriegt?«

»Nein. Ein bedauerlicher Unfall, hieß es. Ich wusste es besser, aber ich schwieg wieder. Mein Vater hatte mir klar gemacht, dass Aussage gegen Aussage stünde, wenn ich ihn anzeigen würde. Ich wechselte die Universität, zog fort nach München. Als die Distanz wuchs, begann ich, mich freier zu fühlen. Es gelang mir, die Angst abzulegen. Ich formte die ersten Gedanken, die jetzt die Grundlage unserer Gruppe bilden. Anders ausgedrückt: Ich schaffte es, den Hass zu formen, ihn in Bahnen zu leiten. Ich fühlte mich nach zwei Jahren stark genug, wieder nach Nürnberg zurückzukehren.«

»Was machte dein Vater?«

»Der entstellte Sohn war für ihn anfangs ein Problem. Hinzu kam der Freitod seiner Frau. Es wurde getuschelt. Aber er überstand die kleine Krise. Er gab mir Geld, große Summen, finanzierte mein Studium, das ich tatsächlich noch meisterte. Er richtete mir eine Luxuswohnung ein, dann dieses Haus. Aber eines hat er nie geschafft: sich zu entschuldigen. Ich habe seit vielen Jahren nicht mehr mit ihm gesprochen. Und eines weiß ich sicher. Ich werde mich rächen. Der Tag wird kommen. Dafür brauche ich dich und Diabolo.« Er machte eine Kunstpause, stellte dann die entscheidende Frage: »Ich kann doch auf dich zählen?«

»Sicher«, nickte das Mädchen schnell.

8.

Frank fischte das Phantombild aus dem Fax-Stapel. »Ja, es liegt vor mir«, sagte er in den Hörer.

»Können Sie es morgen bringen?«, fragte Polizeisprecher Gruber.

»Bestimmt. Bevor ich es vergesse: Gibt's was Neues von Robert?«

»Nein, immer noch nicht.«

Der Reporter legte auf und vertiefte sich in das Bild. Mit dem Knaben war zweifellos nicht gut Kirschen essen. Kurzgeschorene Haare, kleine Augen, stechender Blick und Lippen, so schmal wie Rasierklingen.

Frank schlurfte mit dem Papier zu Brockmüller, der ihm fünfzehn Zeilen genehmigte.

Fünfzehn Zeilen. Auf diese Größe war das Thema Jugendkriminalität nun eingedampft worden, überlegte Bachmann. Noch Mitte vergangener Woche hatte es für ordentlich Zündstoff gesorgt. Politiker hatten sich wortreich gemeldet. Und jetzt, was war jetzt? Nichts mehr, fünfzehn Zeilen. So war es immer.

Ein kurzer Aufreger, alle hatten etwas zu sagen, aber im Endeffekt geschah meistens nichts. Man stieß ein Thema an wie einen kleinen Stein, er geriet ins Rollen, entwickelte sich zu einer Lawine, riss Argumente, Fakten und Meinungen mit ins Tal des Interesses, wurde dort angeschaut und begutachtet, gedreht und gewendet, für gut oder schlecht befunden – aber dann wieder fallen gelassen. Im Staub des Vergessens trudelte der Stein, der einmal eine Lawine ausgelöst hatte, aus.

»Trübe Gedanken, Alter?« Ein gut gelaunter Heiner rauschte heran. Seine Augen glitzerten.

»Was ist denn mit dir los?«

»Uiuiui, sage ich dir, uiuiui.« Der Fotograf deutete Tanzschritte an.

»Alkohol am Morgen ist verboten«, meinte Frank trocken.

»Ach was, Alkohol. Liebe ist die Droge. Was für eine Nacht, hach.«

Bachmann ergriff die Flucht: »Hör bloß auf. Du weißt doch, dass Pia im Moment weg ist.«

Heiner holte den Freund ein. »Deswegen wollte ich dir ja von dieser Nacht erzählen. Um dich zu trösten, Alter. Um dich auf andere Gedanken zu bringen. Damit du es nicht vergisst. Also, pass auf: Sie hatte so einen heißen –«

Bachmann hielt sich die Ohren zu. »Bitte, halt die Kauleiste geschlossen.«

Heiner zog die Hände von Bachmanns Lauschern. »Nein, du weißt ja gar nicht, was du verpasst.« Er hatte rote Wangen bekommen.

Frank floh zum dicken John. »Ich werde sexuell belästigt!«, meinte der Polizeireporter zu dem Layouter.

»Höhö. Von dem Kleinen da? Süß.«

Frank zeigte auf den Fotografen: »Ja, von dem da. Und der ist nicht süß.«

Heiner schmollte. »Ist 'ne gute Geschichte, jawohl.«

»Er will einen Schwank aus seinem Liebesleben verbreiten«, erläuterte Bachmann.

John bekam große Augen: »Mit der Blonden? Lass hören! Ich kann mich mit einem Leckerbissen revanchieren, den ich letztens mit meiner Brunhilde erlebt habe. Ist 'ne andere Gewichtsklasse als dein Feger, aber trotzdem. Setz dich doch, Heiner.«

Jakob ließ die alte Frau nicht aus den Augen. Sie schien kurzsichtig zu sein. Jedenfalls beugte sie sich dicht über die Tastatur des Geldautomaten am *Hans-Sachs-Platz*. Touristenströme zogen an ihnen vorbei. Ideal, um nachher abzutauchen. Der Junge fühlte sich besser als beim letzten Mal. Diesmal würde er nicht versagen.

Manu stand neben Jakob und begutachtete abwechselnd ihre endlosen Fingernägel und die Rentnerin. Sie hatte ihren Walkman voll aufgedreht, hörte eine CD mit den verstörenden, kaputten Texten der Schwermetall-Band *Rammstein*. Sie sang mit:

Das Wasser soll dein Spiegel sein,
erst wenn es glatt ist,
wirst du sehen,
wieviel Märchen dir noch bleibt,
und um Erlösung wirst du flehen.

»Da, sie hat das Geld in die Handtasche gesteckt«, rief Jakob aufgeregt. Weil seine Partnerin nicht reagierte, stieß er sie in die Seite. »Schau!«

Manu trat ihre Zigarette aus, drückte die Stopptaste. »Ist ja gut. Dann mal los.«

Die Frau überquerte die Spitalbrücke und für einen Moment hatten die beiden Räuber Angst, dass die Alte in die dortige Seniorenunterkunft Heilig-Geist einbiegen würde. Doch sie wählte die andere Richtung, begab sich auf die Vordere Insel Schütt.

Am Steg, der zum Kinokomplex führte, überholte Manu die Frau und stoppte sie. Jakob hielt sich etwas im Hintergrund. »Entschuldigen Sie, haben Sie vielleicht dreißig Pfennig für mich? Ich habe mich verlaufen und müsste meine Mama anrufen«, bettelte Manu.

Jakob war perplex. Manu konnte mal wie eine verschüchterte Zehnjährige, dann wie ein zwanzigjähriger Vamp auftreten.

Der Alte sah in das liebreizende Gesicht mit den blonden Locken: »Das tut mir aber Leid, mein Engel. Wie konnte das nur passieren?« Schon kramte sie in der Handtasche. »Weißt du denn die Nummer?«

»Na klar. Hat mir Mama aufgeschrieben. Hier.« Manu hielt der Frau einen Zettel unter die Nase.

Die Geldbörse kam zum Vorschein. Mit der anderen Hand griff die Frau zu dem Papierfetzen.

Manu warf Jakob einen schnellen Blick zu.

Der Junge flog heran und griff zu. Es war gar nicht nötig, die Rentnerin zu berühren, er schnappte sich nur das Portemonnaie und rannte los. Hinter sich hörte er ein Keifen und Manus Lachen. Es war schön, durch die Grünanlage zu rennen, Geld in der Hand, und ein schönes Mädchen hinter sich zu wissen. Jakob war glücklich. Er hatte es geschafft!

An einer schlanken Birke stoppten sie schnaufend. Jakob machte Kassensturz. Immerhin dreihundert Mark hatte die gute Frau abgehoben. Der Junge gab Manu die Hälfte, warf den Geldbeutel in ein Gebüsch.

»Bist du verrückt?«, herrschte ihn das Mädchen an. »Da sind deine Fingerabdrücke dran. Heb das Ding auf, tu einen Stein hinein und wirf es in den Fluss!«

Jakob gehorchte. Immer noch diese Anfängerfehler. Er würde sich steigern müssen.

»Du bist noch nicht fertig«, meinte Manu, während sie auf eine Eisdiele zuschlenderten. »Die Zahl.«

Das war unangenehm. Jakob musste noch einmal zum Tatort zurück. Er ließ sich Zeit damit, malte die Zwei erst eine Stunde später an die Stelle, wo sie die Frau überfallen hatten.

»Wie schreibst du denn? Du bist ja ein Linkshänder. Sieht voll spasti aus«, zog ihn Manu auf. »Aber trotzdem: So schlecht hast du dich gar nicht gemacht. Willkommen im Club!«

Völk verbrachte diesen Sonntag am falschen Ort. Er lungerte am Bahnhof herum und hoffte, dass der Junge mit dem roten Turnschuh auftauchte. Der Polizeimeister konnte nicht ahnen, dass Jakob von seiner Mutter am Nachmittag zu einem Besuch bei verhassten Verwandten in Erlangen gezwungen worden war. Völk vertrieb sich die Zeit mit der Begutachtung von Miniröcken. Dumm war die Sache mit seinem Portemonnaie. Geld war, wie üblich, nicht viel drin gewesen, aber die Wiederbeschaffung seiner Ausweise würde lästig werden. Doch vielleicht hatte er ja Glück und es meldete sich ein Finder. Immerhin war es möglich, dass der Dieb die Börse einfach weggeworfen hatte. Mit dieser kleinen Hoffnung versenkte Völk seine glasigen Augen in den Ausschnitt einer vollbusigen Brez'n-Verkäuferin.

»Hübsch war das Kind, wirklich. Und so höflich. Ich kann mir gar nicht vorstellen, dass sie mit dem Räuber unter einer Decke stecken soll.« Theresa Köber knüllte ihr Taschentuch zusammen. Sie schluchzte. Seit sie die Wache an der *Mauthalle* betreten hatte, stellte man ihr immer wieder dieselben Fragen. »Sicher war sie nur das Werkzeug dieses Burschen.«

»Noch einmal zurück zu dem Mädchen.« Behutsam drang Hauptkommissar Neutzel auf die Frau ein. »Wie sah sie aus?«

»Eher klein, das sagte ich doch schon. Zierlich, würde ich meinen. Und wunderschöne blonde Locken hatte sie. Das ist mir aufgefallen.«

Neutzel notierte sich das. Bisher hatte die Frau nur gesagt, dass die Täterin blond war. Jetzt hatte sie schon Locken. Es ging voran, wenn auch langsam.

»Wie groß war sie? Sie stand Ihnen doch gegenüber. Stehen Sie doch bitte mal auf und zeigen Sie mir die ungefähre Größe des Mädchens.«

Theresa Köber tat ihm den Gefallen.

Knappe hundertsechzig Zentimeter, stellte der Ermittler mit Kennerblick fest. »Und Sie sind sich sicher, dass es ein Kind war – keine Jugendliche?«

Die Rentnerin zuckte hilflos die Schultern: »Wer kann das heute schon noch sagen? In meiner Zeit war das anders, da –«

Neutzel hob abwehrend die Hände: »Das glaube ich Ihnen gern. Ist Ihnen noch etwas aufgefallen: eine Narbe oder so etwas?«

Die Frau schüttelte den Kopf. »Nein. Nur, dass das Mädel so freundlich und lieb war. Und sie wirkte irgendwie, wie soll man sagen, hilflos auf mich.«

Von wegen, das war ein ganz durchtriebenes kleines Aas, fluchte der Polizist innerlich. Wieder hatte jemand eine Zwei hingeschmiert. Allerdings war es ein andere Handschrift als bei dem brutalen Überfall am letzten Dienstag. Es handelte sich um eine Bande, das stand fest. Eine Gang mit einem Zahlencode.

Neutzels Fragen nach Manus Kleidung blieben ebenfalls ohne nennenswerte Ergebnisse. »Jeans, glaube ich. Und eine hellblaue Bluse. Oder war das eine Jacke? Ich weiß es nicht mehr. Tut mir Leid. Das ist alles ein wenig viel für mich, Herr Inspektor.« Theresa Köber begann wieder zu schniefen.

»Kommissar, bitte. Inspektor gibt's nur bei Derrick.« Er gönnte ihr ein gewinnendes Lächeln: »Wir sind auch gleich fertig. Nun kurz zu dem Jungen.«

Hier war das Ergebnis noch vernichtender. Die alte Dame konnte sich an so gut wie gar nichts erinnern. »Es ging doch alles so schnell«, jammerte sie.

»Vielen Dank für Ihre Mithilfe, Frau Köber. Sie können jetzt gehen.« Der Hauptkommissar geleitete die Frau hinaus. Dann beauftragte er seinen Pressesprecher, die Medien zu informieren.

»Komische Klaue«, kommentierte Heiner, der sich dicht über die krakelige, seltsam geschwungene Zwei beugte, den Finger am Auslöser.

»Blödes Spiel«, entgegnete Bachmann. »Was wollen die uns damit sagen?«

»Keine Ahnung«, murmelte Heiner während der Arbeit. Das Thema interessierte ihn nicht besonders. Es gab weitaus Spannenderes, als Zahlen auf dem Asphalt abzulichten. Die Kandidatinnen zur alljährlichen Wahl der *Miss Noris* zum Beispiel. »Das werden wir wohl auch nicht herausfinden.«

»Warum nicht?«

»Ach, willst du dich jetzt als Schimanski versuchen?«, ächzte der kleine Heiner. »Mini-Schimmi, hä?« Er lachte.

Frank verzog verächtlich das Gesicht: »Nur, weil du deinen Hintern kaum noch aus dem warmen Bett deiner Monika rausbekommst, brauche ich noch lange nicht abzulaschen. Und beim Thema Mini wäre ich an deiner Stelle etwas zurückhaltender.«

»Witzig, Schüttler. Du bist ja nur neidisch. Hoffentlich ist Pia bald wieder da. Dann wirst du wieder normal.«

Frank spürte, dass sie an einen Punkt kamen, der heikel wurde. »Vergiss es. War nicht so gemeint«, lenkte er ein.

Heiner lächelte erleichtert. »Okay. Sieh die Sache doch nicht so verbissen, Mann. Ist doch nur 'n Job.«

»Ich hab halt im Moment nichts anderes.«

»Quatsch. Du hast mich, Willy, die Kollegen. Und deine verdammte Höllenmaschine im Keller. Weißt du noch, wie du mir mal die Ohren zugedonnert hast? Erst haben wir eine Kiste Bier niedergemacht und dann hast du ein Konzert gegeben. Nur für mich!« Heiner hakte sich bei Bachmann ein.

In Erinnerungen schwelgend, liefen die Freunde zurück zur Redaktion.

Der alte Polo schnaufte bedrohlich, als er den kurzen Anstieg zu Bachmanns Haus in Angriff nahm.

»Ganz ruhig, wir sind gleich da«, sprach der Reporter dem Vehikel beruhigend ins Lenkrad. »Nur noch ein paar Meter.« Diese verdammte Hitze würde den Kleinen noch mattsetzen, fürchtete Frank. Mit einer fulminanten Fehlzündung pötterte der Wagen auf den Parkplatz und durfte endlich Feierabend machen. Das dachte der Polo jedenfalls.

Feierabend gab es für Bachmann noch nicht. Während andere im Biergarten oder am See das Wochenende ausklingen ließen, hatte er Wasch- und Bügeltag. Entzückend. Der Reporter lief in den Keller, um sich einen Überblick zu verschaffen. Der Korb mit dreckigen Klamotten quoll über. Auf der Leine hingen seit einer Woche trockene Hemden und Hosen, die gebügelt werden mussten.

Frank stiefelte nach oben in die Küche und machte sich erst einmal ein kühles Bier auf. Dann ging er die Sache an. Er kippte den Korb um und sortierte die Wäsche. Routinemäßig tastete Frank die großen Kleidungsstücke kurz ab, weil er oft Taschentücher, Münzen und Geldscheine darin vergaß. Im Jeanshemd, das er gestern getragen hatte, knisterte es. Aus der Brusttasche zog Bachmann vier feste Papierstreifen hervor. Die Minigolf-Zettel.

Frank musste grinsen, als ihm Heiners Triumph-Geheul wieder einfiel. Bachmann war letzter geworden. Sogar der zunächst so desinteressierte Bengel namens Jakob hatte ihn auf den letzten Bahnen noch abgehängt. Nicht zu fassen. Der Redakteur sah sich Jakobs Zettel an – wie viele Schläge hatte er doch gleich gebraucht? Er vertiefte sich in das Ergebnis.

Plötzlich wurde Frank bleich.

Eine Dreiviertelstunde später bremste ein übel gelaunter VW Polo vor der *Blick*-Redaktion. Bachmann hastete in den dritten Stock, wo das Labor lag. Der *Blick* beschäftigte vier Fotografen und eine Laborantin. Lena, die Labor-Maus. Zum Glück war keiner von ihnen da. Es kam durchaus vor, dass man hier spät abends noch einen der Fotografen beim Archivieren seiner Werke antraf.

Heute nicht. Still und friedlich lag der Raum vor dem Redakteur. Er wusste, dass Heiner & Co. bestimmte Fächer in einem Holzschrank belegt hatten, wo sie ihre Negative, Kontaktbögen und Fotos nach einem nur ihnen bekannten System aufbewahrten.

Bachmann machte sich auf die Suche. Der Schrank erinnerte ihn an seinen Wäschekorb. Randvoll. Wie konnte man sich hier nur zurechtfinden? Zum ersten Mal sang Frank ein Loblied auf den zunehmenden Einsatz digitaler Kameras und der damit verbundenen Speichermöglichkeit auf Festplatte oder CD-ROM. Nur schien diese Entwicklung die *Blick*-Fotografen kalt zu lassen. Heiner hatte sich vor kurzem erst über dieses »unhandliche Scheißding von Fotoapparat« aufgeregt.

Der Reporter suchte die schmalen Regalfächer mit seinen Augen ab. Wo hatte Heiner seinen Krempel? Da fiel Frank ein kleiner Aufkleber auf, der nur von Heiner stammen konnte. Zumindest von Heiner vor der Zeit mit Monika, als er Blondinenwitze noch über alles geschätzt hatte.

Bitte sprechen Sie langsam, ich bin blond, las der Reporter. Er nahm den Stapel aus diesem Fach. Beachtlich, welche Mengen der Kollege produzierte. Von ihm erschienen pro Tag vielleicht zwei bis drei Bilder im *Blick*. Aber pro Veröffentlichung verballerte Heiner locker die gleiche Anzahl von 36er-Filmen. Frank blätterte und blätterte. Tierfotos, Mädchen, das Sommerfest der Polizei, Unfallaufnahmen, Kinder, Stadtansichten – und da!

Bachmann hielt den Negativstreifen gegen das Licht. Ja! Die Aufnahmen von heute Nachmittag. Aufgeregt lief der Reporter zum Leuchtpult, machte das Licht an, legte die Negative darauf, schnappte sich die Lupe. Er schaute sich

Bild für Bild an. Bei einer extremen Nahaufnahme hielt er inne. Diese Zwei, diese Handschrift.

Frank zupfte Jakobs Minigolf-Zettel aus dem Hemd, legte ihn auf das Pult, verglich die beiden Handschriften miteinander. Die letzten drei Bahnen hatte der Junge jeweils nur zwei Schläge gebraucht und das auch auf dem Spielbericht vermerkt. Dreimal die Zwei.

Bachmann schloss die Augen. Seine Ahnung hatte ihn nicht getrogen, die Handschriften waren äußerst ähnlich.

Klasse, sagte er zu sich selbst. Und jetzt? Wie sicher konnte er sein? Er war kein Fachmann in diesem Metier. Es mochte sich um eine rein zufällige Ähnlichkeit handeln. Frank merkte, wie ihm der Gedanke gefiel, wie er Abstand nahm vom Begriff ›Übereinstimmung‹. Nicht Jakob Strasser, nicht der Sohn von Heiners Freundin. Das wollte er selbst nicht wahr haben. Also – was nun?

Bachmann räumte das Fotomaterial zurück ins Regal. Er beschloss, erst einmal nichts zu tun. Wenn die Bande nach einem System vorgehen sollte, müsste bald die nächste Zwei von Jakob auftauchen. Dann konnte er immer noch Alarm schlagen.

9.

Felix betrachtete den *Blick* mit einer Mischung aus Wut und Freude. Es war sieben Uhr morgens. Die Wut galt Dieter. Das Phantombild von Diabolo war ihm sofort ins Auge gestochen. Jetzt musste er den Jungen erst einmal aus dem Verkehr ziehen. Nicht zu fassen, dass sich Dieter zu einer Schlägerei mit diesen Punkern hatte hinreißen lassen und ihm das auch noch verschwieg. Solche Disziplinlosigkeiten durfte er sich nicht mehr herausnehmen.

Dafür hatte Jakob seine Sache mit dem Handtaschenraub offenbar ganz gut gemacht. Dennoch beschlich Bruhn ein leichtes Unbehagen. Wie immer, wenn er an den jungen Strasser dachte. Jakob war ein Fall für sich, ganz anders als die übrigen in der Gruppe, die ihre Eltern hassten oder wenigstens verachteten. Jakob hing leider an seiner Mutter, das wurde immer wieder deutlich. Andererseits kämpfte er um Anerkennung in der Gruppe. Der Junge war so wankelmütig, ungefestigt. Felix würde Jakob im Auge behalten müssen. Gerade ihn wollte er nach seinem Bild formen, ihn heranziehen zu einem wirklich guten Mitstreiter. Bruhn hatte große Pläne mit Jakob, sehr große Pläne. Doch leider wurde er zunehmend unsicher, ob Jakob wirklich der richtige Typ dafür war.

Felix schob diesen Gedanken beiseite. Jakob *musste* einfach so werden, wie er es wollte.

Bruhn rief Diabolo über die Haussprechanlage zu sich: »Du hast mich verdammt enttäuscht.«

Der Junge trug einen durchgeschwitzten Trainingsanzug. Um die Schultern hatte er ein Handtuch gelegt. Er kam aus dem Keller, wo er Kick-Boxen trainiert hatte. Dieter hasste Unterbrechungen in seinem knallharten Sportprogramm. »Was ist los?«

Felix hielt ihm die Zeitung hin. »Das ist los.«

Diabolo rümpfte die Nase: »Das könnte auch jemand anders sein.«

»Könnte, könnte. Ich dachte, du bist ein Profi. Aber wenn ich das hier sehe, muss ich mich wohl geirrt haben«, kam es eiskalt zurück.

Diabolo sagte nichts. Er wollte zurück in den Keller und den Sandsack bearbeiten.

»Wieso hast du dich mit den Punkern angelegt?«, hakte Felix nach.

»Ich habe mich nicht mit ihnen angelegt.«

»Ach? Was war dann?«

Trotzig verschränkte Diabolo seine muskulösen Arme vor der Brust: »Sie haben sich mit mir angelegt.«

»Wie spitzfindig. Aber das Ergebnis ist identisch. Vier Punker liegen im Krankenhaus.«

»Ich habe das nicht gewollt«, beharrte der Junge.

»Aber du hast es getan. Und das, obwohl du genau weißt, was passiert, wenn du zuschlägst.« Bruhn rechnete mit dem Nachwuchs schonunglos ab: »Absolut laienhaft. Eine stümperhafte Aktion, die uns alle völlig unnötig in Gefahr gebracht hat.«

»Ich weiß. Aber die Typen haben sich mir in den Weg gestellt, mich beleidigt und geschubst. Erst dann habe ich reagiert«, verteidigte sich Diabolo.

»Darauf kommt es nicht an«, widersprach Felix. Seine Stimme legte noch um ein einige Minusgrade zu. »Es kommt darauf an, dass ich mir unsere Welt, unseren Kampf nicht kaputtmachen lasse. Von niemandem, auch nicht von dir. Ich hasse Querschüsse dieser Art. Du hast vier Wochen Arrest, wirst dieses Haus nicht verlassen. Das Risiko, dass man dich aufgrund des Phantombildes erkennt, ist zu groß. In dieser Zeit lässt du dir die Haare wachsen und rasierst dich nicht mehr. Ist das klar?«

Der Junge sah seinen Adoptivvater ruhig an: »Nein.«

»Was, nein? Ich habe mich wohl verhört?« Widerworte war der Psychologe nicht gewohnt, schon gar nicht von Diabolo.

»Ich sagte: nein. Ich konnte nichts für diese Prügelei und finde deine Strafe daher ungerecht. Außerdem sind Ferien.«

Felix brachte seinen Totenkopf ganz dicht an den rasierten Schädel des Sohnes: »Du wirst mir folgen. Zwing mich nicht, noch härter durchzugreifen.«

Diabolo hielt dem bohrenden Blick nicht lange stand. Wortlos wandte er sich ab und verließ den Raum. »Okay, aber ich finde das scheiße.«

Bruhn rief Manu zu sich: »Du musst heute allein raus. Diabolo hat Mist gebaut.«

Die Arzttochter hatte sich die Baseballkappe tief ins Gesicht gezogen. In der linken Hand trug sie einen Fahrradkorb, der bis oben hin mit Prospekten gefüllt war. Die Briefkästen in dieser Straße waren größer als in anderen Vierteln, protziger. Das Mädchen lief durch die Lerchenallee, näherte sich ihrem Ziel.

Ein schwerer BMW glitt an ihr vorbei, dann ein zweiter, kleinerer. Manus Herz schlug schneller. Die Wagen hielten vor einer weißen, hohen Mauer.

Das Mädchen warf einen Blick auf ihre Uhr, sprach leise in ein winziges Mikro am Kragen ihrer Bluse, das an ein Diktiergerät angeschlossen war: »7.56 Uhr. Zwei BMW halten vor dem Grundstück.« Sie steckte einen Prospekt in einen Schlitz, ohne die Autos aus den Augen zu lassen. »Ein Mann mit Schirmmütze steigt aus dem ersten Auto, geht durch ein Tor zum Haus. 7.57 Uhr: Jetzt steigen zwei Personen aus dem anderen BMW. Sie machen sich Zigaretten an.«

Langsam ging Manu weiter. Sie war zu dicht dran. Was war, wenn jemand das Mikro bemerkte? Konnte sie auf die andere Straßenseite wechseln? Nein, da war eine Grünanlage. Das fiel auf, wenn sie mit ihren Propekten die Briefkästen verschmähte und stattdessen durch das Grün schlenderte. Sie war höchstens noch zwanzig Meter von den beiden Rauchern entfernt. Die zogen hastig an den Filtern. Sie hatten es offenbar eilig. Ein Quietschen. Das Gartentor. Der Chauffeur, dann der Minister. Grauer Zweireiher, dicke Aktentasche. Manu erhaschte einen kurzen Blick auf das Gesicht des Mannes. Konzentriert, leicht angespannt. Die Guards beeilten sich, ihre Kippen auszutreten.

»7.58 Uhr: Objekt steigt in erstes Fahrzeug«, flüsterte Manu. »Abfahrt. Der andere Wagen hinterher.«

Das Mädchen atmete auf, als die Autos verschwanden. Sie fingerte nach einer Zigarette.

»Wenn du hier einen Prospekt reinwirfst, kleb ich dir eine!«

Manu zuckte zusammen. Sie sah in das hassverzerrte Gesicht eines Frührentners im Unterhemd. Offenbar der Gärtner. Der Mann stand hinter einem braungelackten Gartenzaun und hatte eine Harke in der Hand. »Auf dem Briefkasten ist ein Schild. Und auf dem steht: Keine Werbung einwerfen! Aber das ist euch Rotzgören ja egal!«

Manu hätte dem Männchen am liebsten einen ihrer Fingernägel quer durchs Gesicht gerissen, aber sie hielt sich an Bruhns Vorgabe: unter keinen Umständen auffallen. »Nein, mache ich nicht«, murmelte sie. »Ich gehe ja schon weiter.«

»Das hoffe ich. Ich warne dich, wenn du hier was einwirfst, dann haue ich dir eine rein, du kleine Schlampe!« Der

Wichtel ließ die Harke auf das Zäunchen fallen. Sehr bedrohlich wirkte das nicht.

Manu hielt an. Vergessen waren für einen Moment die Mahnungen von Felix: »Sie sind der Gärtner hier, oder? Reden viel mit den Blumenzwiebeln, dem Torf und der Silberpappel bei Mondesschein?«

»Der Gärtner?!« Adern am Kopf des Feinrippträgers schwollen. »Wie kommst du denn da drauf? Ich bin Siegbert Freyermut der Dritte! Und ein ganz hohes Tier bei Siemens. Das ist mein Haus! Merk dir das!«

Manu musste lachen. Summend lief sie davon, ihren Lieblingssong auf den Lippen, der auf diesen Mann passte:

Das Wasser soll dein Spiegel sein.
Erst wenn es glatt ist,
wirst du sehen,
wieviel Märchen dir noch bleibt,
und um Erlösung wirst du flehen.

Bachmann gelang es, Heiner den ganzen Tag aus dem Weg zu gehen. Er war bedrückt. Ständig hoffte er auf einen Beweis, dass Jakob mit der ganzen Sache nichts zu tun hatte. Doch kein Jugendlicher, der eine Zwei irgendwo hingeschmiert hatte, wurde geschnappt. Frank war heilfroh, als gegen vierzehn Uhr sein Piepser ging: Der Fahrer eines Gefahrgut-Transportes hatte die Höhe der berüchtigten Brücke *An den Rampen* unterschätzt. Der Aufleger hatte sich darunter verkeilt. Der Reporter sah zu, dass er aus der Redaktion kam. Er nahm seine eigene Kamera mit. Unfallfotos konnte er auch selbst schießen, dafür brauchte er Heiner nicht.

Während er eine Stunde später über dem Text und einer Tasse Kaffee brütete, bimmelte ihn Willy an: »Hast du heute Abend schon was vor?«

»Nö.«

»Dachte ich mir in diesen Pia-losen Zeiten. Wagst du ein Spielchen mit mir?«

»Tipp-Kick? Immer, ich zerballer dir das Netz!«

»Nein, ich könnte dich in die Geheimnisse meines PC-Spieles einweisen. Absolut faszinierend.«

Bachmann zauderte: »Ich weiß nicht so recht.«

»Schau es dir doch erst einmal an. Es wird dir gefallen«, lockte der Professor.

Frank gab sich geschlagen.

Willys Apartment lag direkt unter der Nürnberger Burg. Seit Freundin Maria regelmäßig bei dem Professor nächtigte, hatte sich die Einrichtung gewandelt. Stofftiere, Kissen, Kerzen, ein voll gestopfter Setzkasten und anderer Krimskrams drängten das rein Funktionelle zugunsten der Gemütlichkeit zurück. Von Schlierenberg hockte in einem kleinen Kissenberg vor dem Computer. Bachmann kauerte hinter ihm und beobachtete den kleinen roten Kobold, den Willy mit seinen Joysticks durch eine Art Minenfeld hetzte. Ständig gab es Detonationen und Explosionsblitze.

»Gleich habe ich es geschafft!«, rief der Professor. Auf seiner hohen Stirn zeichneten sich hektische Flecken ab. Wenn die Spielfigur um eine Mine kurvte, folgte Willys Körper der Bewegung. Es sah aus, als säße von Schlierenberg bei hoher See an Bord eines Schiffes und nicht in heimatlichen Kissen. Für den Kobold wurde es immer enger. Jetzt bewarfen ihn auch noch Flugzeuge mit Bomben. Die Figur sprang mal hierhin, mal dorthin – und schließlich voll auf eine Mine.

»Verdammte Hacke!«, brüllte Willy.

Sein Alter Ego verwandelte sich in ein Engelchen und schwebte zum oberen Bildschirmrand.

Von Schlierenberg schien regelrecht erschöpft: »So kurz vor dem Ziel, was für ein Pech.«

»Das Spiel ist unter deinem Niveau«, stellte Bachmann fest.

Willys grinste ihn an: »Mag ja sein. Aber es macht höllisch Spaß. Magst du ein Bier?«

Bachmann stand auf und holte zwei Flaschen aus dem Kühlschrank. Als er zurückkam, war sein Freund bereits wieder in das Spiel vertieft. »Ich habe noch zwei Leben, kann diese Welt noch schaffen«, erklärte Willy. »Diesmal komme ich durch.«

»Welt? Meinst du ein Level, oder was?«

»Ja, ist doch egal. Uah!«

Ein weiterer Engel schickte sich an, das Minenfeld zu verlassen.

»Dumm gelaufen«, kommentierte Frank. »Ich baue jetzt das Tipp-Kick auf.«

»Nur zu. Aber ich greife noch mal an.«

»Willst du dir nicht einen Stahlhelm aufsetzen, Alter? Das wäre stilecht und soll vor Splittern schützen. Allerdings habe ich den Eindruck, dass schon ein dickes Exemplar in deiner Birne steckt.«

»Mach du dich nur über mich lustig. Immerhin bin ich schon in Level fünf. Du würdest doch schon beim ersten ins Gras beißen.«

»Gut möglich. Aber mal im Ernst: Dein Kriegsspiel macht mich wirklich nicht an.«

»Kriegsspiel! Komm mir bloß nicht mit Pädagogik!« Willys Körper wiegte sich hin und her. »Schau, ich habe ein MG-Nest ausgehoben und einen Flammenwerfer erobert!«

Bachmann sah nicht hin. Da saß einer der renommiertesten Professoren für Soziologie und Kommunikationswissenschaft vor der Glotze und schoss allen Ernstes auf MG-Nester oder Ähnliches.

Frank wanderte mit seiner Flasche auf den Balkon und genoss die herrliche Aussicht über die Stadt. Wie konnte man sich bei diesem Wetter nur vor den Monitor klemmen?

Es war seltsam, aber irgendetwas hatte auch Frank an dem Spiel gepackt. Doch es war nicht das Spiel selbst, es war etwas anderes. Der Reporter grübelte: Was war es?

»Ja! Ich bin durch, ich habe Level fünf geknackt. Ich Titan!«, kam es aus dem Wohnzimmer.

Das war es! Die Level! Bachmann stürzte zu Willy: »Stopp, ich brauche dich.«

»Nicht jetzt. Ich steige gerade bei Level sechs ein.«

»Bitte!«

Mit einem Seufzer drückte von Schlierenberg die Pause-Taste. »Was ist denn so wichtig?«

»Kannst du dich noch an unseren Besuch bei Zilli erinnern?«

»Habe ich Alzheimer?«

»Also gut. Wir haben über die Jugendlichen gesprochen und ihre Zahlen. Ich weiß jetzt, was sie bedeuten. Dein Spiel hat mich darauf gebracht.«

Langsam dämmerte es auch dem Professor: »Die Level?«

»Exakt! Jedes Verbrechen ist eine andere Stufe. Hast du mal etwas zu schreiben?«

Der Professor zog Block und Bleistift aus einer Schublade hervor.

Aufgeregt begann Bachmann zu schreiben. »Fall Nummer eins: der Überfall auf die Oma, die Körperverletzung. Da fanden wir eine Zwei und eine Fünf. Dann kam der Einbruch in den Supermarkt – eine Vier. Und gestern wieder ein Überfall – eine Zwei.«

»Aber warum standen beim ersten Raub eine Zwei und eine Fünf auf dem Weg?«, rätselte Willy.

»Ganz einfach: Die Zwei steht für den Handtaschenraub, die Fünf für die Körperverletzung.«

Der Professor pfiff anerkennend durch die Zähne: »Nicht schlecht. Könnte direkt von mir sein. Gib zu: die Grundidee mit dem Spiel hast du von mir.«

Frank legte den Stift zur Seite: »Geschenkt. Wenn Fünf schwere Körperverletzung ist, dann ist Sechs –«

»Totschlag oder Mord«, führte Willy den Satz zu Ende.

Die beiden sahen sich an.

»Mord«, wiederholte Bachmann atemlos. »Und Jakob steckt mittendrin in diesem Scheißspiel!«

»Wie bitte? Jetzt verstehe ich gar nichts mehr. Klär mich mal auf.«

Der Reporter erzählte Willy alles über seinen Verdacht.

»Du musst die Mutter warnen«, meinte der Professor fest. »Das ist deine Pflicht. Und du musst die Polizei einschalten, hörst du?«

»Langsam, langsam. Eins nach dem anderen. Der Polizei brauche ich ja nichts von Jakob zu sagen. Aber das Levelsystem wird die interessieren.«

Frank suchte im Telefonbuch Neutzels Nummer heraus und rief ihn an.

»Nett, dass Sie an uns denken«, hörte er kurz darauf den Hauptkommissar sagen. »Aber das wissen wir schon lange. Wir haben bereits eine Sonderkommission eingerichtet. Und wissen Sie, unter welchem Namen die läuft? Ich verrate es Ihnen: Sie heißt Level!«

Peinlich berührt legte der Redakteur wieder auf. »Ich glaube, ich habe den Kommissar unterschätzt«, meinte er zerknirscht.

»Die haben doch ganz andere Möglichkeiten als du. Mach dir nichts draus«, tröstete Willy den Freund. »Und jetzt ruf die Strasser an.«

Auch dieses Telefonat verlief ernüchternd. Monika Strasser wies den Verdacht gegen ihren Sohn weit von sich. »Was bilden Sie sich ein? Ihre Anschuldigungen sind einfach ungeheuerlich!« Vorgestern hatten sie sich noch geduzt. So schnell ging das. »Vergessen Sie das ganz schnell«, meinte die Anwältin bestimmt. »Er ist dazu überhaupt nicht in der Lage.«

»Ich meine es ja nur gut. Stellen Sie sich doch bitte einmal vor, wenn Ihr Sohn –«

Barsch schnitt ihm Monika das Wort ab: »Ich stelle mir überhaupt nichts vor. Ich halte mich an Fakten. Und das rate ich Ihnen im Übrigen auch. Sie wissen ja, dass ich Anwältin bin. Sollte ich auch nur eine winzige Zeile in Ihrem Blättchen über meinen Sohn lesen, gehe ich gegen Sie vor.«

Jetzt verschärfte sich auch Franks Ton: »Ich habe erwartet, dass Sie sich vor Ihren Sohn stellen. Das ist gut und richtig so. Aber ich hätte auch erwartet, dass Sie ein Minimum an Vertrauen zu mir haben. Meinen Sie denn wirklich, dass ich mir das alles einbilde?«

Plötzlich drang Heiners Stimme aus dem Telefon. »Ich habe die ganze Zeit mitgehört«, polterte er. »Du hast wirklich einen an der Mütze, mein Freund. Seit wann spielst du dich als Schriftgutachter auf? Ich habe die Zahl schließlich auch gesehen.«

»Weiß ich. Aber du hast den Minigolf-Zettel nicht danebengehalten. Ich habe die Handschrift mit der auf deinen Fotos verglichen.«

»In der Zeitung? Ich lache mich gleich kaputt. Das Bild war nicht größer als eine Briefmarke, da konnte man die Zahl doch kaum erkennen. Ich habe mich noch darüber geärgert, dass Brocki das Foto so klein gebracht hat. Das hätten wir uns schenken können.«

»Ich habe sie mit den Negativen verglichen.«

Der Fotograf geriet ins Stocken »Mit meinen Nega- ... wie bist du denn an die gekommen?«

»Ich war gestern Abend noch im Labor und habe sie herausgesucht.«

»Du hast was?« Das Entsetzen des Fotografen war nicht gespielt. »Das wird ja immer schöner. Wieso spionierst du in meinen Sachen rum?«

»Ich wollte erst einmal sehen, ob sich die Handschriften wirklich ähneln, bevor ich die Pferde scheu mache.«

»Tolle Ausrede. Was würdest du denn davon halten, wenn ich heimlich in deinem Schreibtisch wühle? Weißt du was, Frank: Du bist für mich erledigt. Du kannst mich mal!« Heiner knallte den Hörer auf.

Willy rollte in die Küche und holte zwei weitere Bierflaschen. »Das war ein Schuss in den Ofen. Hätte nicht gedacht, dass die sich so aufregen«, kommentierte er.

»Ich auch nicht. Hätte man sich vielleicht denken können, zumindest bei ihr. Logo, dass die Strasser ihren Sohnemann verteidigt. Und Heiner ist blind vor Liebe. Wenn Monika zu ihm sagen würde, dass er zwei Meter groß ist, würde er das derzeit auch glauben.«

Willy streckte sich in seinem Rollstuhl. »Immerhin hast du es versucht.«

Bachmann nahm einen Schluck direkt aus der Flasche. »Was soll ich tun?«, fragte er.

»Abwarten. Viel passiert ist ja noch nicht.«

»Und wenn Jakob versucht, Level drei zu erreichen?«

Der Professor trommelte auf seinen Armlehnen herum: »Mmh. Was ist Level drei?«

»Erpressung, Körperverletzung, Brandstiftung, was weiß ich. Auf jeden Fall mehr als ein Handtaschenraub.«

Polizeimeister Völk lag auf der Couch. Der Fernseher lief, aber der Polizist wusste nicht, welche Sendung er da sah. Er war vor einer Viertelstunde aus seiner einfachen Stammkneipe um die Ecke heimgekehrt und wartete darauf, dass ihn nun der Schlaf mit einem süßen Traum vom täglichen Einerlei erlöste. Der Beamte hatte heute Abend keine Lust gehabt, den Jungen mit dem roten Turnschuh zu suchen. Völk dämmerte vor sich hin, in seinem Kopf hatte sich eine unendliche Leere breit gemacht.

In dieses Vakuum fräste jäh das kaum mehr vertraute Bimmeln des Telefons. Der Polizeimeister schoss aus dem durchgesessenen Breitkord, stolperte auf der Suche nach dem Apparat über die Schnur desselben, nahm beim Versuch, Halt zu finden, den Ständer mit den Sexvideos mit und schlug der Länge nach auf die fadenscheinige Auslegeware mit den Ravioli-Klecksen. Jammernd und maunzend wie ein frisch getretener, dicker Kater, packte Völk das Kabel und folgte ihm, bis er den Hörer erreichte. Vielleicht war eine putzwütige Schönheit dran, die auf seine vor drei Wochen aufgebene Kontaktanzeige reagierte.

»Ja?«, hechelte er.

»Lütkeboom hier. Sind Sie Peter Völk?«

Der Beamte wurde misstrauisch. Das war keine Schönheit, sondern irgendein Depp. »Warum?«

»Ich habe etwas gefunden, das vielleicht Ihnen gehören könnte.«

Die Geldbörse, funkte es durch Völks Hirn. »Oh, das ist natürlich etwas anderes. Wann können Sie mein Geld vorbeibringen?«

»Mal langsam. Ich weiß ja gar nicht, ob Sie der richtige Völk sind.« Lütkeboom begann, den Beamten abzufragen.

Jetzt ging das schon wieder los, stöhnte der Polizeimeister innerlich. Genervt gab er Auskunft.

»Gut, Sie sind der richtige Völk«, beendete Lütkeboom das Verhör. »Ich habe die Börse an der U-Bahnstation Lorenzkirche gefunden. Aber vorbeibringen ist nicht. Sie müssen schon selbst kommen. Und Geld war übrigens keins mehr drin.«

Na klar, dachte Völk. Wahrscheinlich bist du Drecksack selbst der Dieb und willst jetzt auch noch den Finderlohn kassieren. Der Beamte ließ sich die Adresse geben. Zum Glück wohnt der Heini in Zerzabelshof, dem angrenzenden Stadtteil.

Völk fuhr mit dem Bus hin.

Lütkeboom wohnte ähnlich wie der Beamte in einem gesichtslosen Wohnklotz, der bei Stadtteilsanierungen stets übersehen wurde. Einen Aufzug gab es nicht und Lütkeboom wohnte im obersten Stock. Völk wuchtete seine einhundertfünfundzwanzig Kilo stöhnend die Treppen hinauf.

Im ersten Stock stank es entsetzlich nach Windeleimer, im zweiten nach Schlaf, im dritten nach angebranntem Kohl, im vierten nach Katzenpisse und im fünften, wo Lütkeboom unter dem Dach hauste, hatten sich all diese Gerüche zu einem aberwitzigen Gemisch zusammengestaut. Die Hitze, die immer noch über der Stadt lastete, hatte die Gase zudem noch fein aufgeköchelt.

Völk wagte aus Angst vor einer Explosion nicht, den Klingelknopf zu drücken. Er donnerte seine Faust vor Lütkebooms Tür. Das Einschlagen von Türen entsprach ohnehin mehr dem Naturell des Beamten. Vor allem, wenn sich dahinter grüne Wohngemeinschaften oder ausländische Sozialhilfeempfänger befanden.

»Ich komme ja schon, ich komme ja schon«, keifte der Finder aus seinem Loch. Er riss den Schlag auf und spähte hinaus. Lütkeboom glich einem uralten Wiedehopf. Das schmale, pergamentene Gesicht mit der äußerst langen, spitzen Nase wurde von einem roten, widerspenstigen Haarkranz eingerahmt. Der kleine Kerl piepste: »Sie wünschen?«

»Ja, was wohl? Die Geldbörse natürlich«, schnauzte der Polizeimeister, der sich breitbeinig vor dem Winzling aufgebaut hatte.

Der Kopf des Wiedehopfs wackelte. »Ja, natürlich. Manchmal bin ich furchtbar vergesslich. Ich hole sie.«

»Gute Idee. Und das Ganze ein bisschen hoppla. Ich hab's nämlich eilig. Ich bin Polizist, wissen Sie?« Einschüchtern konnte nie schaden.

Der komische Vogel kam wieder und trug das Portemonnaie vor sich her wie den Heiligen Gral. »Hier, bitte sehr, der Herr.«

Völk riss den Geldbeutel an sich und kontrollierte den Inhalt. »Wo ist das Geld?«

»Das sagte ich doch vorhin am Telefon, oder etwa nicht? Es war keines mehr drin.«

»Das kann jeder behaupten«, dröhnte der Polizeimeister. Er glaubte dem Kleinen das zwar, aber so kam er um den Finderlohn herum. »Vielleicht sollte ich Sie mit auf die Wache nehmen.«

Lütkeboom wich in seine Wohnung zurück. »Mich? Aber, warum denn? Ich habe doch gar nichts getan!«

Völk sah den Finder ernst an: »Ich müsste Ihre Angaben eigentlich überprüfen. Und dafür braucht's nun mal ein Protokoll.« Großmut schwang nun in der Stimme mit. »Aber weil Sie es sind, wollen wir davon noch mal Abstand nehmen.«

»Hach, da bin ja beruhigt. Äh, gibt es eventuell einen klitzekleinen Finderlohn? Ich habe nur eine kleine Rente, wissen Sie.«

Darauf hatte der Polizeimeister nur gewartet. Er öffnete das Portemonnaie und zeigte dem Wiedehopf die leeren Fächer für die Geldscheine: »Finderlohn? Wovon denn? Sie sehen doch, ich habe kein Geld.«

Lachend machte Völk kehrt und polterte die Treppen hinab.

Manus Mutter trug eine Gurkenmaske im Gesicht. Ihre großen Augen glotzten aus der Creme wie zwei braune Untertassen. »Manu! Du bist wieder da, das ist ja, das ist ja –«, stammelte sie.

Frau Walter erhob sich und lief der Tochter entgegen, schloss sie in die Arme. Sie spürte, wie sich der Körper des Kindes versteifte. Aber das war jetzt egal. »Wir haben uns solche Sorgen gemacht, sogar die Polizei eingeschaltet. Wo warst du denn nur?« Sie führte Manu zur Küchentheke.

Die Tochter bekam den Mund nicht auf.

»Willst du einen Saft? Oder ein Glas Sekt? Zur – tja –« Sie lachte gekünstelt. »Zur Wiederkehr, oder?«

Manu nickte. Mein Gott, war das ein beschissenes Theater hier.

Die Mutter öffnete eine Flasche, goss dem Kind ein Glas ein. Sie verschüttete fast die Hälfte. »Und jetzt hole ich deinen Vater. Er hat sich schon schlafen gelegt.«

Das war nicht nötig. Dr. Walter tänzelte bereits die Treppe hinab. »Na, wen haben wir denn da?«, raunte er. Sein einziges Kleidungsstück bestand aus einem Tuch, das er um die Hüften geschwungen hatte. Dr. Walters Miene ließ keine Schlüsse zu, ob er wütend war oder erleichtert.

Die Tochter kam nun doch nicht umhin, ihnen eine Geschichte aufzutischen. Sie habe die beiden Nächte bei einer Freundin verbracht und einfach vergessen, anzurufen.

»Vergessen, uns vergessen?« Das gab Manus Mutter einen Stich. Doch die Hauptsache war, dass die Familie wieder komplett und intakt war und nichts nach draußen – sah man einmal von der Polizei ab – gedrungen war. »Na, das war sicher aufregend. Aber das darfst du nie wieder tun.«

Der Schönheitschirurg gab auch noch seinen ermahnenden Senf dazu, dann durfte Manu endlich in ihr Zimmer. Sie war hundemüde.

Grelles Licht blendete sie um kurz nach Mitternacht. Das Erste, was sie erkennen konnte, war eine langer Holzstiel.

»Na, sagt dir das was, Püppi?«

Der Vater. In ihrem Zimmer!

»Hau ab!«

Die Stiel sauste auf ihre Bettdecke nieder, traf ihren Körper aber nicht. Manu blinzelte in das Licht ihrer Schreibtischlampe, die der Vater offenbar auf ihr Kopfkissen gerichtet hatte. Jetzt erkannte sie es genau – es war der Spaten, mit der ihr Vater zugeschlagen hatte. Er lag in der Hand des Chirurgen. Er war splitternackt. Sein steifes Glied stand monströs ab.

Manu machte sich in ihrem Bett so klein es ging, igelte sich ein. »Bitte nein. Geh weg.«

»Bitte nein, bitte nein«, äffte sie der Vater nach. Er traf mit dem Stiel Manus Schulter. »Das hat mein Auto vielleicht auch gedacht.«

Das Mädchen begann zu heulen. Es hatte wehgetan, sehr weh.

Dr. Walter riss Manus Bettdecke weg, packte ihr kurzes Nachthemd.

Die Tochter war vor Angst wie gelähmt.

Stoff riss, Knöpfe flogen.

Manu wollte schreien, aber der Ton blieb ihr im Hals stecken. Sie strampelte mit den Beinen.

Zwei Hiebe, trocken, hart, brennend auf der Haut. Er hatte ihre Füße getroffen. »Wenn du schreist, zerschlage ich dein Gesicht«, drohte der Arzt. Er kniete sich auf das Bett, drückte Manus Beine grob auseinander.

Manu schloss die Augen, wimmerte.

Der Vater gab ihr eine schallende Ohrfeige, der ihren Kopf zur Seite fliegen ließ. »Das hättest du wohl gern, du kleines Dreckstück. Aber Daddy tut dir den Gefallen nicht.« Dr. Walter zog sich vom Bett zurück. Er lachte verächtlich. »Nein, Püppi. Nicht mit mir. Ich kenne dich. Du würdest doch glatt zum nächsten Gynäkologen rennen und mich anzeigen. Den Triumph gönne ich dir nicht.«

Jetzt erst wagte es Manu, die Augen wieder zu öffnen.

Der Arzt warf den Spaten aufs Bett.

Das Kind zuckte zurück.

»Die Kosten für die Scheibe ziehe ich dir vom Taschengeld ab«, meinte Dr. Walter. Dann ging er.

Manu hob die Decke auf, rollte sich darin ein. Ein Weinkrampf schüttelte sie.

Erst nach einer Stunde war sie in der Lage, sich anzuziehen und zu Felix zu fliehen.

»Ich hasse ihn, ich hasse ihn so sehr«, flüsterte Manu, nachdem sie Bruhn berichtet hatte.

Felix sah sie nachdenklich an. Es musste etwas geschehen. »Soll sich Diabolo um ihn kümmern?«, schlug er zum zweiten Mal vor. »Nein«, korrigierte er sich im selben Atemzug.

»Das geht im Moment schlecht. Du weißt, die Sache mit diesem Phantombild. Ich könnte es selbst tun, wenn du willst.«

Das kostete ihn eine Menge Überwindung. Schließlich würde das bedeuten, dass er hinaus aus seinem Haus musste, dessen Mauern ihn vor den Augen der Gaffer schützten.

Manu zögerte. Sie wusste, was das bedeutete.

»Ja«, sagte sie schließlich. »Tu es.«

»Gut. Du musst mir nur alles über ihn erzählen. Seinen Tagesablauf, seine Angewohnheiten, seine Hobbys. Ich brauche jedes Detail. Hörst du: jedes, auch wenn es dir noch so nebensächlich erscheint. So ähnlich wie deine Aufnahme von meinem Vater. Genauso hatte ich mir das vorgestellt.«

Das Mädchen nickte wie in Trance. »Ich habe noch ein anderes Problem. Ich bin pleite.«

»Mach dir keine Sorgen.« Felix öffnete sein Portemonnaie, gab Manu zweihundert Mark. Dabei kam ihm eine Idee, wie er die Jugendliche ein Stück weiter in die richtige Richtung bringen konnte: »Du willst doch sicher mehr Geld, oder? Richtig viel Geld?«

Das Mädchen nickte.

»Ich hätte da einen Tipp für dich. Todsicher. Kennst du die Bank in der Scharrerstraße?«

»Ja. Du meinst, ich soll –«

Bruhn ging zu seinem Sekretär und nahm eine Pistole aus der obersten Schublade. »Warum nicht?« Er gab ihr die Waffe. »Die wird dir helfen.«

Später, als Manu schlief, lief Felix rastlos vor seinem Computer auf und ab. Er versuchte, in Manus Protokoll einen Ansatzpunkt zu finden, wie er an seinen Vater herankommen konnte, ohne selbst in Gefahr zu geraten. Es sah nicht gut aus. Zwei Bodyguards, ein Fahrer. Und der Alte selbst. Ein durchaus erfahrener Schläger. Bruhn hatte die beiden BMW in seinem Benz in sicherem Abstand verfolgt. Die Fahrt war nach München gegangen, ins Ministerium. Bruhn beschloss, ab morgen den Amtssitz ähnlich überwachen zu lassen wie die Behausung des Alten in Nürnberg. Susi könnte das machen. Vielleicht auch Jakob. Eventuell wieder die Prospektausträger-Nummer, die sich zumindest heute bewährt hatte.

Felix war ungeduldig und sich gleichzeitig sicher: Thaddäus Bruhn würde sich irgendwann eine Blöße geben, einen kleinen Fehler machen. Dann dann war er da, der liebe Herr Sohn. Schnell, sicher und äußerst präzise.

10.

Dr. Walter parkte den japanischen Sportwagen seiner Frau in einer Nebenstraße. Er wollte das Risiko vermeiden, dass ihn der Saunabesitzer aus einem Toyota steigen sah. Den Benz konnte er erst in zwei Tagen abholen.

Der Chirurg warf einen Blick auf die Uhr. Ihm blieben zwei Stunden, in denen seine Praxis geschlossen war. Zwei Stunden saunen, abkühlen, relaxen, vielleicht noch eine Massage von den zarten, aber kräftigen Fingern der neuen Thailänderin, die der Sauna-Chef gerade erst eingestellt hatte. Wonnige Aussichten.

Felix war dem Arzt ab der Praxis in seinem Wagen gefolgt. Von Manu wusste er, dass Walter die Mittagspause oft für ein Schwitzbad nutzte.

Bruhn trug eine große Sonnenbrille und eine Baseballkappe, die er sich tief ins Gesicht gezogen hatte. Trotzdem war die Fahrt für ihn die reinste Tortur. Ständig hatte er das Gefühl, dass andere Autofahrer auf ihn aufmerksam wurden.

Noch schlimmer wurde es, als Felix an der Sauna aussteigen musste. Rasch zog er die Kapuze seines T-Shirts über den Kopf, um den Eindruck eines Joggers zu erwecken, der gerade ein paar Runden drehen und besonders viel schwitzen wollte. Er trabte in seinen Turnschuhen los.

Das eingeschossige Gebäude erwies sich als nahezu ideal, stellte Felix bei seiner Tour fest. Durch den Hinterausgang gelangten die Gäste auf eine umzäunte Terrasse, die von einem Wäldchen eingerahmt wurde. Bruhn ließ die Finger über den Zaun gleiten. Kein Problem, den durchzuknipsen.

Felix erlaubte sich ein winziges Lächeln.

Der Zeiger sprang auf 12.29 Uhr. Die Bankangestellte Sieglinde Pankratz hatte noch diesen einen Kunden, dann war Pause. Soll ich zum Döner-Stand gehen oder mir lieber einen knackigen Salat holen, überlegte sie, während sie fünfhundert Mark aus der Kasse nahm. Die Wahl fiel aus Diät-Gründen auf den Salat.

Die Frau sah auf, um dem Kunden ihr gewinnendes Lächeln zu schenken. Es gefror in ihrem Gesicht.

Der Kunde hielt die Arme hoch über dem Kopf. An seiner Schläfe klebte eine Pistole. Er zitterte. Die Waffe lag in der Hand eines hoch gewachsenen Mannes, der mit einem schwarzen Strumpf maskiert war.

Diabolo schwitzte unter dem Ding, aber es war absolut blickdicht. Manu trug die gleiche Verkleidung. Wortlos hielt sie der Kassiererin eine Plastiktasche hin.

Sieglinde Pankratz hatte einen Aussetzer. Sie war noch nie überfallen worden. Immer wieder hatte man sie in Schulungen auf diese Situation vorbereitet. Aber jetzt, jetzt wusste sie partout nicht, was sie tun sollte. Mit wachsweißem Gesicht starrte sie auf das ungleiche Paar, unfähig sich zu rühren, einer Ohnmacht nahe.

Diabolo überriss die Situation als Erster. Er zerrte den Kopf seiner Geisel nach hinten und feuerte einen Schuss knapp an seinem Gesicht vorbei.

In der Bank brach die Hölle los. Einige Angestellte warfen sich kreischend zu Boden. Es gab ein Mordsgeschrei. Nur der Filialleiter blieb einigermaßen ruhig und drückte den Knopf der Alarmanlage.

Der Knall des Schusses löste die Verkrampfung bei der Kassiererin. Jetzt ging bei ihr alles automatisch. Sieglinde Pankratz griff mit beiden Händen in die Kasse und schob die Scheine in die Durchreiche.

Manu raffte die Scheine zusammen und schaufelte sie in die Tasche.

Diabolo tippte das Mädchen mit dem Lauf der Pistole an, deutete Richtung Ausgang.

Manu gehorchte, lief mit der vollen Tasche los.

Der Junge stieß die Geisel weg und rannte hinterher. Im kleinen Foyer der Bank schmierte Diabolo eine Sechs über einen Geldautomaten. Dann rissen sie sich die Masken hinunter, steckten sie ein. Diabolo zwang Manu, langsam und unauffällig aus der Bank zu treten. Unbehelligt tauchten sie in einer Gruppe von Bauarbeitern unter, die auf dem Weg zu einer Imbissstube waren.

Der Junge legte einen Arm um das Mädchen.

Manu wagte kaum zu atmen. Es war unglaublich: Sie schlenderte hier mit einem Jungen im Arm die Straße entlang, es war ein sonniger, warmer Tag, die Menschen sahen fröhlich aus, alles war friedlich und heiter. Und sie hatte gerade eine Bank ausgenommen, ein Tasche mit mehreren tausend Mark in der Hand. Diabolo war so cool gewesen – wie er einfach den Schuss abgegeben hatte. Das hatte ihr imponiert. Hinzu kam, dass er ganz einfach Felix' Anweisung, zu Hause zu bleiben, ignoriert hatte. Gut, Bruhn hatte gegenüber Diabolo angedeutet, dass er wohl den ganzen Vormittag unterwegs sei, aber trotzdem. Sie hätte sich das nie getraut. Plötzlich empfand sie mehr als nur Bewunderung für den durchtrainierten Typ an ihrer Seite. Mit diesem Power-Mann lag ihr die Welt zu Füßen. Es war alles so einfach gewesen in der Bank. So schnell, so gut, so erfolgreich. Manu löste sich aus Diabolos Arm, stellte sich vor ihn auf die Zehenspitzen und küsste ihn auf den Mund.

Diabolo war perplex. Aber er ließ es geschehen und fand mehr und mehr Gefallen daran, je länger der Kuss dauerte.

Plötzlich wehte der Klang von Martinshörnern an ihre Ohren.

Manu schreckte zurück. Sie sah Diabolo mit großen Augen an. Panik stand darin.

Der Junge legte einen Finger auf die Lippen. Blitzschnell sah er sich um. Ein Bus hielt etwa fünfzig Meter entfernt in der Hainstraße. Diabolo nahm die Hand des Mädchens und lief los. Im letzten Moment sprangen sie in den Bus. Als sich die Schwingtüren hinter ihnen schlossen, raste der erste Polizeiwagen an ihnen vorbei.

Manu schloss die Augen. Sie musste eine neue Panik-Attacke abwehren.

»Es geht alles gut«, flüsterte ihr Dieter. »Du musst nur ruhig bleiben. Ich werde gleich wieder aussteigen. Wir müssen uns trennen.«

»Bitte nicht. Bleib bei mir«, bat Manu.

»Nein. Es geht nicht anders. Ich falle zu sehr auf. Du weißt, das Phantombild. Wir sehen uns heute Abend. Alles klar?«

Manu schluckte: »Ja.«

Die Bank glich einem Ameisenhaufen. Etwa zwanzig Beamte wuselten am Tatort herum. Der Erkennungsdienst war schnell frustriert. Die Täter hatten Handschuhe getragen, wie ihnen die Zeugen versicherten. Die Spezialisten fanden noch nicht einmal ein Haar. Die Befragung der Angestellten und eine erste Auswertung der Videokamera-Bilder waren ebenfalls wenig viel versprechend. Ein kleiner und ein großer Maskierter hatten zugeschlagen. Schwarze Strumpfmasken, T-Shirts, Jeans. Sie hatten kein Wort gesprochen, aber auch keinen Zettel hingeschoben – oder noch besser: liegen gelassen – mit einer Aufschrift wie *Überfall! Geld her!* Die Spurenausbeute war mehr als mager.

Auch Hauptkommissar Neutzel war vor Ort. Er inspizierte die Zahl auf dem Geldautomaten. Die Kerle hatten wirklich Nerven: Die nahmen sich glatt noch die Zeit für eine kleine Botschaft an ihn. Die Level-Gruppe war ein ernst zu nehmender Gegner, dachte der Beamte. Clever, schnell, extrem brutal und rücksichtslos. Inzwischen scheute sie auch nicht mehr vor dem Einsatz von Schusswaffen zurück. Und der Polizist hatte nur eine heiße Spur: den Schuhabdruck aus dem Supermarkt. Es war zum Haareraufen. Trotz des Großeinsatzes hatten sie den Turnschuh-Knaben nicht aufgestöbert. Eine Stimme, die unangenehme Erinnerungen in ihm weckte, riss den Hauptkommissar aus seinen Gedanken.

»Sieht ganz danach aus, als wäre es wieder diese Zahlen-Bande«, meinte Völk spitzfindig.

Neutzel drehte sich um. Der hatte ihm gerade noch gefehlt. »Blitzgescheit kombiniert, Herr Polizeimeister«, lobte er mit einem mehrdeutigen Lächeln.

»Jawoll!« Völk warf sich in die Brust.

»Und jetzt schauen Sie mal zu, dass Sie – hm.« Neutzel überlegte kurz, dann hatte er den rettenden Einfall. »Ja, sehen doch bitte zu, dass niemand die Toilette benutzt. Beziehen Sie dort Posten und lassen Sie niemanden hinein.«

Der Polizeimeister runzelte die Stirn. Was war denn das nun wieder für ein Auftrag? Na ja, vielleicht hatten die Täter vor dem Raub das Klo aufgesucht, vielleicht war die Spurensicherung noch nicht drin gewesen, vielleicht, vielleicht, vielleicht. Wollte ihn Neutzel etwa wieder abschieben? Warum griente der so komisch? Aber: Befehl war Befehl.

»Jawoll!«, schmetterte Völk und watschelte zur Toilette.

Neutzel gab Gruber grünes Licht, damit er die Medien heranpfiff. Der Hauptkommissar war vor allem auf die Hörfunk-Leute scharf, weil sie die Suchmeldung sofort hinausposaunen konnten.

Bachmann und Heiner erschienen gemeinsam, wechselten aber kein Wort miteinander. Es herrschte ein eisiges Schweigen zwischen ihnen. Das verkrachte *Blick*-Team durfte ebenso wie die anderen Journalisten die Bank nicht betreten. Fotos zu machen war nur von außen erlaubt.

Gruber stand auf einer Treppe und verklickerte der Meute die wenigen Fakten, die er nennen konnte. Besonderes Interesse fand erwartungsgemäß die Zahl Sechs und Grubers Hinweis, dass die beiden Räuber während der Tat keinen Mucks von sich gegeben hatten.

Frank war unsicher: War Jakob in diesen Überfall verwickelt, hatte er dadurch die nächste Stufe erreicht? Er konnte es sich nur schwer vorstellen. Aber er hätte dem Jungen auch keinen Handtaschenraub zugetraut. Diese Ungewissheit quälte ihn. Er brauchte Gewissheit. Und wenn er ...

Ja, entschloss sich der Reporter, ich werde ihn beschatten. Der Plan erfüllte ihn mit Aufregung, die er vor dem griesgrämigen Heiner an seiner Seite nur schwer verbergen konnte.

Brockmüller liebte Überfälle dieser Art. Sie hatten etwas Besonderes, in diesem Fall sogar etwas Geheimnisvolles. Versonnen titelte er: *Die Schweiger schlugen zu: Nürnberger Bank geknackt!* Es folgte die Unterzeile: *Es fiel kein Wort, aber ein Schuss: 50.000 Mark weg – Täter gehören zur Zahlen-Bande.*

Diesmal war auch Frank mit den Rubriken einverstanden, weniger allerdings mit dem redaktionellen Platz, auf dem er seine Geschichte ausbreiten durfte.

Brocki hatte seine lauen Proteste folgendermaßen storniert: »Mehr gibt die Sache nicht her, wir wissen nichts über die Täter und wenig über den Tathergang.«

Schlimmer noch traf es den kleinen Heiner. »Nur ein Foto und das einspaltig, ganz klein. Die Außenansicht einer Bank, tote Hose, meine Herren.«

»Dann hätte ich erst gar nicht mit rausfahren brauchen«, moserte der Fotograf.

Der Chef wurde sauer: »Niemand weiß vorher, welche Motive sich am Tatort ergeben. Das muss ich Ihnen doch nicht mehr erklären, oder? Wenn Sie einen Überfall live mitknipsen, gebe ich Ihnen eine ganze Seite. Aber hier ist wirklich nicht mehr drin. So ist das nun mal.«

Brummelnd verkroch sich Heiner in seiner Dunkelkammer.

Manu schneite am frühen Abend bei Felix herein. Das Geld steckte in einer Sporttasche. Bruhn kassierte 5.000 Mark der Beute, also ein Zehntel. Nicht, dass er das Geld in irgendeiner Form gebraucht hätte. Aber Manu sollte wissen, wem sie den Coup zu verdanken hatte. Dann berichtete er von den Ergebnissen seiner Sauna-Recherche.

»Klingt gut. Wann willst du es tun?«, fragte das Mädchen teilnahmslos. Es war seltsam. Plötzlich war ihr die Rache an ihrem Vater nicht mehr so wichtig, sondern eher nebensächlich. Sie dachte fast nur noch an Diabolo und das Geld.

»Sobald sich eine gute Gelegenheit ergibt. Vielleicht schon morgen.«

»Darf ich zu Diabolo?«

Felix nickte. Er hatte das Leuchten in Manus Augen bemerkt. Hatte sie sich etwa in seinen Dieter verguckt? Sein Herz krampfte sich zusammen. Liebe. Dieter würde bei der Kleinen garantiert schwach werden. Jeder Mann würde das vermutlich. Bruhn empfand zum ersten Mal in seinem Leben Neid gegenüber seinem Ziehsohn. Es war eine widerliche Anwandlung. Felix fühlte sich mies, egoistisch, kleingeistig, eifersüchtig, aber auch einsam und verlassen. Ein guter Vater würde dem Sohn zu so einem Mädchen gratulieren, glaubte er selbstkritisch. Doch er konnte es nicht.

Dumpfe Schläge drangen aus dem Raum. Leise öffnete Manu die Tür. Sie sah Diabolos schweißnassen Rücken. Nur mit einer Jogginghose bekleidet, tänzelte er vor einem schwingenden Sandsack. Immer wieder schoss eine von Diabolos Fäusten vor und traf den Sack. Die Rückenpartie des Jungen bildete ein einwandfreies V. Die Muskeln waren perfekt modelliert. Durch den Stoff der Hose erahnte Manu einen kleinen, knackigen Hintern.

Auf Zehenspitzen näherte sie sich mit der Geldtasche in der Hand dem Athleten und schlang die Arme um ihn.

Fast hätte der Junge reflexartig den Ellbogen nach hinten gerammt. »Manu?«

»Ja, ich bin's.«

Er drehte sich um, hob sie hoch. Diabolo strahlte über das ganze Gesicht.

Kichernd ließ Manu den Verschluss der Tasche aufschnappen. Geldscheine regneten auf den Freund herab. Der trug sie zum Bett. Die beiden wühlten in den Kissen und den Scheinen.

»Scheiß auf das Taschengeld von meinem Vater«, prustete Manu. »Ich kann es noch nicht fassen.«

Sie beugte sich über Diabolo und küsste ihn. Das kam ganz selbstverständlich, völlig spontan, ohne jede Überlegung. Das Mädchen schreckte zurück. Doch Diabolo zog sie an sich. Erneut fanden sich ihre Münder. Diesmal dauerte der Kuss wesentlich länger.

Was hatte Heiner zuletzt gelästert? Mini-Schimmi? Ganz falsch hatte der kleine Fotograf nicht gelegen, unkte Bachmann. Er kam sich wirklich leicht lächerlich vor.

Der Reporter hockte gegenüber der Mietwohnung von Monika Strasser in einem kleinen Biergarten und ließ den Hauseingang nicht aus den Augen. Die Warterei und Glotzerei zermürbte ihn allmählich. Er saß jetzt seit zwei Stunden hier, inzwischen war es kurz vor 21 Uhr. Und kein Jakob war aus dem Haus gekommen. Was erwartete er eigentlich? Dass der Knabe an ihm vorbeitrabte, die Kalaschnikow geschultert? Es war wirklich lächerlich.

Der Redakteur orderte noch eine Cola. Bis Mitternacht würde er warten, nahm er sich vor. Jetzt hatte er die Sache schon einmal begonnen, jetzt wollte er sie auch einigermaßen vernünftig zu Ende bringen. Wenn Jakob nach Mitternacht die Biege machte, hatte Frank eben Pech gehabt. Schließlich konnte er nicht die ganze Nacht hier herumlungern.

Auch Völk lungerte herum. Er hatte wieder am Bahnhof Posten bezogen. Der Polizeimeister nahm jeden Teenager genau unter die Lupe. Erstaunlich, wie viele sich am Abend noch hier herumtrieben. Der Beamte hatte sich erneut für einen Freizeit-Look entschieden, den er fälschlicherweise als unauffällig erachtete. Er trug ein ausgeblichenes Trikot des 1. FC Nürnberg, das unter den Achseln und am Bauch mächtig spannte. Aus den Shorts wucherte das Bündchen der weißen Feinripp-Unterhose. An den Füßen klebten die üblichen Sandalen. Völk besaß nur dieses eine Paar.

Der Polizeimeister wandelte durch die hohen Hallen des Bahnhofes und hielt die Augen offen. Hin und wieder ließ er sich an den Kiosken eine Bierbüchse in die Hand drücken und bezahlte mürrisch den »viel zu hohen Preis«, wie er mehrfach laut anmerkte.

»Dann du müssen nach Aldi gehen«, hörte er einmal von einem südländisch aussehenden Verkäufer. »Da billig. Da du richtig, Mann in Shorts.«

»Der hat schon zu, du Schlaumeier.«

»Dann du Pech haben«, folgerte der Mann. »Übrigens: Unterhose gucken raus aus Shorts. Sieht nix gut aus. Sieht scheiße aus.«

Gleich du schmecken meine Faust, dann du auch nix mehr gut aussehen, dachte der Beamte grimmig. Er riss den Verschluss der Büchse absichtlich so heftig auf, dass Schaum auf die ausgelegten Zeitungen und Magazine spritzte.

»Oh, das mir aber Leid tun«, lachte er und ging seines Weges. Dabei stopfte er seine Unterhose umständlich tiefer in die Shorts.

Der Verkäufer schleuderte ihm die übelsten Verwünschungen nach.

Völk drehte sich noch einmal um: »Sei froh, dass ich dich nicht verstehe, du Kaffer!«

Warum durfte er dem jetzt nicht eine in das schnauzbartumrandete Schandmaul dübeln, dass der Zahnstein rieselte? Warum schützte man in diesem Land stets die Täter? Der Scheißkerl hatte ihn gerade eindeutig beleidigt. Völk kippte das Bier in sich hinein. Plötzlich schnürte es ihm die Kehle zu. Der Polizeimeister bekam einen irrsinnigen Hustenanfall, hüpfte auf der Stelle wie ein angetrunkenes Jojo. Schuld an der Attacke hatte Jakob, der Richtung U-Bahn-Rolltreppe lief.

Völk schnappte nach Luft, pfefferte die Büchse in den nächsten Papierkorb und schwabbelte dem Jungen hinterher. Diesmal würde er dran bleiben und sich nicht wieder abschütteln lassen.

Und der Beamte hatte Glück. Zum einen achtete der Junge nicht auf die Menschen um ihn herum. Zum anderen fanden sich immer wieder dicke Fahrgäste, hinter denen Völk während der Verfolgung in Deckung gehen konnte.

Jakob fuhr vier Stationen mit der U-Bahn, nahm dann den Bus. Der Beamte quetschte sich ebenfalls hinein. Acht Stationen währte diese Fahrt, bis der Junge den Bus verließ. Nach fünfhundert Metern zu Fuß verschwand er in der Einfahrt zu Bruhns Villa.

Völk lief an dem Traumhaus vorbei. Hier wohnte der kleine Stinker also. Nicht schlecht. Wahrscheinlich ein verwöhnter Bengel, der seine Freizeit nicht sinnvoll zu nutzen wusste und daher Supermärkte verwüstete. Kleiner, reicher Scheißkerl. Aber, wie sollte er jetzt weiter vorgehen?

Ruf deine Kollegen an, vor allem Neutzel, meldete sich eine Stimme, die an sein Pflichtbewusstsein als Polizeibeamter appellierte. *Nein, dann schmückt der sich wieder mit deinen Lorbeeren*, hielt eine andere Stimme dagegen, die eindeutig zwei der hervorstechendsten Völkschen Charaktereigenschaften – Eigennutz und Geltungssucht – vertrat.

Völk fand eine kleine Gaststätte und zog sich zur Beratung hinter ein gut gefülltes Bierglas zurück. Drei weitere Biere folgten. Dann stand sein Entschluss fest. Er würde allein in der Villa aufkreuzen und den feinen Leuten ein wenig Angst einjagen. Wenn er seinen Spaß gehabt hatte, würde er von dort aus die Presse benachrichtigen, damit seine Leistung entsprechend gewürdigt wurde. Und dann konnte er immer noch den guten, alten Neutzel informieren.

Ein verdammt guter Plan, fand der Beamte, obwohl das Vorhaben heute allerdings nicht mehr durchzuführen war. Er wollte seinen Auftritt in Uniform zelebrieren und nicht im Trikot, wenngleich er fand, dass ihm das prima stand. *Sonderermittler Völk im unauffälligen, aber sportiven Kampf-Dress.* Das hatte etwas. Aber diese Klamotten wurden dem Ernst der Sache nicht ganz gerecht. Außerdem musste sich Völk noch die Rufnummern der Redaktionen verschaffen.

Ein teuflisch guter Plan, bestätigte sich der Beamte noch einmal. Morgen, nach Dienstschluss, würde seine große Stunde schlagen.

Bachmann war der letzte Gast. Man merkte dem Kellner an, dass er auf den baldigen Abflug des Reporters hoffte. Der Mann hatte jetzt schon dreimal die Tische abgewischt und dabei demonstrativ auf die Uhr geschaut. Von der nahen Kirchturmuhr schlug es zwölf Mal. Frank tat dem Kellner den Gefallen, zahlte und gab ihm ein dickes Trinkgeld, was dem Bierboten ein säuerliches Lächeln entlockte.

Müde ging Frank zu seinem Polo, den er eine Straße weiter geparkt hatte, und fuhr nach Hause.

Jakob hatte sich den ganzen Abend über nicht gezeigt. Mini-Schimmi, pack ein.

11.

Der Maschendraht leistete kaum Widerstand. Felix zwängte sich durch das Loch, sah sich schnell um. Niemand weit und breit. Bei fünfundzwanzig Grad im Schatten kein Wunder, wer ging da schon in die Sauna?

Dr. Walter war derzeit der einzige Gast, wie Bruhn wusste. Seitdem die Sauna um acht Uhr geöffnet hatte, war er vor Ort. Der Chef war pünktlich erschienen und döste seitdem an der Kasse vor sich hin. Um neun waren drei ältere Frauen gekommen und um Viertel nach elf wieder gegangen. Bis dreizehn Uhr tat sich nichts mehr. Dann kreuzte der Chirurg auf, zu Fuß. Der Toyota stand zwei Ecken weiter.

Jetzt war es zwanzig nach eins. Felix überquerte mit seiner Sporttasche die Terrasse und verschwand in dem niedrigen Gebäude. Er fand die Kabinen, zog sich aus, schlang ein Handtuch um die Hüften.

Der Arzt machte gerade einen Aufguss. Das Wasser zischte auf den glühenden Steinen, dichter Qualm zog durch die geräumige Holzkabine. »Bitte, schnell die Tür zu«, rief Walter dem Neuankömmling zu. »Sonst ist der Aufguss für die Katz.«

»Natürlich«, sagte Felix leise. »Gern.«

Der Doktor ließ die Schöpfkelle in den Eimer sinken. Der Dampf lichtete sich, Walter erkannte die Konturen des anderen. Die schmalen Schultern, den länglichen Hals, den Kopf. Das Gesicht. Oh mein Gott, was war mit diesem Gesicht? Der Schönheitschirurg hatte schon einiges gesehen, aber das hier übertraf alles bisher da gewesene.

Seine Neugier und sein medizinischer Ehrgeiz waren geweckt. Scheinbar unbeeindruckt hockte er sich auf die unterste Bank. »Oben halte ich es nicht aus«, erklärte er.

»Ja, es ist noch zu heiß«, bestätigte Bruhn mit einem Blick auf das Thermometer.

Warum spricht der so leise, überlegte der Arzt. Seltsam. Der Flüsterer setzte sich ihm jetzt genau gegenüber, so dass Walter in dessen entstelltes Antlitz sehen musste, wollte er nicht beschämt zu Boden blicken.

Der Totenkopf starrte ihn an. Allmählich wurde es dem Doktor unheimlich. Was wollte der Kerl?

»Ich weiß, ich sehe zum Fürchten aus«, wisperte Felix in diesem Moment. Er sagte das obenhin, als wäre es das Normalste der Welt. Es war keine Entschuldigung, sondern eine sachliche Feststellung.

Walter wischte sich den Schweiß von der Stirn. »Kein Problem. Ich bin solche – äh – Fälle wie Sie gewöhnt. Sehen Sie, ich bin Schönheitschirurg. Was ist mit Ihrem Gesicht passiert?«

»Ein bedauerlicher Unfall«, wich Bruhn aus.

»Wollen Sie mal in meine Praxis kommen? Ich könnte sicher eine Menge für Sie tun.«

»Nein danke.«

»Ganz wie Sie wollen. Ich wollte mich nicht aufdrängen.«

»So wie bei Ihrer Tochter?«

»Wie bitte?«

»Ich sagte: So wie bei Ihrer Tochter?« Felix hob die Stimme in eine für ihn fast qualvolle Lautstärke.

Der Arzt sprang auf: »Wer sind Sie?«

Auch Bruhn erhob sich, allerdings mit absoluter Gelassenheit: »Ich bin der Gott der Gosse.«

Walter tastete sich langsam zur Tür: »Ah ja, der Gott der Gosse. Sehr interessant. War nett, Sie kennen zu lernen. Und, wie gesagt, wenn Sie mal in meine Praxis kommen –«

»Nein. Ich finde nicht, dass ich so aussehen sollte wie Sie. Ich meine, Sie sollten so aussehen wie ich. Liebe Grüße von Manu.«

Mit diesen Worten verpasste Bruhn dem Doktor einen Handkantenschlag an die Halsschlagader. Walter sackte zusammen, genau in Felix' Arme. Bruhn schleppte den Leblosen zum Ofen, stellte ihn auf die Füße und ließ den Oberkörper nach vorn knicken. Dann griff er in die Haare des Arztes und presste das schöne Clooney-Gesicht auf die glühenden Steine. Der Geruch von verbranntem Fleisch erfüllte die Sauna.

»Komische Sache«, meinte der Gerichtsmediziner, während er seinen Koffer zuklappte. »Vielleicht hatte er einen Schwächeanfall und ist in den Ofen gefallen. Oder jemand hat ihn hineingedrückt. Das halte ich für wahrscheinlicher. Am Hals zeichnet sich ein subkutanes Hämatom ab.«

»Sturz, Schlag?« Neutzel lockerte die Krawatte. Eine Wahnsinnshitze herrschte hier.

»Schwer zu sagen. Beides denkbar. Das muss die Obduktion klären.«

Neutzel seufzte.

»Fertig?«, raunzte ihn der Staatsanwalt an. Er hatte warten müssen, bis der Mediziner seine Untersuchung abgeschlossen hatte. Jetzt durfte er endlich die Leiche abtransportieren lassen.

Der Hauptkommissar bohrte seinen Blick zum wiederholten Male auf die Rückwand der Sauna. Eine blutrote Sieben glänzte dort. Das war Mord, wettete der Polizist.

Level Sieben bedeutet Mord.

Wer könnte ein Motiv haben, einen Schönheitschirurgen umzubringen? Als Erstes würde er den Arzt selbst überprüfen: Gab es vielleicht schon einmal ein Verfahren gegen ihn – wegen Ärztepfuschs? Vielleicht hatte jemand das putzige Näschen von Michael Jackson verlangt, aber Walter hatte ihm irrtümlich den kartoffeligen Zinken von Karl Malden verpasst? Neutzel gönnte sich bei dieser Vorstellung ein halbherziges Grienen.

Von Interesse wäre sicherlich die Patientenkartei, dann das Familienleben, überlegte der Beamte weiter. Mist, dass er diese Ermittlungen nicht leiten durfte, sondern der Erste Hauptkommissar Wilhelmi mit seinem Team vom K 1, das für derartige Gewaltdelikte zuständig war. Neutzel wurde lediglich hinzugezogen, weil erneut eine der mysteriösen Zahlen aufgetaucht war.

Wilhelmi stapfte mit verkniffenem Gesicht heran: »Der Chef von diesem Laden bleibt dabei. Es war nur der Arzt hier.«

»Glaube ich nicht«, meinte Neutzel müde.

»Ich auch nicht. Kommen Sie, Herr Kollege. Schauen wir uns doch mal die Außenanlage an.«

Keine fünf Minuten später hatten die beiden Kommissare das Loch im Zaun entdeckt.

»Das war's dann wohl, was die Unfalltheorie angeht«, schnaufte der Mordermittler. Er wandte sich an einen rangniedrigen Beamten, der mit leerem Gesicht auf der Terrasse stand: »He, Sie da. Beziehen Sie hier mal Stellung und passen Sie auf, dass keiner an dem Loch manipuliert, bis der Erkennungsdienst seinen Job gemacht hat.«

»Jawoll!« Völk trottete heran und baute sich neben dem Loch auf.

Die Nachricht schlug beim *Blick* wie eine Bombe ein. Brocki war in Höchstform. Ein prominenter Schönheitschirurg lag mit verbranntem Gesicht tot in der Sauna, an der Wand zappelte eine mystische Sieben – was wollte man mehr?

Die Kommandos des Redaktionsleiters schossen durch das Großraumbüro wie Maschinengewehrsalven. Zuerst nahm Brockmüller seine Klatschreporterin ins Visier: »Haben Sie ein Foto von dem Arzt? Ja? Guti-gut. Dann will ich eine Umfrage haben. Motto: Der Top-Arzt und seine Patienten – wie sie um ihn trauern. Schreib bei jedem mit rein, was er an denen operiert hat. Und was das gekostet hat, eine gerade Nase, ein strammer Busen, ein neues Ohr, was weiß ich. Das gehört da alles rein.«

Sigrun von Hohenstein wagte einen Einwand: »Das mögen die Promis gar nicht, wenn man vermeldet, wo sie operiert wurden.«

»Papperlapapp. Knien Sie sich rein! Wo ist mein Polizeireporter?«

»Hier!«, bellte Bachmann im Kasernenton.

Brocki überlegte einen Moment – wollte ihn sein Witwenschüttler auf den Arm nehmen? Und wenn schon, jetzt gab es keine Zeit für solche Mätzchen.

Er deckte Frank mit seinem verbalen Sperrfeuer ein: »Raus zur Sauna. Fotografen mitnehmen. Personal abklopfen. Wie oft ging der Doc in die Sauna, wie viele Gänge machte er jedes Mal, ging er noch ins Solarium? Dann Stammgäste auftreiben: Über was unterhielt man sich beim Schwitzen? Alles klar?« Er wartete die Antwort erst gar nicht ab: »Team zwo besteht aus –« Brocki schickte seine Blicke wie ein hungriger Habicht von Tisch zu Tisch. »Besteht aus Hannes und Thomas. Ab zur Witwe. Interview machen, Haus fotografieren, Umgebung, Nachbarn abchecken etc. Noch Fragen? Keine? Guti-gut. Dann Abflug, aber pronto. Und wir zwei, Herr John, basteln jetzt schon mal die Seite eins.«

Frank war froh, dass er nicht zur Witwe musste. Er hasste diese Seite seines Jobs. *Witwenschüttler*. Fotos aus den Angehörigen herausschütteln, das war wirklich nicht sein Ding.

Team zwo würde sicher nicht in das Haus hineinkommen. Prominente ließen Boulevardreporter meistens abblitzen, wenn es etwas Negatives oder Trauriges zu berichten gab. Immerhin hatte Sigrun ein Foto des Arztes in ihrem Archiv. Das war schon mal die halbe Miete.

Schweigend fuhren Bachmann und Heiner zur Sauna. Dort verliefen die Text-Recherchen ziemlich im Sande. Andere Saunagäste trafen sie nicht – wegen der Hitze und der Polizeiabsperrung. Dafür aber eine Menge Pressekollegen, die vor ähnlichen Problemen standen. Der Saunabesitzer verschanzte sich in seinem Kassenhäuschen und blockte ab. Er fürchtete um den Ruf seines Geschäftes.

Heiner knipste das Loch im Zaun und den Gebäudekomplex von außen. Wilhelmi genehmigte dem Fotoreporter ausnahmsweise eine Aufnahme durch die Tür des Schwitzbades. Heiner nahm die Sieben und den Ofen aufs Korn, drückte ab. Mehr war nicht drin.

Sigrun trieb tatsächlich drei Patienten des Arztes auf.

Dafür scheiterte Team zwo am Gartentürchen der Arztvilla, brachte aber einige Stimmen der Nachbarn mit: »Er war ja so ein netter Mensch. Und so attraktiv.«

Brockmüller war zufrieden. Er hatte in keinster Weise damit gerechnet, dass alle seine Aufträge erfüllt werden könnten. Er verlangte stets weit mehr als vermutlich erreichbar war, aber dafür erhielt er von seinen Reportern auch regelmäßig das maximal Machbare. Der Chef gab die halbe Seite eins und zwei Seiten im Innenteil für das Thema aus. Die Zeit drängte. Inzwischen war es kurz von sechs. Um neun war Redaktionsschluss.

Sigrun, Frank und Thomas schrieben wie die Verrückten.

Im Labor traten sich Heiner, Hennes und die Labormaus auf die Füße. Nichts konnte schnell genug gehen, alles dauerte viel zu lang. Brocki trieb sie unerbittlich an. Auch der Redaktionsleiter selbst stand unter starkem Druck. Die Setzerei machte ihm die Hölle heiß: »Wo bleiben Texte und Fotos? Wir schmeißen noch den Andruck, wenn das so weitergeht!«

Sie schafften es, wenn auch nur knapp. Um kurz nach neun Uhr fiel Bachmann erschöpft in seinen Polo und fuhr heim. Als er von der Bundesstraße 2 nach Pleinfeld abbog, überkam ihn ein tiefes Gefühl der Ruhe. Friedlich döste der Marktflecken in der Abendsonne. Hier war von der Hektik, die in der Redaktion geherrscht hatte, absolut nichts mehr zu spüren. Der dicke gelbe Kirchturm strahlte ihm im milden Licht entgegen. In einem satten Grün breiteten sich die Auen aus, durch die sich die Rezat schlängelte. Es war schön, nach Hause zu kommen.

Die Uniform saß wie eine Eins. Nur die Knöpfe spannten etwas über dem Bauch, aber Völk gedachte, die Luft einzuziehen. Sein feister Finger schwebte schon über der Klingel, da ging er noch einmal kurz in sich. Klasse, sein Plan, einfach klasse, da gab's nicht zu meckern. Er drückte auf die Schelle.

»Ja, bitte?«, kam es kaum hörbar über die Gegensprechanlage. Bruhn warf einen Blick auf den Monitor, der die Kamerabilder vom Tor wiedergab. Ein dicklicher Polizist, allein.

»Polizeimeister Völk«, schnarrte der Beamte. »Ich hätte gern kurz mit dem Herrn des Hauses gesprochen. Sind Sie das?«

»Ja. Mir gehört jedenfalls das Haus. Worum geht es?«

»Um Ihren Sohn.«

Bruhn zuckte zusammen. Diabolo? Er ließ einige Sekunden verrinnen, bevor er antwortete: »Liegt etwas gegen ihn vor?«

»Das würde ich gerne mit Ihnen persönlich besprechen.« Völks Ton wurde forsch: »Aufmachen.«

Felix wurde sauer. Was bildete sich dieser Staatsbüttel eigentlich ein? Viel konnte er nicht in der Hand haben, sonst wäre er nicht allein gekommen. Außerdem war der Heini nur ein Polizeimeister, also keine große Leuchte.

»Kommen Sie rein.«

Der Summer ertönte und der Beamte schritt die lange Einfahrt entlang. Was für eine Idylle, staunte er. Ihm gefiel der Gedanke, hier ein bisschen für Missstimmung zu sorgen. Und für Angst.

Bruhn sorgte dafür, dass Diabolo im Keller blieb. Das war kein Problem, weil sein Sprössling seit gestern mit Manu in den Federn weilte. Nur für zwei Stunden war das Mädchen heute Nachmittag in die heimische Arzt-Villa gegangen, um ihrer Mutter beizustehen und ein paar falsche Tränen zu vergießen. Der Tod ihres Vaters hatte bei ihr nicht die gewünschte Dankbarkeit ihm gegenüber ausgelöst, hatte Bruhn feststellen müssen. Sie hatte nur noch Augen und Ohren für ihren Dieter. Der Knabe hatte heute sogar sein Training im aufwendig eingerichteten Fitnessraum vernachlässigt. Das Programm hatte Bruhn seinem Sohn auferlegt – eine knallharte Mischung aus Konditions-, Kraft- und Schlagtraining. Früher wäre ein Verzicht auf die Übungen undenkbar gewesen. Die Disziplin in diesem Hause ging allmählich vor die Hunde. Das musste Felix abstellen.

Er holte den Staatsbediensteten an der Pforte ab und weidete sich an dessen Entsetzen, als er ihn zur Begrüßung anlächelte. Und noch etwas fiel dem Psychologen auf: Der Beamte wirkte unsicher und hatte eine deutliche Fahne. Felix brachte seinen Gast daher nicht wie ursprünglich geplant in den Salon, sondern in die Bibliothek mit der gut bestückten Bar.

»Was kann ich Ihnen anbieten: Gin, Wodka, Scotch?«

»Ach, eigentlich dürfte ich ja gar nichts –« druckste Völk.

Von wegen, du hast schon ordentlich getankt, mein Lieber, dachte Bruhn, während er die Scotch-Karaffe öffnete. »Ganz, wie Sie wollen. Mir imponiert Pflichtbewusstsein. Sie haben aber doch hoffentlich nichts dagegen, wenn ich mir einen genehmige?« Felix beobachtete sein Gegenüber genau und sah das unruhige Flackern in dessen Augen; die Gier, als der Whisky golden in das Glas rieselte.

»Na ja, eigentlich bin ich ja nicht mehr im Dienst«, meinte der Beamte.

Die nächste Information für Felix. »Gin, Wodka, Scotch?«, wiederholte er.

Der Polizeimeister knetete seine Hände. »Wodka«, stieß er hervor.

»Gern.« Bruhn schenkte dem Polizisten gleich einen doppelten ein.

Völk protestierte nicht. Allein, um den Anblick dieses Monsters zu ertragen, brauchte er eine kleine Stärkung.

Sie setzten sich. Felix schlug die Beine übereinander: »Was kann ich für Sie tun?«

»Nun ja«, holte der Beamte aus. »Es geht, wie gesagt, um Ihren Sohn. Ich nehme jedenfalls an, dass es sich um Ihren Sohn handelt.«

»So?«

Völk goss den Schnaps hinunter. »Ja. Ein eher schmächtiger Junge mit Sommersprossen.«

Jetzt wurde es interessant. Wen meinte der Bulle? durchfuhr es Bruhn. Hauptsache, Diabolo war aus dem Rennen. »Sommersprossen, schmächtig? Weder das eine noch das andere trifft auf meinen Sohn zu. Sie müssen sich irren. Was soll der Junge denn angestellt haben?«

Völk ließ sich Zeit. »Gutes Tröpfchen«, lobte er und mimte den Kenner. »Verraten Sie mir die Adresse, woher Sie es beziehen?«

»Aus dem Aldi«, gab Felix trocken zurück. Er goss dem Beamten unaufgefordert nach.

»Um auf Ihre Frage zurückzukommen: Der Junge hat einen Supermarkt ausgeräumt und einen Gesamtschaden von über fünfzigtausend Mark angerichtet.«

Bruhn schwieg. Ausgerechnet Jakob, dem er sein besonderes Augenmerk widmen wollte, der sein Trumpf-Ass in dem Spiel war. Bei dem er trotz dessen Wankelmütigkeit geglaubt hatte, ihn nach seine Plänen prägen zu können, ihn schmieden zu können wie ein besonders scharfes Schwert der Rache. Wie war der Bulle Jakob auf die Spur gekommen? Jetzt musste er verdammt vorsichtig sein.

Der Polizeimeister nahm einen tiefen Schluck, drehte das Glas in den Händen, als wäre es ein Schatz: »Er wurde von einem Wachmann überrascht. Bei der Flucht – ach, hätten Sie vielleicht noch etwas?«

Felix stutzte: Das Glas des Besuchers war tatsächlich schon wieder leer. Die Geschwindigkeit, mit der der Beamte das Hochprozentige in sich hineinschüttete, war Schwindel erregend. Im wahrsten Sinn des Wortes. Der Hausherr füllte nach, stellte die Karaffe der Einfachheit halber neben seinen Gast auf den Tisch. »Bedienen Sie sich nur.«

»Mach ich, danke. Also, auf der Flucht trat der Junge mit seinem Turnschuh in rote Farbe. Wir haben die ganze Stadt nach dem Schuh abgegrast. Und durch Zufall fand ich den Knaben.« Völk machte eine bedeutungsschwangere Pause.

»Und?«, machte ihm der Psychologe Dampf. »Was hat das mit mir zu tun?«

»Ich sah den Jungen in Ihrem Haus verschwinden. Gestern Abend.«

Bruhn erhob sich, ging auf und ab. Jakob, dieser leichtsinnige Kerl, hatte den Bullen direkt hierher geführt. Unverzeihlich. Er musste Zeit gewinnen, den Staatsdiener weiter abfüllen. »Ich kann mich beim besten Willen nicht daran erinnern. Aber vielleicht hat er meinen Sohn besucht. Ich bekomme nicht alles mit, was in diesem großen Hause vor sich geht.«

»Glaube ich Ihnen. Dann fragen wir halt Ihren Sohn. Kann ich mit ihm sprechen?«

Felix stoppte. Bloß nicht Diabolo! Das Phantombild kannte der kleine Bulle, der seinen Wodka gnadenlos niedertrank, garantiert.

»Er ist im Moment nicht da. Beim Klavierunterricht, wissen Sie.« Bruhn hatte die rettende Idee. »Aber er kommt in etwa einer Stunde. Sie können gerne so lange bleiben, wenn Sie die Zeit erübrigen können.«

Völk begutachtete sein Glas: »Warum nicht? Sie haben es nett hier.« Der Beamte log ausnahmsweise einmal nicht. Ihm gefiel es wirklich. Alles sah teuer aus, die Teppiche, die Möbel, die Bilder an den Wänden. Und sauber war es hier. Sicher hatte der reiche Kerl eine Haushälterin. Langsam spürte der Polizist die Schnapsmenge, die er aufgesogen hatte wie ein trockener Schwamm. Aber das machte nichts. Er war hier am Drücker, er war der Chef im Ring. Da durfte man auch schon mal ein bisschen hinlangen. Schön, wie dem Quasimodo die Düse ging. Das wollte Völk noch ein wenig auskosten. Die Benachrichtigung der Kollegen konnte warten.

»Darf ich Sie einen Moment allein lassen, ich muss mal kurz telefonieren?«, fragte Felix.

»Kein Problem.«

Bruhn rannte in den Keller. Natürlich: Die beiden lagen im Bett. Überall flogen Geldscheine herum. Felix schloss die Augen. Null Disziplin.

»Kannst du nicht anklopfen?«, blaffte ihn Diabolo an.

»Halt den Mund. Ein Bulle ist oben. Der will dich sehen. Das haben wir Jakob zu verdanken.« In Stichworten weihte er die beiden Jugendlichen ein. Er schloss mit den Worten: »Du darfst dich auf keinen Fall blicken lassen, Dieter. Ist das klar?«

Diabolo nickte.

Felix sah Manu an. Dabei kam ihm zum zweiten Mal an diesem Abend eine gute Idee. »Dich könnte ich allerdings sehr gut da oben gebrauchen. Zieh dir irgendeinen sexy Fummel an und komm in einer Stunde rauf, okay?«

Die Miene des Mädchens bewölkte sich: »Was hast du vor?«

»Ich will den werten Herrn Polizisten ein bisschen einwickeln. Und auf mein Gesicht wird er sicher nicht unbedingt fliegen, oder?«, gab Bruhn zynisch zurück. »Ich will ihn auf unsere Seite ziehen. Ich will ihn kaufen.«

Der Psychologe fand schnell ein Thema, über das sich der

Beamte gerne ausließ: Frauen. So verrannen die Minuten nicht ganz so schleppend. Inzwischen lag Völk mehr in seinem Sessel, als dass er saß. Nach der Vernichtung des Inhalts der Wodka-Karaffe hatte sich der Polizeimeister dem Gin zugewandt.

»Weiber!«, lallte er mehr zu sich selbst als zu seinem Gastgeber. »Weiber sind schon komisch. Undurchschaubar, jawoll.« Mit fahrigen Bewegungen füllte er sein Glas. »Ich hatte eine Menge Weiber«, prahlte er. »War aber alles nichts. Die wollten alle nur mein Geld. Aber wenn's ums Putzen ging – Ebbe. So sind sie, die Weiber. Alles scheiße.«

Bruhn lehnte am Bücherregal und hörte zu. Noch ein oder zwei Gläser, dann war der Beamte völlig hilflos. Sehr schön.

Punkt zehn kam Manu herein. Sogar Felix war perplex. Ein blonder Engel schwebte in die Bibliothek. Das Mädchen hatte Hot Pants und ein knappes Top an, das Bauchnabel und Schultern frei ließ. Deutlich zeichneten sich Manus Brüste unter dem Stoff ab. Die Haare trug sie offen.

Völks Kiefer klappte auf.

»Darf ich vorstellen: Manuela Walter, meine Azubi und künftige Assistentin«, sprach Bruhn nahezu feierlich.

Manu ging zu dem Polizisten und drückte seine schlaffe Hand. »Freut mich, Sie kennen zu lernen«, log sie mit einem entzückenden Lächeln.

Der Beamte brachte nur ein Grunzen heraus. Das war keine Frau, sondern die Erfüllung seiner geheimsten Träume.

Manu setzte sich ihm gegenüber: »Wie wäre es mit einem Gläschen Sekt?«

Völk stierte und gierte. Mehr ging nicht.

Felix holte eine Flasche und drei Gläser. Sie stießen an.

Der Polizeimeister überlegte einen Moment, wo denn der Junge blieb. Der mit den Klavierstunden. Den wollte er doch etwas fragen. Was war das doch gleich wieder gewesen?

»Mögen Sie nichts?« Manus Stimme war sanft.

Völk schreckte zusammen. »Doch natürlich, 'tschuldigung.« Er legte den Kopf in den Nacken und trank den Kelch in einem Zug leer. »Sie sind sehr – äh – hübsch, wenn ich das mal bemerken darf.«

»Sie können ruhig du zu mir sagen«, flötete das Mädchen. Sie schob ihren Sessel etwas dichter an den Polizisten heran.

Der Beamte schluckte: »Gern. Ich heiße Peter.«

»Fein. Hast du eine Pistole?«

»Jawoll!«

Das Mädchen wandte sich mit gespielter Begeisterung an Felix: »Hast du das gehört? So einen wie Peter könnten wir gebrauchen.«

Bruhn war überrascht, dass Manu derart mit der Tür ins Haus fiel. Aber angesichts von Völks Zustand war das vermutlich gar nicht so verkehrt. »Ja. In der Tat.«

»Ihr bei der Polizei verdient doch so schlecht, oder?«, setzte Manu nach.

»Jawoll!« Das war Musik in Völks Ohren.

Manu wickelte eine Haarsträhne um ihre Finger mit den langen Nägeln. »Und das, obwohl ihr ständig die Köpfe hinhalten müsst!«

»Jawoll!« Völk brüllte fast.

»Eigentlich ist das total ungerecht. Warum wird man da eigentlich noch Polizist?«

Ja, warum? überlegte der Polizeimeister. Weil ich irgendwann, vor vielen Jahren, an Gerechtigkeit geglaubt habe. Und daran, dass es sich lohnt, die Gesetze zu verteidigen und Menschen zu schützen. Solche zarten Geschöpfe wie diese Traumfrau vor ihm. Er fixierte das Mädchen mit glasigen Augen. Mein Gott, die würde er gern mal ...

»Was soll ich denn machen?«, gab er zurück. »In meinem Alter findest du nichts anderes mehr.«

Jetzt mischte sich Felix ein: »Das würde ich nicht sagen. Ich bräuchte tatsächlich jemanden wie Sie. Mit Personenschutz kennen Sie sich doch sicher aus?«

»Jawoll!«

»Und mit der Waffe können Sie auch umgehen?«

»Jawoll!«

»Karate oder Ähnliches?«

Völk zog den Bauch ein, stand schwankend auf: »Mein ganzer Körper ist eine Waffe!« Er lachte dumm: »Wie Rambo!« Den Film hatte er schon mindestens zehnmal auf Video geguckt. Das Thema gefiel ihm: Ein Vietnam-Veteran, dem man im eigenen Land übel mitspielte, rächte sich an der Nation, deren Ideale er einst verteidigt hatte. Das wäre auch mal sein Ding.

Manu unterdrückte mühsam einen Lachanfall. Der fette Trottel hatte so viel Ähnlichkeit mit Rambo wie Helmut Kohl mit Mutter Teresa.

»Was verdienen Sie, wenn man fragen darf?«, kam es ganz unverblümt von Bruhn.

Der Polizeimeister stockte. Das war ein trauriges Kapitel. »Viel zu wenig«, druckste er.

»Na, nun sagen Sie schon. Oder wissen Sie es nicht genau?«

»Doch, klar«, schoss es aus Völk hervor. Er wollte ja nicht wie ein Schwachkopf dastehen. »Weiß ich schon.« Es waren genau 3414,34 Mark, die man ihm zahlte. Brutto. Bitter. Völk kam so gerade über die Runden. Aber nur deshalb, weil seine Ausgaben für die winzige Dreckbude relativ gering waren. Außerdem hatte er so gut wie keinerlei Kosten für Anziehsachen, verzichtete mangels Interesse und Begleitung auf Urlaub und hatte niemanden, für den er sorgen musste.

Bruhn ließ nicht locker: »Was ist denn nun? Sprache verschlagen? Sie dürften so um die viertausend Mark verdienen, schätze ich mal.«

Woher kennt der sich wieder so gut aus, wieso weiß der etwas über Beamtentarife? durchfuhr es Völk. Der Kerl war ihm etwas unheimlich. »Ja, so in etwa«, wand er sich. »Noch nicht einmal das.«

»Ich gebe Ihnen das Doppelte. Cash auf die Hand. Steuerfrei. Wenn Sie wollen.«

Völk glaubte, sich verhört zu haben. Er brachte keinen Ton heraus.

»Mensch, Peter, das wäre klasse!«, rief das Mädchen. Sie erfand auf die Schnelle einen neuen Beruf für Felix. »Er ist nämlich Geschäftsmann. Ex- und Import. Wir müssen viel reisen. Ich bin seine Dolmetscherin. Du könntest uns begleiten und beschützen. In manchen Ländern, wie Südafrika oder Thailand, kann das nicht schaden, weißt du?« Sie sah den Beamten mit großen Kulleraugen an.

Ja, ja, ja! jubelte es in Völk. Sieben Riesen bar auf die Kralle, diese Frau an seiner Seite, ferne Länder. Nie mehr an Türen abgestellt werden von Neutzels oder Wilhelmis. Er trank noch ein Glas Sekt. Auf wundersame Weise versiegte diese Quelle heute Abend nie. Im Geiste sah er, wie er den Gesichtskrüppel vor einem bösen Schwarzen schützte, den negroiden Attentäter mit einem exakten Kopfschuss niederstreckte wie einen tollwütigen Hund und zur Belohnung in den blonden Haaren der schönen Manu versank. Guter Film, mit Bruhn und Manuela in der Hauptrolle. Aber er, Völk, war der heimliche Star. Der Sympathieträger, oder wie immer das hieß. Immer da, wenn man ihn brauchte. Eine Granate, die mit chirurgischer Präzision dort einschlug, wo man es von ihr erwartete.

»Und, was halten Sie davon?«, fragte Bruhn. Der dicke Mann vor ihm war leicht weggetreten, wie es schien. Kein Echo hallte. »Glauben Sie, dass Sie dieser Aufgabe gewachsen sind?«, verschärfte er seinen Weckruf in die Richtung des Polizisten.

»Äh, natürlich, selbstredend, na klar. Aber das will gut überlegt sein. Das kommt alles so ... so überraschend, verstehen Sie?«

Felix nickte. »Sicher. Oh, ich sehe, die Flasche ist leer. Ich hole noch eine. Oder hat jemand Einwände?«

Völk schüttelte den Kopf.

Bruhn ging in die Küche.

Manu erhob sich, rückte scheinbar gedankenverloren ihr Top zurecht.

Völk glotzte und glotzte.

»Du kommst doch zu uns und passt auf uns auf, oder?«

Der Beamte nordete seine leicht verhangenen Glubscher auf diesen unglaublichen Mund ein. Diese Lippen versprachen alles. Und sie würden es erfüllen. »Ja«, stieß er heiser hervor.

»Ich wusste es.« Manu überwand sich, beugte sich vor und hauchte dem Beamten einen Kuss auf die hängende Wange. »Bin gleich wieder da.«

Sie folgte Bruhn in die Küche, wo sie außer Hörweite von

Völk waren. »Bist du verrückt? Du willst doch nicht im Ernst diese Nullnummer einstellen?«

Felix ließ den Korken explodieren. »Natürlich nicht, für wie blöd hältst du mich?«

»Und wie geht es jetzt weiter?«

Bruhn kam dicht an ihr Ohr, erläuterte dem Mädchen seinen Plan.

»Nein, das kann ich nicht!«, stieß Manu hervor, als Felix fertig war. »Das darfst du nicht von mir verlangen.«

»Es geht nicht anders. Dieser Polizist mag ja jetzt betrunken sein, aber morgen ist er wieder nüchtern. Und dann haben wir mit Sicherheit ein Problem. Denn wenn die Polizei Jakob zu fassen bekommt, dann kriegt sie uns alle. Oder traust du Jakob zu, dass er dicht hält? Ich nicht. Und dann trifft es auch dich, Manuela Wagner. Und Dieter. Vergiss das nicht.«

Manu sah in das zerstörte Gesicht. Sie wusste, dass Felix Recht hatte. In diesem Moment wusste sie auch, dass sie es tun würde. Für Diabolo und für sich selbst. Aber nicht mehr für Felix.

Kurz vor Mitternacht brach Völk zusammen. Er hatte eigentlich nur zur Toilette gehen wollen, war dabei aber über einen Stuhl gestürzt und lag nun selig lächelnd auf dem hochflorigen Teppich. Bruhn hatte dem letzten Glas Sekt ein starkes Schlafmittel beigemengt, das nun Wirkung zeigte. Bevor der Beamte sanft entschlummerte, geschah etwas, dass ihn alles versuchen ließ, die Augen offen zu halten. Das blonde Mädchen setzte sich auf seinen Schoß und zog das Top über den Kopf. Doch so sehr sich Völk auch mühte, das herrliche Bild verschwamm und Finsternis legte sich über ihn.

»Ist er weggetreten?«, fragte Bruhn kühl.

»Ja, ich glaube schon«, meinte Manu.

Felix holte Diabolo, weihte ihn ein. Mit vereinten Kräften zogen sie den Beamten aus. Nun lag er nackt wie ein gestrandetes Walross auf dem Boden und schnarchte.

»Was für ein fettes Schwein«, sagte Dieter verächtlich. Auch ihn widerte die ganze Aktion an.

»Jetzt du, Manu«, befahl Felix.

Das Mädchen zögerte einen Moment. Dann zog sie sich ganz aus und setzte sich wieder auf den Polizeimeister.

Diabolo wandte den Blick ab. Das war unerträglich. Seine Freundin auf diesem Dreckskerl. Und seinem Vater schien die Sache auch noch Spaß zu machen.

Felix drückte dem Jungen einen Fotoapparat in die Hand. Er selbst nahm den Camcorder. »Schau nicht so verdrießlich«, herrschte er das Mädchen an.

Manu schloss die Augen. Sie hatte ähnlichen Ekel bisher nur bei ihrem Vater empfunden. »Du hast gut reden. Sollen wir tauschen?«

»Lass den Unsinn. Gib dir Mühe, dann ist es schneller vorbei.«

»Sprich nicht in diesem Ton mit ihr, sie ist doch keine – Hure!«, platzte Diabolo heraus. Er empfand Wut auf seinen Vater. Den ersten Hass.

Felix überhörte das. Er linste durch den Sucher der Kamera. »Das sieht alles total tot aus«, monierte er.

»Leider ist er nicht tot«, meinte Manu. Sie ließ ihre Zeigefinger über den Augen des Beamten kreisen, drückte die messerscharfen Nägel auf die geschlossenen Lider. Wenn sie nur etwas mehr Druck ausgeübt hätte, wäre die Haut gerissen und die Finger wären tief in die Augen eingedrungen.

»Lass das, Vorsicht!«, rief Felix.

»Ist ja schon gut.« Manu packte die schlaffen Pranken des Polizisten und drückte sie auf ihre Brüste. Das Mädchen brachte sogar ein halbherziges Lächeln zustande.

»Ja, das ist gut«, lobte Bruhn. Die Kamera surrte.

Wie in Trance machte Diabolo ein paar Fotos. Das war die Hölle.

Manu warf die Hände des Polizisten zurück. »Jetzt reicht's!« Sie spuckte dem Beamten ins Gesicht, bevor sie aufstand, um sich wieder anzuziehen.

Die beiden Männer machten die Kameras aus.

»Wir müssen ihn noch zu Hause abladen«, meinte Felix, während er die Papiere des Beamten untersuchte. »Ah, hier ist seine Adresse.«

12.

Der Wecker löste das übliche Handgemenge aus: Völk schlug wild um sich, um das Ding zu treffen und zum Schweigen zu bringen. Zwar erwischte der Beamte den Nervtöter mit einer rechten Geraden, doch der Wecker überlebte diese Attacke trotz des Aufpralls gegen den Türrahmen und bimmelte fröhlich weiter. Diese Uhr hatte schon vielen üblen Schlägen standgehalten. Sie schien eine Maßanfertigung für Völk zu sein.

Der Polizist wälzte sich von der Matratze. Bei dem Gedanken an die Arbeit wurde ihm schlecht. Völk hatte seine chronisch schlechte Morgenlaune. Doch da fiel ihm der gestrige Abend ein, zumindest Bruchstücke davon. Wie war er nach Hause gekommen? Er wusste es nicht. Es war auch egal, denn Völks Gedanken kreisten um Manu. Eine kleine Sonne stieg hinter seiner bewölkten Stirn auf. Hatte er nicht etwas mit der süßen Blonden gehabt? Irgendetwas war da gewesen, so viel war ihm klar. Ja, sie hatte doch auf ihm gesessen!

Die Sonne in Völks Kopf wanderte ein Stück hinab, erfasste sein erkaltetes Herz und wärmte es.

Oh, mein Gott, das war ja nicht zu fassen. Diesen flotten Käfer hatte er – phantastisch! Und der Gesichtskrüppel hatte ihm auch noch einen tollen Job angeboten. Es war wie in einem Traum! Er musste Herrn Bruhn gleich nachher anrufen, damit sie die Details klärten. Sollte er sofort bei der Polizei kündigen? Das war vielleicht ein wenig riskant. Nein, besser wäre es, sich krank zu melden und erst einmal einen Monat für den Millionär zu arbeiten. Sozusagen als Test.

Beschwingt stand der Beamte auf und duschte. Seine miese Laune war verflogen. Er pfiff sogar unter der kalkfleckigen Plastikbrause. Nicht mehr lange und Ex-Polizeimeister Völk würde sich von edelsten Armaturen berieseln lassen. Wie nannte man seinen neuen Job eigentlich? Security?

Klang gut. Ja, er würde sich Security-Chief nennen und Visitenkarten drucken lassen. *Peter Völk, Security-Chief*, das haute so richtig rein.

»Ja, kommen Sie doch nach Dienstschluss bei mir vorbei. So gegen siebzehn Uhr, passt Ihnen das?«, hörte er zehn Minuten später die leise Stimme von Felix.

»Jawoll!«

»Sehr schön. Ich werde alles vorbereiten.«

Das werde ich allerdings, dachte Bruhn, als er mit einem hässlichen Feixen auflegte.

»Wie ich gesagt habe: Mord«, ächzte Chefermittler Wilhelmi am Telefon. »Dr. Walter erhielt einen massiven Schlag gegen den Hals. Ob der bereits tödlich war, ist allerdings noch unklar.«

»Ja«, entgegnete Neutzel nur. »Danke.«

Müde legte er den Hörer auf und starrte aus dem Fenster. Dann hat dieser Verrückte den Bewusstlosen oder Toten auf den Ofen gelegt, grübelte der Kommissar. Mit dem Gesicht nach unten. Er hat ihn regelrecht gegrillt. Der Beamte schüttelte sich. Wer tat so etwas? Und warum? Neutzel erhob sich, ging im Raum auf und ab. Das Gesicht verbrennen – das hatte eigentlich Symbolcharakter. Rache für Ärztepfusch oder so etwas in der Preisklasse. Doch Nachforschungen hatten ergeben, dass gegen Dr. Walter nie wegen eines Operationsfehlers prozessiert worden war. Aber vielleicht gab es ja einen ganz aktuellen Fall. Oder das Pfusch-Opfer pfiff auf die Justiz und regelte die Sache auf seine Weise.

Grillen.

Gut, dass Wilhelmi zwei Mann eingesetzt hatte, die nichts anderes taten, als die Patientenkartei zu durchforsten. Das konnte allerdings noch Tage dauern.

Neutzel beendete seinen Ausflug und ließ sich wieder in den alten Stuhl fallen. Sie hatten herzlich wenig in der Hand. Auch die Befragung von Witwe und Tochter hatten keine Anhaltspunkte auf einen Täter ergeben. Die Tochter – ein seltsames Wesen. Schön, still, unnahbar, bleich. Und ihre

Fingernägel waren ihm aufgefallen. Sie hatten Neutzel an feine Dolche erinnert. Jetzt blieb ihnen noch die ominöse Sieben. Aber auch da traten sie auf der Stelle.

Pünktlich um siebzehn Uhr stand Völk dick und schwitzend in den Gemächern, wo er sich gestern einen seiner härtesten Vollräusche genehmigt hatte. Er trug wieder seine Uniform, um Eindruck zu schinden.

Bruhn lümmelte sich in einem der Sessel. Er hatte gerade die Aufnahmeprotokolle von Manu in Nürnberg und Susi in München durchgearbeitet. Keine neuen Anhaltspunkte. Sein Vater lebte nach sehr festen Regeln.

»Nehmen Sie doch Platz«, sagte er zu dem Feisten.

Völk versuchte, nicht ständig das Horror-Gesicht anzustarren – das gehört sich doch nicht, jawoll – und setzte sich auf die Kante der Couch.

»Geht es Ihnen gut?« Leise säuselte die Stimme des Entstellten.

»Danke der Nachfrage. Sehr gut. Und Ihnen, wenn man fragen darf?«

»Sie dürfen. Aber es spielt keine Rolle. Noch einmal: Geht es Ihnen gut?«

Der Beamte verstand nicht recht: »Ja, ich denke doch.«

»Und Sie vermissen nichts?«

Völk rutschte unruhig hin und her: »Nein, aber ich weiß nicht genau, was Sie meinen.«

»Sie sollten mich nicht anlügen. Natürlich geht Ihnen etwas ab. Sie wollen doch etwas, Sie wollen doch den Vertrag, oder nicht?«

Der Beamte sah zu Boden, gestand: »Ja. Dass Sie das auch immer gleich wissen.« Inzwischen ging ihm dieser Gesichtskrüppel gehörig auf die Nerven. Was der sich einbildete. Aber – was tat man nicht alles für einen guten Job? Und für diese blonde Zaubermaus? Also: Klappe halten!

Felix genoss die Situation: »Wie haben Sie sich denn unsere Zusammenarbeit vorgestellt?«

So genau hatte der Beamte darüber noch nicht nachgedacht. »Na ja«, druckste er. »Ich dachte, dass Sie mir vielleicht einen Vertrag geben. Wo drin steht, was ich bekomme und wann Urlaub ist und so –«

Bruhn beugte sich vor: »Wissen Sie, wie ich mir unsere Zusammenarbeit vorstelle?«

»Nein, da bin ich aber mal gespannt, hahaha.«

Felix' Gesicht war nur noch eine starre Maske. Sie drückte Ekel aus, Abscheu. »Gar nicht.«

Völk glaubte, sich verhört zu haben: »Wie meinen Sie das? Das kann doch nicht Ihr Ernst sein.«

»Aber ja doch. Verschwinden Sie, Polizeimeister Völk. Sie sind nichts weiter als ein Scherzartikel, mit dem wir uns gestern ein wenig amüsiert haben. Ein hässlicher, mäßig witziger Partyclown, wenn Sie so wollen. Ich würde noch nicht einmal im Traum daran denken, Sie zu engagieren. Raus.«

In Völk brach eine Welt zusammen. Eine Welt, die aus Bodyguard, Manu und Reisen bestand. Der Polizist reagierte, wie er immer reagierte, wenn man ihm wehtat. Er schlug mit Vehemenz zurück. Dazu erhob sich der rundliche Beamte und sah auf sein Gegenüber von oben herab: »Was glauben Sie eigentlich, wer Sie sind, Quasimodo? Sie sitzen hier rum mit Ihrem kaputten Kopf, klopfen arrogante Sprüche und meinen, mich hinausschmeißen zu können? Ich werde Sie fertig machen, Bruhn. Das geht ganz schnell.« Der Polizist spielte mit dem Gedanken, *Woodstock* gebieterisch und aufmunternd zu tätscheln. Aber das war jetzt noch etwas verfrüht.

Felix blieb ruhig: »Sie werden gehen. Ich verspreche es Ihnen. Und Sie können sich eine Menge ersparen, wenn Sie geräuschlos gehen. Sozusagen durch die Hintertür. Heimlich, still und leise, Sie verstehen?«

Wieder diese Überheblichkeit, Völk begann zu kochen. Er zog den Schlagstock hervor, wog ihn in der rechten Faust. »Wenn Ihre Fresse nicht schon so fertig wäre, würde ich gerne etwas nachhelfen. Aber der Aufwand lohnt nicht. Bei Ihnen kann man nichts mehr kaputtmachen, oder?« Patsch, patsch, patsch – so klatschte *Woodstock* in die linke Handfläche des Beamten. Sehr unternehmungslustig.

»Hören Sie auf mit Ihrem lächerlichen Macho-Gehabe«, wehrte Bruhn gelangweilt ab, als würde er sich mit einer Schmeißfliege unterhalten. »Gehen Sie oder ich lasse Sie entfernen. Muss ich erst Ihre Kollegen benachrichtigen?«

»Tun Sie es doch, Sie Monster. Rufen Sie am besten Hauptkommissar Neutzel an. Der ermittelt in den Jugend-Schweinereien, die der kleine Scheißer angerichtet hat.« Völks Schlagstock zeigte auf die Brust von Bruhn. »Dieser Scheißkerl, den Sie beherbergen.«

»Wären Sie auch gern Hauptkommissar?«, fragte Felix unvermittelt.

»Was, wie?«

»Spreche ich so undeutlich? Pardon. Wären Sie auch gern Hauptkommissar?«, wiederholte Bruhn.

Der Beamte kratzte sich am Kopf. »Was soll das nun wieder? Hören Sie bloß auf!«, presste er schließlich gereizt hervor.

»Ich sehe schon, das Thema verletzt Sie. Man hat Sie bei Beförderungen meistens übergangen, oder?«

»Sie sollen aufhören, verdammte Scheiße! Ich schlag Sie tot!«, schrie der Polizeimeister. Er donnerte *Woodstock* auf die Rückenlehne von Bruhns Sessel, knapp neben dessen Kopf.

Felix verzog keine Miene. »Ein halbherziger Schlag. Sie wären als Bodyguard eine Pfeife. Und mal im Ernst: Sie können mir wirklich nicht drohen, Sie nicht.«

Völk stemmte die Fäuste in die Seiten und äffte seinen Gastgeber nach: »Sie können mir wirklich nicht drohen, Sie nicht. Haben Sie eine Ahnung. Es langt. Ich rufe jetzt Neutzel an.«

»Selbstverständlich. Hier ist das Telefon.« Bruhn reichte dem Staatsdiener das Homehandy. »Nur zu. Aber vorher sollten wir uns vielleicht noch ein kleines Video anschauen. Sie mögen doch sicherlich Videos.«

Völk hielt perplex das Telefon in der Hand. Er sollte jetzt wirklich Neutzel von hier aus anrufen dürfen?

»Mögen Sie Videos?«

»Ja«, sagte der Beamte automatisch. Seine Wut hatte etwas nachgelassen. Er war verwirrt.

»Sexvideos?«

»Mmh – äh, nein. Natürlich nicht, ich meine –«

Doch Felix hatte bereits einen Knopf der Fernbedienung gedrückt. »Schauen Sie, da rechts«, ermunterte er den Beamten, der mit offenem Mund im Raum stand. »Ihr Programm. Ihr ganz spezielles Programm, Herr Wachtmeister.«

»Immer noch Polizeimeister für Sie«, murmelte Völk gedankenverloren, während er die ersten wackeligen Bilder auf dem Bildschirm erhaschte. Er, nackt, fett und weiß auf dem Boden. Kein schöner Anblick. Das war ja nicht zu glauben.

»Wer hat Ihnen –«, hob Völk an, stoppte aber, als er Manu sah. Auch sie war nackt, aber dabei unglaublich sexy. Ein sehr schöner Anblick. Sie war über ihm. Seine Hände – nein, das durfte ja wohl nicht wahr sein! Ein Traum, ein Traum! Völk jubilierte innerlich. Also hatte er diesen Zauberhasen doch bekommen!

Bruhn beendete die unwürdige Show mit einem leichten Druck auf die Stopptaste. »Ich fürchte, Sie haben ein Problem, Schutzmann Völk.«

»Polizeimeister, Sie Arschloch. Und ich habe kein Problem, im Gegensatz zu Ihnen. Ich habe nämlich ein Gesicht. Wo ist mein Manu-Schatz überhaupt?« Beschwingt durch die Aufnahmen tänzelte der dicke Mann durch den Raum: »Wo ist denn mein Manu-Mäuschen, wo ist denn mein Manu-Mäuschen?«

»Kommen Sie wieder zu sich, Schupo. Manu-Mäuschen fliegt nicht auf Sie. Sie mag keine dicken, alten Männer ohne jegliches Talent. Die Aufnahme ist gestellt. Sie waren hilflos betrunken, wir haben etwas nachgeholfen. Und wissen Sie, warum? Manu ist noch nicht einmal vierzehn Jahre alt. Sie hat in zwei Wochen Geburtstag. Verstehen Sie? Sie ist erst dreizehn!«

Völk erstarrte. Dreizehn? »Ach, du Scheiße!«, entfuhr es ihm.

»Endlich haben auch Sie es gerafft, Hilfssheriff Völk. Sie haben sich nachweislich an einer Minderjährigen vergriffen. Dumme Sache für Sie. Ich darf zitieren«, führte Bruhn genüsslich aus. »Paragraph 176, fällt unter Straftaten gegen die sexuelle Selbstbestimmung, hier geht es konkret um den sexuellen Missbrauch von Kindern: Wer sexuelle Handlungen an einer Person unter vierzehn Jahren – Kind – vornimmt oder an sich von dem Kind vornehmen lässt, wird mit einer Freiheitsstrafe von sechs Monaten bis zu zehn Jahren, blablabla, bestraft. Das war es dann wohl mit Ihrer Beamtenlaufbahn, auch wenn sie noch so kurz geraten wäre.« Bruhn grinste.

Völk reduzierte sich in diesen Sekunden zu einer tickenden Zeitbombe. Alles nur ein mieser Trick? Den Job hatte er ja schon längst abgehakt. Aber das Mädchen nicht. Manu! »Das war kein Trick, sie mag mich. Das habe ich während des ganzen Abends gespürt, Sie Schwein!«

»Manu hasst Typen wie Sie«, korrigierte Felix. »Sie steht höchstens auf meinen Sohn. Gut möglich, dass sie gerade mal wieder mit ihm schläft.« Der Satz tat Bruhn selbst weh. Dieter – verlor er ihn als Sohn?

Der Polizist begann zu stinken. Angstschweiß. Er riss die Dienstpistole hervor, entsicherte sie und richtete sie auf den Totenkopf vor ihm: »Stopp, jetzt ist Schluss. Her mit dem Film. Ich schieß Ihnen sonst Ihren Halloween-Schädel auf den Mond.«

»Für Ihre Verhältnisse ein beachtlich langer Satz«, lobte Felix ironisch. »Aber, für wie dumm halten Sie mich eigentlich? Was Sie gerade gesehen haben, ist nur eine Kopie. Die können Sie gerne haben. Das Original liegt bei meinem Anwalt. Wenn ich mich dort nicht alle vierundzwanzig Stunden melde, schickt er das Band umgehend an Ihre Kollegen.«

Völks Hände krampften sich um die Waffe, der rechte Zeigefinger zitterte am Abzug.

»Vierundzwanzig Stunden hätten Sie Zeit zu fliehen und sich zu verstecken«, erklärte Felix. »Bei Ihren Fähigkeiten würde man Sie nach fünfundzwanzig Stunden kriegen, vermute ich.«

Diese Sprüche! Der Polizeimeister war auf einhundertachtzig. Schweißperlen glänzten auf seiner Stirn. Allein wegen der dämlichen Ansagen sollte ein Loch diese verbrühte Stirn zieren. Und dann würde er Manu holen und mit ihr fliehen. Das Mädchen war doch clever, zusammen hätten sie vielleicht eine Chance. Aber, wovon sollten sie leben? Wo sollten sie hin? Konnte er das Mädchen beschützen? Zog er sie da nicht in etwas hinein, wofür sie nichts konnte?

Wie in Zeitlupe senkte sich die Pistole.

Bruhn, der in den letzten Sekunden befürchtet hatte, dass er wider Erwarten doch die Kontrolle über die Situation verlieren könnte, atmete kaum hörbar auf und meinte schroff: »Raus.«

Völk stand nur da, leer, am Ende.

»Bitte gehen Sie jetzt.« Felix erhob sich, fasste den Polizisten sanft am Arm und schob ihn zum Ausgang. »Und stecken Sie Ihre Waffe ein.«

Der Beamte gehorchte.

Bruhn stellte seinen Gast auf dem Bürgersteig vor der Villa ab und kehrte zufrieden in sein Reich zurück.

Menschen gingen an Völk vorüber, ohne ihn weiter zu beachten. Der Beamte glotzte vor sich hin und nahm nichts um sich herum wahr. Er konnte das alles nach wie vor nicht fassen. Irgendwann rempelte ihn jemand an und brachte ihn so zur Besinnung. Mechanisch setzte sich der Polizeimeister in Bewegung und trottete zur Bushaltestelle.

Vor seinem Mietsblock begrüßte ihn Frau Göderlein, die Wisch-und-Weg-Oma aus dem Stockwerk über dem Beamten. »He, Völk: Was ist mit der Hausordnung?«, keifte sie. »Ich melde Sie der Verwaltung!«

Völk war wieder daheim.

Bachmanns Herz gestattete sich einen kleinen, freudigen Hüpfer. Das Warten hatte sich an diesem Abend gelohnt. Jakob pötterte auf seinem Mofa an dem Biergarten vorbei, in dem Frank wieder Stellung bezogen hatte. Der Reporter warf zehn Mark auf den Tisch, schulterte die Kameratasche, sprang in den VW und heftete sich an die Fersen des Jungen.

Jakob war ebenfalls aufgeregt. Erstens fuhr sein Mofa wieder. Und zweitens hatte er vor einer Stunde einen Anruf von Felix erhalten. Es sei wichtig, hatte es geheißen. Es gäbe eine Entscheidung von großer Tragweite zu fällen. Und er, Jakob, müsse unbedingt dabei sein. Das machte den Jungen ein wenig stolz. Es war schön, wenn man gebraucht wurde. Das Gefühl hatte er bei seiner Mutter längst nicht immer. Würde sie merken, wenn er wieder einmal eine Nacht nicht da war? Sie hatte ja auch nicht gepeilt, dass er in der Schule so abgerutscht war. Und dann die große Überraschung: sitzen geblieben! Tja, Mama – wo warst du, als ich immer schlechter wurde? dachte Jakob trotzig. Aber du hast ja nie gefragt, du hast dich ja nie richtig um mich gekümmert. Gut, du hast mich ausgestattet, mit Geld, Zimmer, Computer, Klamotten. Aber du bist nie da. Immer im Stress, immer in action. Dabei hättest du mir helfen können. Das hast du jetzt davon: einen Sitzenbleiber.

Frank kalkulierte das Risiko ein, von Jakob entdeckt zu werden. Dann wäre er halt auf dem Weg zu einem Termin, wo er seine Kamera brauchte.

Was konnte Felix von ihm wollen? Eine wichtige Entscheidung, hatte die mit Robbi zu tun? Der Gedanke an ihn ließ Jakob erschaudern: Wo war er, was war passiert? Seit Bruhn Robert verstoßen hatte, hatte Jakob den früheren Freund nicht mehr gesehen. Vielleicht hatte sich Robbi aus Scham irgendwo verkrochen? Aber was hatte das Blut an Manus Finger zu bedeuten gehabt? Hatte sie ihn gekratzt, mit ihren endlosen Nägeln? Frauen kratzten schon mal beim Liebesspiel, hatte der Junge aufgeschnappt. Aber fragen konnte er Manu ja nun schlecht. Mit seinem Level stand ihm das einfach nicht zu.

Der Level – bisher hatte er immer mit einem Partner gearbeitet. Sicher käme es gut an, wenn er mal allein ein Ding drehen würde, durchfuhr es ihn. Der Junge nahm etwas Gas weg, als er eine alte Frau bemerkte, die mit ihrer Handtasche in seiner Fahrtrichtung dicht an der Straße entlangging. Perfekt.

Auch Bachmann bremste. Sehr spät erkannte er die Frau

und was Jakob vorhatte. Zu spät, um die Hupe zu drücken und die Frau zu warnen.

Es ging alles blitzschnell. Der Junge brauchte nur den Arm auszustrecken, um der Frau die Tasche zu entreißen. Fast wäre die Rentnerin gestrauchelt. Sie fing sich im letzten Moment.

Jakob flitzte davon, die Beute unter den Arm geklemmt.

Der Reporter hielt mit quietschenden Reifen, riss die Kamera vom Beifahrersitz und fotografierte den Räuber mit seiner Beute. Dann kümmerte er sich um die Frau, die hilflos jammernd an der Straße stand. Frank rief die Polizei, behielt aber für sich, dass er den Täter kannte. Das würde er nur Heiner und seiner Flamme erzählen.

Jakob kniete in der Mitte des Halbkreises, den die Jugendlichen vor Felix und Diabolo gebildet hatten. Rechts und links von ihm kauerten Susi und Manu. Niemand sagte ein Wort. Nur die Chöre waren zu hören.

Bruhn lauschte hingebungsvoll mit gesenktem Kopf. In diesem Moment hätte es für ihn nichts Schlimmeres gegeben, als wenn jemand seine unausgebildete, unreine Stimme erhoben und diese heilige Musik geschändet hätte. Das wusste seine Schar und hielt sich an das Gebot des Lauschens.

Großen Eindruck hatte er mit seinem Solo auf Felix nicht gemacht, überlegte Jakob enttäuscht. Ein kurzer Klaps auf die Schulter, das war's auch schon gewesen. Er würde sich steigern müssen. Jakob war dazu bereit.

Die Musik verhallte.

Bruhn sah hoch, tastete sich von Gesicht zu Gesicht seines Gefolges. Bei Jakob verweilte er ein wenig länger. Jakob – warum musste ausgerechnet er so eine Enttäuschung sein? Doch er musste jetzt das tun, was er tun musste. Das, was die Gruppe von ihm erwartete und brauchte, um nicht zu zerfallen. Es würde Felix schwer fallen, aber es gab kein Zurück.

»Ich hatte wieder Besuch von der Polizei«, flüsterte Bruhn endlich. »Und wie bei Robert hat einer aus unserer Mitte daran Schuld.«

Jakob zuckte zusammen: Hat mich jemand beim Überfall gesehen? Bin ich es etwa, der die Polizei hierher geführt hat, war Felix deshalb vorhin so abweisend? Der Junge machte sich ganz klein.

»Doch während wir bei Robert Absicht unterstellen mussten, liegt dieser Fall anders«, führte Bruhn aus. »In diesem Fall handelt es sich um bodenlosen Leichtsinn. Und Dummheit, was noch schlimmer ist.«

Jemand hat sich das Nummernschild von meinem Mofa notiert, glaubte Jakob. Jetzt bin ich dran. Ich habe es wieder vermasselt.

»Steht alle auf«, befahl Felix. Dann schritt er die Reihe ab.

Jakob fürchtete, dass gleich sein Herz aussetzte, als Bruhn vor ihm stehen blieb und ihn genau musterte.

»Komm ein Stück vor.«

»Klar«, lachte der Junge. Es klang aufgesetzt, unsicher.

Bruhn blickte auf Jakobs Schuhe.

Turnschuhe mit roter Farbe.

Jetzt dämmerte es Jakob. »Nein!«, rief er. »Das kann gar nicht sein. Es war nämlich so, ich –«

»Aber natürlich kann das sein«, schnitt ihm Felix das Wort ab.

Dann erklärte er der Gruppe, was vorgefallen war. Zum Schluss deutete er auf Jakob: »Wie konntest du nur so unglaublich fahrlässig sein? Nur durch Manus Einsatz konnten wir verhindern, dass alles zerstört wurde.«

Jakobs Schultern hingen herab. »Es tut mir Leid«, stammelte er. »Es wird nicht wieder vorkommen, ich verspreche es.«

»Nicht wieder vorkommen? Wer einmal derart versagt, hat bei uns nichts mehr verloren. Wir können uns Leute wie dich nicht leisten, mein Freund«, meinte Felix hart zu ihm, bevor er sich an die Gruppe wandte: »Wie soll seine Strafe aussehen?«

Gemurmel erhob sich.

Nur Manus Stimme stach klar hervor: »Er muss sterben. Ich habe mich wegen ihm zu einer Hure machen lassen. Der eine Bulle wird wohl kaum wieder aufkreuzen. Aber vielleicht ein anderer, vielleicht haben sie schon längst Jakobs Spur aufgenommen. Und ich glaube nicht, dass Jakob in einem Verhör dicht hält.«

Jakob glaubte, sich verhört zu haben. Das konnte Manu unmöglich ernst meinen. Seine Miene drückte nur noch blankes Entsetzen aus: »Natürlich würde ich dicht halten, ihr kennt mich doch!«

»Eben«, höhnte Manu.

»Ruhe«, gebot Bruhn. »Ich werde jetzt eine Jury zusammenstellen. Die fällt das Urteil. Sie wird über Manus Vorschlag urteilen: Tod, ja oder nein?«

Jakob begann zu zittern: Tod? Was wurde hier gespielt, war das überhaupt noch ein Spiel?

Felix ging erneut die Reihe ab. Er wählte außer Manu noch zwei weitere Mädchen und drei Jungen. Bruhn postierte sie abseits des Halbkreises.

Jakob hielt die Luft an. Er musste hier weg. Schnell.

»Jetzt haben wir sechs Geschworene«, resümierte Felix. »Da könnte es zu einem Patt kommen. Und das will doch niemand.« Er lächelte teuflisch, sein Gesicht wurde zu einer Fratze. Sein stechender Blick bohrte sich auf Susi. »Komm, meine Kleine, ich baue ganz auf dein ungetrübtes Urteilsvermögen.«

Bitte, lieber Gott, lass mich ohnmächtig werden, flehte Jakob. Oder lass mich aus diesem Alptraum erwachen.

Doch nichts dergleichen geschah. Stattdessen führte ihn ein anderer Gott – der Gott der Gosse – zu den Geschworenen.

»Willkommen im Club«, meinte Manu böse.

»Ruhe!«, befahl Bruhn zum zweiten Mal. Er wandte sich an das erste Jurymitglied, einen Jungen: »Wie lautet dein Urteil?«

»Tod«, kam es emotionslos zurück.

Jakob dachte an einen üblen Scherz. Ihm war plötzlich eiskalt. Sein Atem ging stoßweise, er hechelte regelrecht.

Auch Bruhn war es mulmig, auch wenn er sich das nicht anmerken ließ. Es würde sogar ihm schwer fallen, einen aus ihren Reihen zu töten. Vor allem Jakob.

Dann war Manu dran. Ihre Antwort überraschte niemanden: »Tod.«

Jakob war kurz davor, wahnsinnig zu werden. Tod, hörte er. Und noch einmal: Tod. Tod. Tod.

Jakobs Augen waren weit aufgerissen.

»Wie lautet dein Urteil?«, fragte Bruhn Susi. Auf ihre Stimme kam es jetzt nicht mehr an, aber die Regeln geboten, dass man sie hörte.

Der Magen des Mädchens hob sich. Sie warf Jakob einen traurigen, verzweifelten Blick zu. »Leben, lasst ihn leben«, bat sie.

Doch das Urteil war eindeutig. Sechsmal Tod, einmal Leben. Niemand wagte, auch nur einen Mucks zu machen.

Mit brennenden Augen sah Felix die Jury, dann Jakob an. Der Junge hatte angefangen, leise zu weinen. Er zitterte am ganzen Körper.

Tod.

Jetzt klang Jakobs Schluchzen durch den Raum. Auch Susi begann zu schniefen. Die anderen sahen betreten drein.

Felix zog die Pistole aus seinem Umhang hervor.

Jakob sank auf die Knie. Er hatte die Hände gefaltet, murmelte in sich hinein, stammelte zusammenhanglose Sätze. Abschiedsworte an seine Mutter, sogar Heiner fiel ihm ein. Dazwischen mischten sich Gebetsfetzen. Das Wenige, was er aus der Konfirmandenzeit noch kannte.

Bruhn entsicherte die Waffe.

Der Junge kauerte sich noch dichter auf den Boden.

Felix hob den Arm mit der Waffe, richtete sie auf den Kopf des Kindes. Bruhns Kiefer knackten, so fest presste er sie aufeinander.

Susi sah zur Seite. Gleich würde der Knall kommen. Und dann? Stille, eine tödliche Stille?

Diabolo suchte die Hand von Manu, wollte sie umklammern. Doch sie entzog sich ihm.

Jakob ließ den Kopf auf den Boden sinken, deckte die Arme darüber.

Felix zielte nun auf den Nacken des Jungen. Der rechte Zeigefinger umschloss den Abzugshahn. Ein Schweißtropfen bahnte sich den Weg über seine zerfurchte Wange. In diesem Moment begann Jakob zu würgen.

Bruhn die Pistole sinken: »Das ist ja widerlich. Los, geh auf die Toilette.«

»Das bringt doch nichts, was soll das jetzt noch?«, argwöhnte Manu.

»Halt den Mund.«

Jakob rappelte sich auf und rannte zum Klo. Dieter folgte ihm in kurzem Abstand. Jakob machte die Tür auf. Es traf ihn wie ein Blitz: Da war ja ein kleines Fenster! Vergessen war der Brechreiz. Er verschloss die Tür, stieß die Luke auf und sprang hinaus in die Dunkelheit.

Diabolos Rufe elektrisierten alle: »Er ist abgehauen! Verdammt, der Kerl ist weg!«

Bruhns Kommandos kamen knapp und unmissverständlich: »Diabolo, du beziehst vor der Wohnung Stellung. Die anderen suchen die Gegend ab. Los, alle raus. Nur Manu bleibt hier.«

Dieter war wütend. Das hätte dem Vater niemals passieren dürfen. Warum hatte er Jakob nicht gleich erledigt? Aber jetzt war keine Zeit für eine Abrechnung, jetzt mussten sie Jakob fassen und ausschalten. Diabolo machte sich auf den Weg zur Wohnung der Strassers.

»Meinst du, Jakob geht zur Polizei?«, fragte Manu, als die Jäger draußen waren.

»Glaube ich nicht. Dann wäre er selbst dran«, zischte Felix. »Du wirst die Kanzlei der Mutter im Auge behalten. Gut möglich, dass er da aufkreuzt.«

»Okay. Hast du ihm vorhin absichtlich eine Chance gegeben?«

»Wie meinst du das?«

»Das weißt du genau: Du hast ihm eine Chance gegeben, indem du ihn auf die Toilette gelassen hast.«

»Unfug.«

»So?«

Felix sah sie lange an. Ein verächtliches Lächeln umspielte seine dürren Lippen. »Du überschätzt dich, Manu.«

Dann ließ er sie einfach stehen.

Manu sah ihm kopfschüttelnd nach. Bruhn war nicht mehr der Alte, fand sie. Seitdem er von ihr und Diabolo wusste, hatte er sich verändert.

»Muss ich die Bilder erst entwickeln lassen oder glaubt ihr mir jetzt auch so?« Frank stellte die Fototasche etwas zu fest auf den niedrigen Glastisch in Monikas Wohnzimmer ab. Die langstielige Rose, ein Geschenk von Heiner, begann in der schmalen Vase zu kippeln.

Jakobs Mutter stand am Fenster, blickte hinaus. Geistesabwesend meinte sie: »Wie bitte? Nein, natürlich nicht. Ich glaube Ihnen. Ich *muss* Ihnen ja glauben.«

Der kleine Heiner stierte auf sein Cola-Glas. »Sorry, alter Schüttler«, meinte er zerknirscht. »Ich habe dir unrecht getan. Aber ich konnte mir einfach nicht vorstellen, dass Jakob ein –« Er stoppte.

Seine Freundin brachte den Satz zu Ende: »– dass er ein Verbrecher ist. Das wolltest du doch sagen, nicht wahr?«

Der Fotograf schwieg.

»Und jetzt, was sollen wir tun?«, fragte Bachmann. Ihm war die Sache nun peinlich.

»Eigentlich müsste ich zur Polizei gehen«, sagte Monika matt. Sie drehte sich zu den beiden Männern um. Ihre Mundwinkel waren verkniffen. »Es ist nicht zu fassen. Mein Sohn überfällt alte Omas. Er gehört einer Bande an, die offenbar noch nicht einmal vor einem Mord zurückschreckt.« Sie verbat sich den Gedanken, dass Jakob vielleicht sogar ein Mörder sein könnte. Monika schüttelte den Kopf. »Was habe ich falsch gemacht? Wo war ich die letzten Jahre, dass ich Jakobs Veränderung nicht gespürt habe? Ich habe als Mutter versagt.«

Heiner nahm sie in den Arm: »Quatsch. Du warst vielleicht zu wenig für ihn da – manchmal. Nimm dir mehr Zeit für ihn, dann kommt alles ins Lot.«

Monika schob ihn zur Seite: »Du machst es dir zu leicht. Jetzt, wo der Karren im Dreck ist. Der Sohn einer Anwältin auf Raubtour. Eine Katastrophe!«

Frank reichte es: »Sie denken sehr viel an sich, Frau Strasser. Der Sohn einer Anwältin – na und? Glauben Sie, dass er Ihrer Karriere schadet? Ihr Gejammer ist armselig. Warum schicken Sie die Handtasche nicht ganz einfach an die Oma zurück, schnappen sich Ihren Sohn, machen mit ihm drei Wochen Urlaub und sprechen sich dabei richtig aus?«

Monika war perplex. Normalerweise hätte sie derartige Vorwürfe sachlich, kühl und dominant gekontert, die Anklage detailliert zerpflückt. Doch diesmal fehlten ihr die Worte. Vermutlich, weil der Redakteur mit nur einem Satz eine simple Lösung der ganzen Angelegenheit aufgezeigt hatte.

»Ja«, sagte sie gedehnt. »Das ist eine Überlegung wert. Aber zur Rede stellen werde ich ihn. Jakob müsste sowieso jeden Moment kommen.«

Jakob blickte sich gehetzt um. Kein bekanntes Gesicht weit und breit. Der Junge atmete auf. Er nahm zwei Treppen auf einmal, rannte zur U-Bahn hinab. Mit der würde er schnell wegkommen, die Verfolger abschütteln können.

Wenn du nicht getroffen werden willst, musst du in Bewegung bleiben, fiel ihm ein. Woher hatte er diesen Satz? Er wusste es nicht. Es spielte auch keine Rolle. Wichtig war, dass er das Gefühl hatte, in dem Zug sicher zu sein.

Die Bahn rauschte heran, Jakob sprang hinein und machte sich auf seinem Platz ganz klein. Der Zug raste durch die dunkle Röhre. Jakob wurde etwas ruhiger, er konnte wieder klare Gedanken fassen. Die Jury, das Urteil, die Pistole – alles nur ein grausames Spiel, oder etwa nicht? Sicher war es nur ein Spiel gewesen, sie hatten ihm eine Abreibung verpassen wollen. Das war ihnen zweifellos gelungen. Der Junge erinnerte sich, wie ihm die Gruppe imponiert hatte. Die hatten Geld und Macht, scherten sich einen Dreck um Gesetze und ihre Eltern. Davon hatte er immer geträumt.

Nimm dir, was dir gefällt. Mach kaputt, was dich kaputt macht.

Felix war es gewesen, der diese kühnen Vorstellungen, die sich sonst immer als leere Worthülsen oder Angeberei entpuppten, in die Tat umgesetzt hatte. Schritt für Schritt, Level für Level. Das hatte Jakob angezogen. Dazu war der Nervenkitzel gekommen. Und natürlich Manu. Mein Gott, war diese Frau schön und cool. Er hätte alles getan, um sie für sich zu gewinnen. Aber dieses Ziel blieb sicher in weiter Ferne, da konnte er noch so viele Level knacken.

Die Level. Wie weit gingen die? Daraus machte Felix stets ein Geheimnis. Auch die anderen, die weiter waren als Jakob, schwiegen zu diesem Thema. Wenn Bruhn der Meinung war, dass einer aus der Gruppe reif für die nächste Stufe war, bekam er einen Auftrag. Wie weit gingen sie, überlegte der Junge. Was war die höchste Stufe, wie weit würde er selbst gehen?

»Endstation, alles aussteigen«, kam es über Lautsprecher.

Jakob sah irritiert hinaus. Er war tatsächlich schon am Fürther Hauptbahnhof. Er schob sich durch die Türen, wechselte zum Bahnsteig auf der anderen Seite. Fünf Minuten später fuhr er wieder Richtung Nürnberg. Ein dicker Mann ließ sich ihm gegenüber schnaufend in die Sitze fallen, schlug den *Blick* auf.

Wie weit würde er selbst gehen? fragte sich der Junge erneut. Er wusste es nicht. Es war eigentlich auch völlig egal. Mit der Gruppe hatte er sowieso gebrochen. Ob sie ihn finden würden? Wahrscheinlich. Aber viel konnten sie ihm schon nicht anhaben. Vielleicht bekam er nach der Psychofolter noch eine körperliche Abreibung. So wie Robbi. Jakob fiel wieder das Blut an Manus Fingern ein. Was hatte sie damals mit Robbi gemacht? Das Gesicht zerkratzt – oder war es wirklich nur ein Liebesspiel gewesen?

Es raschelte. Der Dicke hatte umgeblättert. Ohne großes Interesse las Jakob die Schlagzeilen. Plötzlich erstarrte er.

Zahlen-Bande schlug wieder zu: Promi-Arzt in Sauna ermordet! stand da in fetten Lettern.

Mord. Jakob war wie gelähmt. Seine Nerven flatterten. Die hatten gemordet! Wer war es gewesen: Diabolo oder Felix? Denen traute er einen Mord am ehesten zu. Und er selbst war Teil dieses Todesspiels. Er hatte die Rolle des Opfers. Dann war die furchtbare Verhandlung vorhin doch kein Spiel gewesen! Jakob bekam eine Angst, wie er sie noch nie verspürt hatte.

Ich gehe zur Polizei, nahm er sich vor. Da packe ich aus, bevor noch mehr geschieht. Doch dann bin auch ich dran. Mutter wird durchdrehen. Erst das Sitzenbleiben, jetzt die Überfälle. Nein, das geht auch nicht.

Jakob knabberte an seinen Fingernägeln. Ich fahre nach Hause und bespreche alles mit Mama, beschloss er. Immerhin ist sie Anwältin. Das ist eine gute Idee, da kann sie endlich einmal Kind und Beruf miteinander verbinden.

Felix Bruhn saß wütend vor seinem Computer. Um sich abzulenken, hatte er die Daten von Manu und Susi über seinen Vater auf den Bildschirm geholt. Zum x-ten Mal ging er sie durch. Wo war die Schwachstelle? Plötzlich wurden seine Hände feucht. Die Raucher! Natürlich! Warum war er da nicht früher drauf gekommen?

Er sprang auf, lief auf und ab, konzentrierte sich. Um etwa 7.56 Uhr kamen die beiden BMW zum Hause des Vaters. Dann folgte der entscheidendene Moment, wenn der Chauffeur ins Haus ging. Manu hatte Felix versichert, dass der Mann keine Waffe trug. Blieben also die beiden Guards. Und die erlaubten sich einen entscheidenden Fehler. Sie verließen jeden Morgen zuverlässig den Wagen, um schnell eine Zigarette zu rauchen. Hier, außerhalb des Autos, als stehende Zielscheiben, konnte er sie packen.

Schnell hatte Felix einen Entschluss gefasst. Diabolo und Manu als Pärchen getarnt, beide mit Pistolen plus Schalldämpfer. Sie müssen warten, bis der Chauffeur im Haus ist. Dann gehen sie auf die Wächter mit ihren Zigaretten zu, geben denen Zeit bis 7.58 Uhr, ziehen die Waffen, töten sie. In diesem Moment kommt er, Felix, ins Spiel. Er würde sich neben die Mauer stellen, zuerst den Fahrer mit einem platzierten Kopfschuss ausschalten und sich dann etwas mehr Zeit für seinen Erzeuger gönnen. Aber alles in allem dürfte die Aktion nicht mehr als zwei Minuten dauern.

Eine unglaubliche Erregung erfasste Felix. Die Sache duldete keinen Aufschub. In der Öffentlichkeit würde man den

Vierfach-Mord als politisch motiviert ausschlachten. Immerhin hatte Thaddäus Bruhn immer wieder mit scharfen Attacken gegen Linke und Ausländer für Schlagzeilen gesorgt. Ein linkes Bekennerschreiben war sicher aufwendig, aber machbar. Der Psychologe zitterte. Noch nie war er so nahe an seinem Endziel, der Vernichtung seines Vaters, gewesen. Nun sollte sich die harte Selektion der Auserwählten, Manu und Diabolo, sowie deren aufwendige Ausbildung durch alle Level lohnen. Diese beiden würden ihm, Felix Bruhn, den Weg ebnen. Und dafür würde er sie lieben bis ans Ende ihrer Tage.

»Ich verstehe nicht, wo er so lange bleibt. Sonst ist er immer zuverlässig«, wunderte sich Monika Strasser mit einem Blick auf die Uhr. Es war fast elf.

»Mach dir keine Sorgen, er kommt sicher gleich«, versuchte Heiner sie zu beruhigen. »Trinkst du noch einen Versöhnungsschluck mit mir, Frank?«

»Logo.«

Vorsichtig näherte sich Jakob dem Haus. Er sah hoch. In der Wohnung seiner Mutter brannte Licht. Das war tröstlich. Der Junge wollte einfach nur in den Arm genommen werden und alles herausheulen.

Vor der Tür bemerkte er einen Schatten. Jakob zuckte zusammen. Das war Diabolo, da war er sich so gut wie sicher. Jakob drehte sich um, rannte weg.

»Und wenn ich doch die Polizei anrufe?«, schlug Monika vor.

Heiner legte einen Arm um sie, kam dicht an ihr Ohr: »Lass uns bis Mitternacht warten, was hältst du davon?«

Die Juristin ließ sich überreden. Schön, dass Heiner jetzt bei ihr war.

Jakob hätte vor Angst schreien können. Die jagten ihn, die lauerten ihm vor seinem Zuhause auf! Ich muss Mama anrufen, dann holt sie mich ab und alles wird gut.

Der Junge erreichte völlig außer Atem eine Telefonzelle, schlüpfte hinein. Er ließ die Stirn gegen das kühle Glas sinken. Er musste sich erst einmal beruhigen, sonst würde er keinen vernünftigen Satz herausbringen.

»Also, du bist mir wirklich nicht mehr böse?«, fragte der Fotograf bestimmt zum zehnten Male. Nach einer Flasche Versöhnungssekt war er leicht angetrunken.

»Nein, alter Knipser. Ist schon vergessen. Vermutlich hätte ich genauso wie du reagiert«, winkte Frank ab. »Hauptsache, euer Jakob taucht wieder auf. Wie spät ist es jetzt?«

Jakob legte sein Portemonnaie auf die Telefonbücher, kramte drei Groschen hervor, nahm den Hörer ab. In dieser Sekunde klopfte es hinter ihm ans Glas. Der Junge schoss herum.

Diabolo. Sein Mund war nur noch ein Strich: »Willkommen im Club.«

Monika verließ die beiden Reporter und ging in die Küche. Sie wollte für einen Moment allein sein. Das alles war keine Katastrophe. Dieser Bachmann hatte Recht. Es war eine Chance. Die Chance zu einem Neubeginn mit ihrem Kind.

Sie holte ihren Kalender und einen Textmarker. Dann durchforstete sie ihre Termine. Alle, die entbehrlich waren, wurden angestrichen. Allein in diesem Monat waren es zwölf. Die würde sie morgen absagen.

Die Anwältin blätterte weiter. Ende August und Anfang September stand nicht viel drin. Da fliege ich mit Jakob in den Süden, nahm sie sich vor. Der Junge soll morgen Kataloge beschaffen und sich ein Ziel aussuchen. Und da geht es dann hin. Fast empfand Monika Strasser so etwas wie Dankbarkeit für Jakobs Raubzüge.

Der Hörer fiel Jakob aus der Hand. Einige Sekunden standen sich die beiden Jungen Auge in Auge gegenüber. Jakob warf sich mit aller Kraft gegen die Tür.

Diabolo wich nicht rechtzeitig zurück. Die Tür traf ihn voll im Gesicht. Er schrie auf, taumelte zurück, die Hände auf die schmerzende Nase gepresst.

Jakob nutzte die Chance und trat dem Kampfsportler die Beine weg.

Diabolo stürzte auf den Boden.

Jakob knallte ihm die Fußspitze zweimal hart an den Kopf. Er sah, wie der Andere benommen liegen blieb.

Jakob stand zitternd über dem früheren Gefährten. Diese Brutalität hätte er sich niemals zugetraut. Er war entsetzt.

Diabolo kam wieder zu sich. Er brachte einen Arm unter den Oberkörper und versuchte, sich aufzurappeln.

Jakob wandte sich ab und lief um sein Leben. Er rannte ohne Plan und Ziel, bis seine Lungen zu explodieren drohten. Keuchend blieb er stehen, warf einen Blick voller Furcht über die Schulter. Die Straße war leer. Doch als er sich einfach aufs Pflaster setzen wollte, um auszuruhen, bog Diabolo um die Ecke. Die beiden Jungen trennten höchstens dreihundert Meter. Federnd und leicht wirkten Dieters Bewegungen.

Obwohl sich alle Muskeln in ihm sträubten, sein ganzer Körper nach einer Pause schrie, nahm Jakob wieder Tempo auf. Verzweiflung kroch in ihm hoch. Er hatte keine Chance gegen dieses austrainierte Kraftpaket, das ihn zweifellos auf den nächsten Metern einholen und niederschlagen würde. Vor ihm tauchte ein kleiner Wald auf, in dem er als kleiner Junge oft gespielt hatte. Ob er sich hier vor dem Schläger verstecken konnte? Ein winziger Hoffnungsfunken keimte in Jakob. Noch einmal drehte er sich um. Diabolo war noch höchstens hundert Meter entfernt. Das war seine einzige Chance.

Jakob warf sich kopfüber in ein Gebüsch. Dornen zerkratzten seine Wangen, etwas peitschte gegen seinen rechten Knöchel. Ein irrsinniger Schmerz durchfuhr ihn. Er kam wieder auf die Knie, krabbelte durch den Busch, richtete sich auf und lief weiter. Der Knöchel pochte böse.

Hinter Jakob knackte es, Diabolo musste in das Gehölz eingedrungen sein.

Wo war der Kletterbaum, den er früher so geliebt hatte?, fragte sich Jakob voller Panik. Er stolperte über eine Wurzel, knallte mit der Schulter gegen einen Eichenstamm. Der Junge schrie auf. Jetzt einfach fallen lassen, hinein in den Dreck, liegen bleiben und hoffen, dass alles ganz schnell geht. Ein harter, endgültiger Schmerz noch, aber dann wäre endlich alles vorbei. Friedlich und still.

Gib nicht auf! feuerte sich Jakob an. Lauf weiter! Lauf, lauf, lauf! Er nahm die Arme hoch wie ein Boxer und kämpfte sich durch das Unterholz, das schon lange nicht mehr durchforstet worden war.

Plötzlich stolperte er auf eine Lichtung, die in Mondlicht getaucht war. Die Stelle kannte Jakob, gleich musste der Kletterbaum kommen! Der Junge jubelte innerlich, schaute sich rasch um, während er über die Lichtung humpelte. Da, da war die uralte Stieleiche!

Mit letzter Kraft zog er sich an den unteren Ästen hoch. Schnell gelangte er weiter nach oben und hockte sich auf einen stabilen Ast in etwa vier Metern Höhe. Jakob versuchte, mucksmäuschenstill zu sein. Aber sein Atem ging wie ein löchriger Blasebalg.

Diabolo glitt über die Lichtung. Am anderen Ende lauschte er in den Wald hinein. Der Jäger konnte keine Fluchtgeräusche mehr vernehmen. Wo versteckte sich der verdammte Kerl?

Oben in der Eiche zitterte Jakob. Bitte, lieber Gott, lass mich ruhiger werden, flehte er. Man darf mich nicht hören.

Langsam tastete sich Diabolo vor. Auf dem Boden erkannte er die Umrisse eines armdicken Holzstückes. Er hob es auf und begann, damit in die Büsche zu stoßen. Wo war der Verräter?

Jakob hörte die Geräusche. Sie wurden immer lauter. Der Puls des Jungen raste.

Diabolo massierte seine schmerzende Nase. Das würde ihm der kleine Scheißkerl doppelt und dreifach büßen. Es wurmte ihn maßlos, dass ihn der schmächtige Junge an der Telefonzelle übertölpelt hatte. Ich werde dich finden, schwor sich Diabolo. Und dann gnade dir Gott.

Der Prügel sauste in einen Ginsterbusch. Nichts.

Sein Atem ging immer noch stoßweise, aber wenigstens pfiff er nicht mehr. Jakob klammerte sich an seinen Ast. Könnte er Diabolo mit Tritten von sich fern halten, wenn dieser ihn finden sollte?

Der Jäger drosch immer wütender um sich. Er hatte die Spur des Flüchtenden verloren. Die zweite Pleite an diesem Abend.

Jetzt war er da! Jakob konnte seinen Verfolger erkennen. Der machte Krach wie ein Trupp Holzfäller. Aber Diabolo brauchte sich ja auch nicht zu verstecken. Jakob hielt die Luft an.

Der Jäger erreichte die Eiche.

Jakob schloss die Augen. Er konnte nicht mehr hinsehen. Geh weiter, geh weiter, betete er.

Diabolo ließ seinen Stock gegen die Stieleiche sausen.

Jakobs Herzschlag setzte aus.

Das Holz zerbrach, Diabolo ließ es achtlos fallen. Er setzte sich hin und lehnte sich gegen den Stamm. Was konnte er jetzt noch groß machen? In der Dunkelheit machte sein Unterfangen wenig Sinn. Es war zum aus der Haut fahren. Wäre sein Vater doch nur nicht so leichtsinnig gewesen. Jetzt rannte Dieter hier mit einer dicken Nase durch diesen verdammten Wald. Nicht nur seine Nase hatte an Umfang gewonnen, auch sein Hals schwoll merklich an.

Was macht der Affe da unten? fragte sich Jakob. Warum steht der nicht auf und geht weiter? Warum, um alles in der Welt? Wollte er ihn quälen, wusste dieser Schläger vielleicht längst, dass er hier oben hockte und sich vor lauter Angst bald in die Hosen machte? Der Junge biss die Zähne zusammen. Jetzt bloß nicht durchdrehen.

Diabolo spuckte aus. Am besten war es, er würde wieder seinen Posten vor der Wohnung der Strassers beziehen. Gut möglich, dass der Verräter bereits wieder auf dem Heimweg war, während er hier Däumchen drehte. Nein, eine dritte Pleite sollte es heute Nacht nicht geben. Der Jäger sprang auf die Füße und lief zurück in die Stadt.

Mitternacht. Monika ging unsicher zum Telefon. Die Augen der Männer ruhten auf ihr. Sie war blass, wirkte fahrig.

Die Beamten versprachen ihr, die Augen nach dem Jungen offen zu halten und notierten sich das Kennzeichen des Mofas.

Die Anwältin hatte nicht das Gefühl, besonders ernst genommen zu werden.

Frank verabschiedete sich. Monika versprach, ihn sofort anzurufen, wenn sie etwas von Jakob hören würden.

Auf der Rückfahrt grübelte der Reporter über Jakob nach. Die Polizei würde mit einem ganz anderen Aufwand nach ihm suchen, wenn sie wüsste, dass der Junge zur Zahlen-Bande gehörte. Wie lange durfte er diese Information zurückhalten?, fragte er sich. Tauchte Jakob heute Nacht auf, konnte man die Sache vielleicht mit einem anonymen Hinweis auf die Hintermänner der Gruppe klären und Jakob aus der Schusslinie halten. Aber wenn er bis zum Morgen nicht aufkreuzte – was dann?

Der Redakteur beschloss, morgen um zwölf Uhr nach Rücksprache mit Monika die Beamten einzuweihen. Wenn sie das selbst übernehmen wollte, war das auch okay.

13.

Die Nacht war grauenhaft gewesen. Jakob war an ein weiches Bett gewöhnt, nicht an Moose und Flechten. Völlig gerädert rappelte er sich von seinem harten Lager auf. Schmerz schoss in seinen Knöchel. Jakob zog den Schuh aus. Der Knöchel war geschwollen. Der Junge wagte ein paar Schritte. Es ging, aber an Sprints war nicht mehr zu denken. Immerhin würde er aus diesem Wald herauskommen. Nur: Wo sollte er hin? Sein Zuhause kam nicht in Frage. Die Kanzlei seiner Mutter kam ihm in den Sinn. Das war die Idee. Oder das nächstbeste Telefon. Er konnte sich ja mit dem Rücken zum Apparat stellen, damit er nicht wieder eine unangenehme Überraschung erlebte. Hatte er genügend Kleingeld? Der Junge griff in die Gesäßtasche – das

Portemonnaie, es war weg! Da fiel es Jakob ein. Er hatte es in der Telefonzelle auf die gelben Bücher gelegt, als Diabolo aufgetaucht war.

Mutlos ließ sich Jakob wieder auf das Moos sinken. Und jetzt? Hunger und Durst quälten ihn. Es gab nur eins: Er musste das Büro seiner Mutter erreichen.

Frank starrte in der Redaktion den Telefonhörer an. Tote Hose. Wo war der Junge?

Heiner schlich vorbei, noch kleiner als sonst. Er sah aus, als hätte er die ganze Nacht kein Auge zugemacht.

Unkonzentriert machte Bachmann seinen Morgen-Rundruf bei den Polizeipressestellen. Es war nicht viel los. Der Arzt-Mörder lief noch frei herum. Auch von Robbi gab es nichts Neues.

»Mehr können wir Ihnen leider nicht bieten, Herr Bachmann«, hörte er von Gruber.

Aber ich euch, dachte der Reporter. Heute ist es einmal umgekehrt, heute liefere ich euch Arbeit. Um Punkt zwölf Uhr wollte er nach Rücksprache mit Monika Mordermittler Wilhelmi informieren.

Auch während der Themenkonferenz mit Brockmüller erwähnte Bachmann mit keiner Silbe, dass er den Aufmacher für die Wochenend-Ausgabe längst im Block hatte. Frank war in der Zwickmühle: Er kam kaum an diesem verkaufsfördernden Exklusivthema vorbei, andererseits wollte er Jakob schützen. Frank sah die Headline schon vor sich: *Jakob – Mitglied der Zahlen-Bande spurlos verschwunden!*

Dafür würde ihn Monika Strasser sofort standrechtlich erschießen lassen. Er musste erreichen, dass der Redaktionsleiter Milde walten ließ.

Jakob humpelte in der Königstraße an einer Würstchenbude vorbei. Der Duft stieg ihm in die Nase. Meine Herren, hatte er einen Kohldampf. Aber keine müde Mark.

Setze dich doch hin und bettle! Das kannst du doch, du hast doch Level eins locker geschafft, verhöhnte sich der Junge selbst. Dann könntest du auch deine Mutter anrufen, anstatt hier herumzuhinken. Nein, das würde er nie wieder tun. Niemals. Bei dem Gedanken an diese unwürdigen Spiele wurde ihm schlecht. Hunger hin oder her.

Er versuchte, einen Döner-Stand zu ignorieren, und bog nach rechts in die Theatergasse ein. Der Junge spürte, dass man ihn anstarrte. Das war kein Wunder. Sein T-Shirt war völlig verdreckt, seine Hose an den Knien aufgerissen. Er musste aussehen wie ein Junkie.

Auf der Höhe der Stadtsparkasse kam der Junge an einem Mülleimer vorbei. Eine Papiertüte mit der Werbung für eine Nürnberger Großbäckerei schielte heraus. Jakob sah sich um. Im Moment achtete niemand auf ihn. Blitzschnell griff er in die Tonne und riss die Tüte an sich. Ein paar Meter weiter spähte er hinein.

Ein angebissenes Salami-Brötchen. Deutlich konnte Jakob die Zahnspuren erkennen. Außerdem hatte die Wurst in der Hitze bereits zu schwitzen begonnen. Die Butter hatte die untere Semmelhälfte durchweicht und war ungesund dunkel. Ekel keimte in dem Jungen auf. Doch der Hunger siegte.

Mit geschlossenen Augen würgte Jakob den pappigen Fraß hinunter. Seinen Durst stillte er wenig später in einer öffentlichen Toilette, in der es infernalisch nach Urin stank. *Kein Trinkwasser* stand dort in großen Buchstaben neben dem Hahn.

Bachmann sah zum hundertsten Mal auf die Uhr. Zehn nach elf. Es war lächerlich, wie er sich an diesen Termin klammerte: zwölf Uhr. Es war doch völlig egal, ob er um fünf Minuten vor oder nach zwölf die Polizei anrufen würde. Doch er hielt an diesem Zeitpunkt sklavisch fest. Die Sache war völlig aus dem Ruder gelaufen, vielleicht brauchte der Redakteur diese Krücke.

Frank wählte die Nummer von Monika Strasser, ließ sich mit ihr verbinden. »Wollen Sie es übernehmen? Die Polizei zu benachrichtigen, meine ich«, fragte er sanft.

»Ja. Das ist meine Sache. Und ich bitte Sie noch einmal eindringlich: Schonen Sie meinen Jungen in Ihrer Berichterstattung. Ich weiß, dass Sie diese Geschichte groß bringen werden, und vielleicht finden wir Jakob auch schneller, wenn Sie sein Foto veröffentlichen. Aber Sie müssen Jakob schützen. Ich bitte Sie ...«

»Ich werde mein Möglichstes tun, das verspreche ich Ihnen. Aber ich bin hier nicht der Chef.«

»Ich zähle trotzdem auf Sie.« Eine Pause entstand, in der ein Schnäuzen zu hören war. »Hoffentlich haben wir Jakob bald unversehrt wieder«, sagte die Anwältin schließlich.

»Ja, das hoffe ich auch. Für Sie, für Heiner, für uns alle. Halten Sie mich auf dem Laufenden.«

Jakob überquerte die Lorenzer Straße und ging die Peter-Vischer-Straße hinab. Hier lag die Kanzlei seiner Mutter. Er sah ihren Mercedes vor der Tür stehen. Der Junge hätte vor Freude heulen können. Fast hätte er dem Auto zugewunken. Jetzt hatte er es geschafft!

In letzter Sekunde entdeckte er das Mädchen. Manu kauerte rauchend gegenüber dem Kanzlei-Eingang auf einer Steinmauer. Neben ihr hatte Toto Platz genommen, der auch zu Felix' Gruppe gehörte und etwa einen Kopf größer war als Jakob.

Jakob suchte hinter einem Kleinlaster Deckung. Das durfte nicht wahr sein. Diese Schweine überwachten offenbar alle seine Anlaufstellen. Tränen stiegen in ihm auf. Er lehnte sich gegen den Lkw, dessen Plane hinten aufgerollt war.

Reiß dich am Riemen, ermahnte er sich. Was ist, wenn sie dich gesehen hat? Jakob ging auf die Knie, spähte unter dem Lkw hindurch. Die Blonde und Toto hatten ihren Standort nicht verlassen, ihn offenbar nicht ausgemacht.

»Was machst du da? Hau ab!«, blaffte ihn ein Mann im Monteuranzug an.

Jakob schreckte zurück.

Der Mann kletterte hinters Steuer, ließ den Motor an. Grau-schwarze Dieselschwaden stiegen auf.

Der Junge überlegte blitzschnell. Wenn der Brummi weg war, hatten die beiden Häscher ein freies Blickfeld auf ihn.

Der Kleinlaster ruckte an.

Jakob zog sich an der niedrigen Rückwand des Lkw hoch und ließ sich auf die Ladefläche fallen. Alte Möbel und anderes Gerümpel empfingen ihn. Er legte sich flach auf den Boden. Der Laster bog scharf nach rechts ab, Jakob rutschte gegen einen durchgesessenen Stuhl. An dem hielt er sich fest und wagte einen Blick aus dem Wagen heraus. Die beiden Verfolger wurden immer kleiner.

Erst nach zehn Minuten rasanter Fahrt bekam der Junge eine Chance, an einer roten Ampel abzuspringen. Er war in der Nähe des Verkehrsknotenpunktes *Plärrer* gelandet.

Jetzt blieb ihm nur noch, seine Mutter anzurufen. Aber dafür musste er betteln. Jakob dachte an die Semmel, die er vorhin hinuntergewürgt hatte, und an die Überwindung, die ihn das gekostet hatte. Der Junge suchte sich einen Platz im Schatten einer Werbetafel dicht bei den Bushaltestellen und kauerte sich hin. Halt, er hatte kein Gefäß, in das die Münzen fallen könnten. Also stand er wieder auf. Im Rinnstein wurde Jakob fündig. Ein zerknautschter Pappbecher von *McDonalds* sollte das Geld einfangen.

Der Junge hockte sich wieder in den Schatten, stellte seinen Becher auf. Mit gesenktem Kopf sah er die Menschen an sich vorüberziehen, ein Schuhpaar nach dem anderen: breit getretene Slipper, ausladende Plateausohlen, filigrane Pfennigabsätze, grobe Gummistiefel, italienische Maßpantinen, gepolsterte Turnschuhe, grellbunte Badelatschen, winzige Kinderschühchen, weiße Öko-Sandalen. Jakob erweiterte seinen Horizont, indem er den Kopf etwas hob. Nun kamen auch die Beine in sein Blickfeld. Dicke Walzen, knackige Waden, speckige Schenkel, trainierte Muskellandschaften, knubbelige Knie, krampfadrige Haut, aufregende Längen, kurze Stampfer, blaue Schienenbeine, feinste Fersen, zusammengestauchte Knöchel.

»Wieso arbeitest du nicht, Kerl?«, bellte ihn ein Mann mittleren Alters an.

Jakob schwieg.

Der Mann beugte sich zu ihm hinab, schob seinen Hut in den Nacken. Das Gesicht war rot, schweißnass, voller Hass. »Arbeiten sollst du. Bis doch noch jung.«

Zum Glück kam der Bus des Lehrmeisters. »Schämen solltest du dich«, meinte er zum Abschied und spuckte aus, direkt neben den Becher.

Jakob rutschte etwas von dem weißlich-grünen Auswurf weg. Eine Minute später hörte er endlich ein »Plopp«. Eine Münze. Jakob linste in den Becher. Zehn Pfennig. Ein Anfang. Wer hatte die Münze gegeben? Jakob schaute sich um. Ein pummeliges Mädchen nickte ihm zu. Die Lippen des Jungen formten ein »Danke«.

Noch zwanzig Pfennig.

Eine matronenähnliche Oma schob sich heran. Auch sie beugte sich zu Jakob hinab, was der schon auf den Tod gehasst hatte, als er die Bettelei noch cool gefunden hatte. »Na, mein Jungchen, hast sicher Hunger?«

»Nein, das Jungchen braucht Geld zum Telefonieren.«

Die Frau lachte gutmütig: »Ja, das sagt ihr immer, ihr Lausebengel.«

»Ich muss wirklich telefonieren, glauben Sie mir bitte.«

»Nein, das kenne ich. Und dann werft ihr das Geld in den nächsten Spielautomaten. Oder kauft euch Zigaretten oder so ein Zeugs. Aber schau, ich gebe dir etwas von meinem Mittagessen.« Aus ihrer Handtasche kramte sie eine Serviette hervor. Krümel rieselten. »Schau, mein Jungchen: Streuselkuchen, selbst gemacht.«

»Danke. Aber ich brauche Geld zum Telefonieren, noch zwanzig Pfennig!«

»Lass es dir schmecken. Oh, da kommt mein Bus. Auf Wiedersehen.« Die Alte legte den Bröselkuchen neben Jakob ab und wankte davon.

Der Junge verschlang den Kuchen.

»Pling!« Ein Mann in einem eleganten Anzug hatte etwas in den Becher geworfen. Zwei Groschen!

»Danke, Chef!«, rief ihm Jakob nach. »Sie haben mir soeben das Leben gerettet.«

»Wenn du mich auf den Arm nehmen willst, hol ich mir das Geld wieder«, kam es kühl zurück.

Doch Jakob war längst auf dem Weg zu einer Telefonzelle. Er warf die Münzen ein und rief Monika an.

»Oh, du bist es, Jakob«, hörte er von der Sekretärin. »Leider ist deine Mutter auf einem Termin. Aber ich soll sie umgehend auf dem Handy anrufen, wenn du dich rührst. Bleib bitte in der Leitung, ich wähle deine Mutter an.«

Sekunden verstrichen. Komm Mama, ich will deine Stimme hören. Ich brauche dich!

»So ein Pech aber auch, sie befindet sich offenbar gerade in einem Funkloch«, flötete die Sekretärin. »Pass auf: Am besten kommst du zu uns in die Kanzlei und wartest hier auf sie, in Ordnung?«

»Nein, das geht nicht. Ich versuche es selber später noch einmal übers Handy. Danke und auf Wiederhören«, meinte Jakob müde und hängte ein. Er sah durch die Scheibe zur Haltestelle. Sein Becher stand noch da.

Der Junge setzte sich wieder davor.

Um zwölf Uhr rief Frank den Ersten Hauptkommissar Neutzel an.

»Starten Sie eine Großfahndung nach Jakob Strasser?«, begann er ohne große Vorreden.

»Wieso sind Sie schon wieder so gut im Bilde?«

»Sagen wir es so: Jakob ist ein Bekannter von mir. Oder ganz genau ausgedrückt: Er ist der Sohn der Freundin meines Freundes und Kollegen Heiner.«

»Aha«, meinte Neutzel gedehnt. Das passte ihm überhaupt nicht ins Konzept. Dass die Presse eingeschaltet werden musste, war klar. Aber den Zeitpunkt bestimmte normalerweise immer noch er und nicht der Reporter vom *Blick*.

»Was wissen Sie über die Sache?«, hakte der Beamte nach.

Bachmann erzählte ihm alles.

»Na schön«, schnaufte der Ermittler. »Dann ist Ihnen auch klar, dass Jakob Strasser der Schlüssel zur Auflösung des kompletten Falles ist. Das bedeutet, dass er in höchster Gefahr schwebt. Es gibt zwei Möglichkeiten: Entweder er versteckt sich irgendwo und versucht mit seiner Mutter oder uns Kontakt aufzunehmen. Oder der Rest der Bande hat ihn geschnappt.«

»Daran will ich lieber nicht denken«, entgegnete Frank.

»Ich auch nicht. Aber ich muss die Möglichkeit in Betracht ziehen. Wir haben eine Großfahndung gestartet, nach dem Jungen und dem Mofa. Die Beamten sind in Zivil unterwegs. Ich will jedes Aufsehen vermeiden, um die Täter nicht nervös zu machen. Ich werde auch keine Hörfunk- und TV-Sender einschalten. Es kann nicht angehen, dass wir die Fahndung aufbauen und fünf Minuten später ein Radio-Reporter Mutmaßungen über unsere Stabgröße ausposaunt. Ich werde –«

»Wir werden morgen über diesen Fall berichten. Das kann ich nicht verhindern. Und dann ziehen die anderen nach«, gab Bachmann zu bedenken.

»Das weiß ich. Aber ich gewinne diesen einen Tag. Vielleicht haben wir heute ja schon Erfolg. Wenn nicht, kann ich die Presse morgen als Sprachrohr sowieso gebrauchen. Bitte lassen Sie gegenüber Ihren Kollegen von Hörfunk und TV nichts verlauten. Ich beraume für morgen um zehn Uhr eine Pressekonferenz an.«

»Okay. Bis morgen.« Frank beendete das Gespräch. Falls ich die Exklusivität dieser Story nicht für den *Blick* schütze, wird mich Brocki sowieso steinigen, dachte Frank.

Er weihte seinen Chef ein.

Brockis Augen wurden groß, als sein Polizeireporter fertig war: »Eine Traum-Geschichte fürs Wochenende. Das machen wir ganz groß auf!«

Er trommelte CvD Rollmann, Layouter John und Fotograf Heiner zusammen.

Bachmann sah mit Schrecken, dass die Wangen des Redaktionsleiters glühten. Höchste Aufregung, höchstes Glück, höchste Power, höchste Schlagzahl, höchster Stress.

Brockmüllers Augen funkelten: »That's it, das ist eine gutigute Zeile: Mitglied der Mörderbande spurlos verschwunden!«

Frank brach innerlich zusammen. Genau das hatte er verhindern wollen. Heiner war schneeweiß geworden.

»Aber nein«, rief Bachmann etwas zu heftig. »Jakob ist doch kein Mörder!«

»Genau. So können wir das nicht machen«, pflichtete ihm Heiner schnell bei.

Der Chef sah sie giftig an: »Was ist denn mit Ihnen los? Ich habe nicht behauptet, dass der Junge ein Mörder ist.«

»Aber Sie rücken ihn durch die Formulierung ›Mitglied der Mörderbande‹ in die Nähe der eigentlichen Täter«, beharrte Frank.

»Ich glaube, ich bin im Wald. Soll ich vielleicht schreiben: ›Mögliches Mitglied der lieben Pfadfindergruppe ruft leider nicht mehr zu Hause an.‹ Wer will das lesen, meine Herren? Und überhaupt: Seit wann beschäftigen wir uns mit solchen Spitzfindigkeiten?«

Der kleine Heiner sah Brockmüller direkt in die Augen und sagte fest: »Jakob ist nicht irgendwer. Er ist der Sohn meiner Freundin. Ich möchte, dass wir ihn schützen.«

Brockmüller ließ seine Pranke auf den Tisch donnern: »Ihre persönlichen Befindlichkeiten können mich nicht interessieren! Zumindest nicht in diesem Fall. Was ist, wenn morgen der Bruder von Herrn Rollmann einen Amoklauf startet? Schreiben wir dann auch nicht darüber? So kann man keine Zeitung machen.«

»Das hat niemand verlangt. Natürlich muss das Thema groß ins Blatt«, meldete sich Frank wieder. »Es kommt doch nur darauf an, *wie* man darüber schreibt.«

»Wie man so etwas macht, weiß ich. Glauben Sie mir«, winkte der Redaktionsleiter ärgerlich ab.

»Völlig unbestritten. Aber darf ich einen Vorschlag machen, der vielleicht allen gerecht wird?«, kämpfte der Polizeireporter weiter.

»Na gut, ich höre«, gab Brockmüller nach. »Aber kein Wort von Pfadfindern oder so etwas.«

Bachmann wähnte sich schon auf der Siegerstraße: »Wir haben ja ein prima Foto von Jakob. Das würde ich ganz groß rausstellen, um die Fahndung zu erleichtern. Daneben würde ich folgende Zeile stellen: ›Jakob – dieser Junge ist der Schlüssel zur Zahlen-Bande.‹ Und im Lauftext würde ich davon sprechen, dass Jakob *Kontakt* zu der Bande hatte, aber mehr auch nicht.«

Alle sahen gebannt zum Redaktionsleiter. Frank bemerkte dabei, dass die rosa Flecken verschwunden war. Ein gutes Zeichen.

Brocki kratzte sich am Kopf und sprach verdrießlich: »Der Knabe hatte nicht nur Kontakt zu diesen Verbrechern, er war Mitglied. Das wissen Sie ganz genau.«

Heiner schob sich vor: »Er war doch nur ein ganz kleines Licht, ein harmloser Mitläufer.«

»Das sagen Sie. Und diese Überschrift! Ein Junge, der ein Schlüssel zu etwas ist ... Die Formulierung an sich tut mir schon weh. Also, was Sie da vorhaben, ist der schlimmste Weichspüler, den ich je gehört habe. Aber –« Er stoppte und genoss die Blicke. »Aber wir machen es so. Ausnahmsweise. Ich habe schließlich auch einen Jungen in diesem Alter.«

Heiner und Frank hätten den Chef abknutschen können. Für einen kleinen Moment überwog die Freude die Angst um Jakob.

»Hier fang, du Penner!« Der etwa 18-jährige Schnösel im Seidenhemd schnippte eine Mark Richtung Pappbecher. Die Münze prallte gegen den Rand, der leere Becher kippte um.

»Fette Einnahmen heute!«, höhnte der Spender.

Jakob hörte nicht hin und schnappte sich das Geld, bevor es wegrollen konnte. Diesmal wählte er Mutters Handy-Nummer.

Eine monotone Ansage erklang: »Der gewünschte Teilnehmer ist derzeit nicht erreichbar. Bitte versuchen Sie es später noch einmal.«

Verdammtes Funkloch, fluchte Jakob. Er tippte ohne große Hoffnung die Privatnummer ein. Erwartungsgemäß hob niemand ab.

Der Junge war den Tränen nah. Jetzt kam alles zusammen. Die nächtliche Hetzjagd, der schmerzende Knöchel, Hunger, Durst, die entwürdigende Bettelei, die herablassenden Kommentare und das Gefühl, der einsamste Mensch der Welt zu sein. Klein, geschunden und kaputt. Mama, wo bist du?

Hinter ihm klopfte es.

Jakobs Blut gefror. Diabolo? Gut, dann war jetzt eben alles zu Ende. Ergeben drehte er sich um.

»He, willst du da drinnen übernachten, oder was?« Ein rotes, fleischiges Gesicht, dessen Wangen von einem Kopftuch Richtung Mund geschoben wurden.

Fast hätte Jakob gelacht. Diabolo hatte sich wirklich stark verändert. Das nannte man wohl Galgenhumor. »Gleich«, gab er durch die Scheibe zurück.

»Gleich, gleich«, äffte ihn die Quetschwange nach. »So viel Zeit hab ich nicht. Mach, dass du weiterkommst, Bürschlein.«

Irgendeine Sicherung brannte in Jakob durch, als er die Tür aufriss und in das Kopftuch schrie: »Lassen Sie mich in Ruhe, hauen Sie ab!«

Entsetzt wich die Frau zurück, bekreuzigte sich und verschwand Richtung Bushaltestelle.

Die war er erst einmal los, ahnte der Junge. Aber was sollte er jetzt tun?

Heiner fiel ihm ein. Und wenn er sich in der Redaktion verstecken würde? Keine schlechte Idee. Der Fotograf würde ihn sicher aufnehmen, der gab sich doch immer so viel Mühe. Jakob wählte die Nummer der Redaktion und ließ sich mit dem Fotografen verbinden.

»Mensch, Junge! Mein Gott, bin ich froh, dich zu hören!«, platzte Heiner heraus. »Wo steckst du, hast du Monika schon angerufen, was ist überhaupt los?«

»Später, bitte. Ich kann nicht mehr. Ich komme jetzt, okay?«

»Na klar, sollen wir dich nicht holen?«

»Nein, das geht schon.« Er wollte in Bewegung bleiben, nicht irgendwo stehen und warten.

»Gut, melde dich unten am Empfang. Ich komme dann runter. Bis gleich! Nein, nimm dir doch ein –«

Der Junge hatte aufgelegt.

Nimm dir doch ein Taxi, hatte Heiner sagen wollen. Wir hätten es hier in der Redaktion bezahlen können. Zu spät. Heiner rief sofort Bachmann an.

»Wir hätten ihn abholen sollen. Von wo aus hat er angerufen?«, fragte Frank.

»Keine Ahnung, das habe ich ihn nicht gefragt in der Aufregung. Ich wollte ihm anbieten, dass er sich ein Taxi nimmt. Aber da hatte er schon aufgelegt.«

»Mmh, hoffentlich war das kein Fehler.«

»Sollten wir nicht lieber die Polizei benachrichtigen?«, überlegte Heiner laut.

»Nein«, meinte sein Kollege. »Lass uns doch erst einmal hören, was er zu erzählen hat. Aber Monika muss her. Die kann Jakob brauchen, als Mutter – und als Rechtsbeistand.«

Polizeimeister Völk war von der Einsatzleitung vor der Lorenzer Kirche abgestellt worden. Er sollte hier die Augen nach dem vermissten Jakob Strasser offen halten. Die Prozedur im Präsidium vorhin war sehr entwürdigend gewesen, fand der Beamte. Jeder hatte schnell eine konkrete Aufgabe bekommen. Meist paarweise waren sie ausgerückt, aufgeregt und hochmotiviert. Nur Völk war irgendwie übrig geblieben. Wilhelmi und Neutzel hatten das schließlich bemerkt.

»Ach, der Kollege Volkmann«, hatte Neutzel gesagt. »Ja, was machen wir –«

»Völk, bitte.«

»Natürlich, Kollege Volk.« Der Hauptkommissar war zu ihm gekommen, hatte eine Hand auf seine Schulter gelegt und den Untergebenen mit sanftem Druck zur Tür geführt. »Ich weiß etwas für Sie. Der Platz vor der Lorenzer Kirche. Der wird doch von Jugendlichen stark frequentiert. Halten Sie da mal die Augen auf.«

»Jawoll, die Augen aufhalten am Lorenzer Platz.«

»Nein, Kollege Volk. Nicht am Lorenzer Platz. Am Platz *vor* der Lorenzer Kirche. Der Lorenzer Platz liegt *hinter* dem Gotteshaus, gelle?«

»Jawoll!«

»Na fein. Dann mal los.«

Nun ja, jetzt stand er hier, der Polizeimeister Völk, und hielt die Augen offen. Doch nicht Jugendliche gerieten in sein Blickfeld, sondern die Dekolletés von Frauen, mit denen es der Herr in Sachen Form, Ausstattung und Umfang sehr gut gemeint hatte. Das hielt Völk nicht nur von seiner eigentlichen, hochwichtigen Aufgabe ab, sondern auch von trüben Gedanken an die zerronnene Chance, Bodyguard des apokalyptischen Gesicht-Totalschadens zu werden und hin und wieder der blonden Traumfrau beizuwohnen. Außerdem war heute Freitag. Da hatte er früher Schluss und wollte sich einen schönen Abend machen. Als Ausgleich für die erlittene Schmach bei Bruhn, nach dem Motto: Gönn dir mal was. Während Völk seine Schweinsäuglein in die prächtig wogende Oberweite einer vorbeischlendernden Brünetten versenkte, dachte er daran, dass er sich statt der üblichen Ravioli mal Reibekuchen machen könnte. Die aß er doch so gern. Mit Apfelmus. Davon hatte er noch ein Glas im Kühlschrank. Allerdings war es möglich, dass das Verfallsdatum schon überschritten war. Wann hatte er sich das letzte Mal einen derartigen Festschmaus gegönnt? Bei seiner Beförderung vor einem Jahr war es wohl gewesen. Dann musste das Mus genauso alt sein. Wie lang war so etwas haltbar? grübelte der Beamte, während er betrübt von der Brünetten und ihren Reizen Abschied nahm. Na ja, dann würde er auf das Mus verzichten. Der Erwerb eines neuen Glases kam für ihn nicht in Frage. Viel zu teuer. Denn das würde sein Sauf-Budget um mindestens ein Bier mindern. Undenkbar, zumal heute Freitag war.

Während Völk diese entscheidenden Überlegungen anstellte, mischten sich zweihundert Zivilbeamte unauffällig unter die Passanten in der weitläufigen Fußgängerzone und den Parks, fuhren in den abgelegeneren Stadtteilen Streife.

Auch Neutzel war dabei. Er war übernächtigt, kaputt. In der SoKo Level schufteten jetzt sechzig Beamte. Rund dreitausend Überstunden waren bisher angefallen. Sie hatten über fünfhundert Hinweise aus der Bevölkerung erhalten und waren diesen Spuren ohne Erfolg nachgegangen. Die Mehrzahl der Hinweise bezog sich auf den verschwundenen Robbi, den wieder irgendjemand irgendwo gesehen haben wollte. Inzwischen gingen fast stündlich Angaben zum Mord an Dr. Walter ein – aber auch diese Spuren blieben kalt. Das Durchforsten der Patientenkartei war zwar immer noch nicht abgeschlossen, schien aber auch nicht viel zu bringen. Die Überwachung der Jugendtreffs war ebenso ein Schlag ins Wasser gewesen wie die Überprüfung von über viertausend Personen in Mittelfranken, die bisher wegen Sachbeschädigung aktenkundig geworden waren. Alles in allem hatte die SoKo über zehntausend einzelne Spuren zu überprüfen und auszuwerten. Dafür war ein neuer Zentralrechner im Polizeipräsidium aufgestellt worden. Außerdem mussten achtzehn zusätzliche PCs installiert werden. Neutzel hatte während seiner langen Zeit bei der Polizei noch nie einen vergleichbaren Aufwand erlebt und mitzuverantworten gehabt. Umso größer war jetzt der Druck auf ihn und all die anderen im Team. Die Erwartungshaltung wuchs von Tag zu Tag. Und von Tag zu Tag hatten sie trotz der enormen Power, die sie entwickelten, so gut wie keine neuen Erfolge vorzuweisen.

Jakob humpelte durch die Ludwigstraße Richtung *Blick*-Redaktion. Eine unendliche Müdigkeit überkam ihn. Er sehnte sich nach einem heißen Bad und seinem Bett. Und nach seiner Mutter. Gleich würde er es geschafft haben. Zumindest war er dann in Sicherheit. Heiner würde ihm sicher helfen, die Mutter aufzuspüren. Ewig konnte sie ja nicht in diesem Funkloch hängen und nicht erreichbar sein. Ja, bald war alles gut.

Diese Zuversicht gab ihm ein wenig Kraft, der Junge ging etwas schneller. Er überquerte die Pegnitz auf dem Henkersteg. Nur noch wenige hundert Meter trennten ihn von der Redaktion. Wenn Jakob gekonnt hätte, hätte er diese im Sprint zurückgelegt.

Spät, zu spät erkannte der Junge den Mercedes von Bruhn. Neben Felix hockte Diabolo.

Bachmann trommelte mit den Zeigefingern einen schnellen Rhythmus auf die Tischplatte. Er war ähnlich nervös wie Heiner, der immer wieder zum Fenster ging und hinausstarrte.

»Wo bleibt der Junge bloß?«, murmelte er.

Immerhin hatten sie Monika erreichen können, die ihren Termin bei einem Klienten sofort abgebrochen hatte und auf dem Weg zur *Blick*-Redaktion war. Und Brockmüller war begeistert, dass der Knabe quasi als Kronzeuge in seine Büroräume schneien würde. Exklusiver ging es nicht.

Jakob stoppte, drehte sich um, wollte fliehen.

Der Benz preschte mit kreischenden Reifen aus der Parklücke, hielt direkt auf den Jungen zu.

Jakob begann, um Hilfe zu schreien. Aber er erntete nur finstere Blicke. Ein zerlumpter Teenager weckte kein großes Interesse, geschweige denn Mitgefühl.

Der Wagen bremste neben dem Jungen. Die Beifahrertür flog auf, Diabolo glitt hinaus. Mit zwei Schritten hatte er Jakob erreicht und ihn mit einem Schlag gegen den Hinterkopf niedergestreckt. Dieter hob den Bewusstlosen auf, trug ihn zum Auto, warf ihn auf die Rückbank, setzte sich daneben.

Felix gab Gas, die Limousine schoss auf die Augustinerstraße.

Als sie den Altstadtring erreichten, zischte Felix zu Diabolo: »Siehst du, da hatte ich doch mal wieder den richtigen Riecher, nachdem du es vermasselt hast. So macht man das.«

Dieter schwieg, aber in seinem Inneren brodelte es. Dieser neunmalkluge Besserwisser. Aber er musste zugeben, dass es clever gewesen war, auch den *Blick* zu überwachen. Doch die Information, dass die Strasser mit dem Knipser liiert war, die hatte Felix schließlich von ihm erhalten. Bei der Observierung der Strasser-Wohnung hatte Diabolo die beiden mehrfach zusammen gesehen. Dieter hatte Heiners BMW unter die Lupe genommen. Zwei große *Blick*-Aufkleber klebten auf der Heckscheibe und auf dem Armaturenbrett prangte das orange *Presse*-Schild.

»Er müsste doch längst hier sein«, meinte Monika bedrückt.

»Ja«, erwiderte Heiner tonlos.

Die Anwältin sah ihn scharf an: »Du hättest ihn abholen sollen. Warum hast du daran nicht gedacht?«

»Hab ich doch, aber er hat es abgelehnt«, verteidigte sich der Fotograf lahm. »Ich war in dem Moment einfach nur froh, dass er sich gemeldet hatte, und da habe ich –«

»Schon gut«, winkte Monika ab. »Vergiss es.« Du hast falsch reagiert, dachte sie. Du hättest dir wenigstens sagen lassen müssen, von wo aus er angerufen hat.

Frank hatte ähnliche Gedanken, die er ebenfalls für sich behielt. Es brachte jetzt nichts, sich gegenseitig zu zerfleischen. Man konnte nur hoffen, dass die Polizei den Jungen schnell aufstöberte.

Bruhn raste über den Frankenschnellweg stadtauswärts.

»Du fährst zu schnell«, monierte Diabolo. »Wir werden auffallen.«

Der Vater sagte nichts. Seine Hände umklammerten das Lenkrad so fest, dass seine Fingerknöchel weiß wurden. Von seinen Jungs war einer schlimmer als der andere. Diabolo entpuppte sich immer mehr als Mister Superclever mit der Lizenz zum rhetorischen Leerlauf und Jakob war streng genommen ein Totalausfall.

Dieter, *Diabolo*. Der Name passte. Der Teuflische war Bruhns Werk, er hatte ihn so weit gebracht. Aber jetzt, als die scheinbar seelenlose Kampfmaschine Gefühle für Manu entdeckt hatte, eine Leidenschaft, die ihn nicht nur verändert hatte, sondern ihn auch des Vaters Autorität hinterfragen ließ, da wurde Dieter für Felix gefährlich. Unberechenbar.

Bruhn warf einen schnellen Blick in den Rückspiegel. Diabolo saß kerzengerade neben Jakob, wie ein Soldat. Seine Miene war ausdruckslos, aber Felix war sich sicher, dass der Filius Pläne schmiedete. Pläne, in der Manu die Hauptrolle und er noch nicht einmal mehr den Beleuchter spielen durfte. Der Knabe stößt seinen Vater ab, dachte Felix. Das ging ja verdammt schnell.

Mit einem Mal hatte er das Bedürfnis, auf die Bremse zu treten, die hintere Tür aufzureißen und Dieter hinauszuschmeißen. Sollte er doch zu dem blonden, eiskalten Todesengel gehen.

Felix sah sich mit Jakob davonbrausen, diesem unfertigen, aber aufrechten Jungen. Der eigentlich gut war, aber zu Leichtsinnsfehlern neigte. Noch. Jakob war formbar. Bruhn musste ihn nur dichter an sich binden, ihn härter rannehmen. Und wenn er jetzt sein Leben schonte, wäre der Junge ihm ewig dankbar. Ein zweiter Diabolo, nur zuverlässiger. Dann könnte er Jakob auch die ganze Wahrheit erzählen, über seine Herkunft, seinen Vater ...

»Scheiße, hier ist mindestens hundert angesagt«, motzte Dieter.

Felix schreckte aus seinen Gedanken. Ohne es zu registrieren, war er auf die A 73 abgebogen und trödelte mit nur knapp achtzig Sachen auf der rechten Spur. Ein Lkw war ihnen dicht auf den Pelz gerückt. Bruhn drückte das Gaspedal bis zum Anschlag durch. Die Limousine beschleunigte sanft und unaufdringlich, Felix wechselte auf die Überholspur. Er war wieder voll da. Er wusste, was zu tun war. Zunächst musste er in Erfahrung bringen, was der Junge über sie ausgeplaudert hatte, gegenüber seinen Eltern oder sogar gegenüber der Polizei. Vielleicht hatte er ja auf seiner Flucht telefoniert. Davon war auszugehen. Dann würde man den Jungen töten müssen. Vielleicht konnte er diese Aufgabe dem glücklichen Paar überlassen. Die würden womöglich sogar dabei lachen.

Level sieben.

Und dann kam der Höhepunkt. Thaddäus Bruhn. Die beiden Leibwächter, niedergestreckt von Manu und Diabolo, den Auserwählten, Gutgeratenen, wohl Ausgebildeten. Seine Erziehung.

Felix sah sich an der Mauer stehen, den nächsten Schuss abfeuern, in den Kopf des Chauffeurs. Seinen Vater, zurückdrängend in Richtung des vermeintlich sicheren Hauses, Schutz suchend. Vielleicht stolperte er, verlor sein Aktenköfferchen, hob abwehrend die Hände, schrie irgendetwas, verzweifelt, vergebens gegen die Schatten, die folgten. Und dann würde er – Felix, der Verbrannte, Entstellte, Halbwaise und Felix, der Glückliche, ja, der Glückliche, endlich einmal – den Augenkontakt zum Muttermörder suchen und finden und das Magazin leerfeuern. Bis keine Kugel mehr im Lauf war und kein Hass mehr in seinem Herzen, bis Frieden war, der Auftrag als erfüllt galt.

Monika verließ die schweigende Runde und ging auf die Toilette. Sie schloss sich in einer der Kabinen ein. Sie ließ ihre Stirn gegen die kühlen Fliesen sinken. Jakob. Sie hatten ihn, die anderen, sie hatten ihn in ihrer Gewalt, das spürte sie. Was würden sie mit ihm machen?

Monika sah sich daheim neben dem Telefon sitzen. Der Anruf, die Gewissheit, die Aufforderung. Korrekt, hilflos: »Es tut uns Leid, aber wir müssen Sie in die Gerichtsmedizin bitten. Sie müssen Ihren Sohn identifizieren.«

Ein neonkalter Raum. Fliesen, überall diese Fliesen. Weiß, sauber, keimfrei, geleckt. Kein Blut. Aber der Geruch. Und das Licht, das künstliche, grelle, hässliche. Das schmale, hohe Bett auf Rädern, leicht zu manövrieren für alle, die mit der Leiche noch zu tun hatten.

Das Zurückschlagen des Leinens, unter dem das Kind lag. Jakobs totes Gesicht, seine fahlen, eingefallenen Wangen, die spröden, gesprungenen Lippen.

Jakob!

Ihre Hand, die das kalte Gesicht berührte, ein letztes Mal, voller Liebe, Ehrfurcht. Wie oft hatte sie nachts neben Jakob gewacht, sein Gesicht gestreichelt. Wenn er erkältet war, wenn er Angst hatte vor der Dunkelheit, wenn er schlechte Träume hatte, wenn er einfach nur ihre Nähe spüren wollte.

Monikas Fingernägel glitten haltlos an den schroffen Fliesen hinab. Sie sank wimmernd über dem Klo zusammen.

Rasch erreichten die drei die Bundesstraße 2 Richtung Augsburg. Der Wagen flog vorbei an Roth bis zur Ausfahrt Pleinfeld-Nord. Felix ließ das Ortszentrum links liegen und bog vor dem Viadukt rechts ab. Die Straße verlief parallel zur Rezat, die sich durch ihre malerischen Auen wand. Kurz hinter den Betonwerken wurde der Wagen langsamer. Sie hatten Bruhns Feriendomizil erreicht. Für die Gruppe war dieser Ort tabu, nur Diabolo und Manu wussten überhaupt von seiner Existenz. Das schmucke, zweistöckige Haus lag gegenüber der verfallenen Seemannsmühle. Der Kies knirschte unter den Reifen, als Felix auf die Einfahrt bog. Er fuhr dicht vor die Haustür, stieg aus.

Bruhn schaute sich um – die Luft war rein. Er gab Diabolo ein Zeichen und sein Sohn schleppte den nach wie vor bewusstlosen Jakob in den ersten Stock. Dieter warf Jakob wie einen nassen Sack auf das Bett unter dem Fenster und kettete ihn mit einer Handschelle an einen massiven, kleinen Heizkörper.

Inzwischen hatte Felix sein Handy gezückt und informierte die Gruppe von seinem Fang. Manu wollte unbedingt kommen, was Bruhn ihr nur deswegen gestattete, weil ihm kein vernünftiger Grund für ein Nein einfallen wollte. Als er das tragbare Telefon in seine Brusttasche steckte, kam Diabolo gerade hinunter.

»Und?«, fragte der Vater.

»Was und?«

Felix lud auf. Sein Sohn wusste ganz genau, was er gemeint hatte: »Na, was wohl? Wie geht es unserem Gast?«

»Schläft«, gab Dieter zurück.

»Hoffentlich hast du nicht zu fest hingelangt«, meinte Bruhn von oben herab.

Der Sohn sah ihn mitleidig an: »Sicher nicht. Das beherrsche ich, wie du weißt.«

Diabolo holte sich aus der Küche eine Büchse Eistee und verdrückte sich auf die Terrasse unter den Sonnenschirm.

»Ich halte diese Warterei nicht mehr aus«, meinte Monika. Sie hatte sich einigermaßen von ihrem Zusammenbruch auf der Toilette erholt.

Bachmann und Heiner sahen sie fragend an.

»Jetzt steht nicht rum wie die Ölgötzen! Lasst uns etwas unternehmen. Lasst uns durch die Stadt ziehen und ihn suchen, lasst uns alle seine Freunde anrufen, lasst uns nur einfach irgendetwas tun!« Ihre Stimme klang verzweifelt.

Freunde anrufen, herumlaufen und suchen – das war genau das, was die Polizei gerade tat, wusste der Reporter.

Aber wenn es Monika beruhigte, dann würde er einen Aktionismus entfalten, der seinesgleichen suchte.

»Okay«, meinte Frank. »Ich bin fürs Suchen. Lasst uns die Innenstadt ablatschen.«

»Bingo. Ich hole nur schnell meine Kamera.« Heiner war froh, dass er sich nützlich und vielleicht sogar etwas gut machen konnte, nachdem er versagt hatte, als Jakob anrief.

Jakob erwachte mit einem dicken Schädel. Bei einer Party hatte er sich einmal mit Wodka abgefüllt. Damals hatte er sich am nächsten Morgen ähnlich gefüllt wie jetzt. Als er seinen schmerzenden Hinterkopf abtasten wollte, klirrte etwas. Der Junge schaute auf seinen linken Arm. Eine Handschelle! Er verfolgte die Kette mit den Augen. Man hatte ihn an den Heizkörper gebunden. Jakob ruckte an der Kette. Keine Chance, viel zu dickes Metall. Und der Heizkörper war in der Wand fest verankert. Immerhin konnte er sich hinknien und einen Blick aus dem Fenster werfen.

Der Junge sah zwei hohe, heruntergekommene Gebäude mit geborstenen Scheiben. Sie erinnerten ihn an einen Bauernhof. Von dem einen Haus blätterte grüne, von dem anderen gelbe Farbe. Ein Bach schlängelte sich an den Ruinen vorbei. Dahinter schien noch ein zweiter Wasserlauf zu sein. Vielleicht handelte es sich nicht um einen verlassenen Hof, sondern um einen Mühlen-Komplex, überlegte Jakob.

Ein infernalisches Motorengebrüll ließ ihn sich instinktiv ducken. Tiefflieger. Wo war er hier nur und was hatte Bruhn mit ihm vor? Er war so nah bei der Redaktion gewesen. Auf den letzten Metern hatten sie ihn doch noch geschnappt. Angst kroch wieder in Jakobs Herz. Diese verstärkte sich, als er kurz darauf Schritte hörte. Jemand kam die Treppe hinauf. Jakob hätte gern eine Decke gehabt, um sich zu verkriechen.

Die Tür ging auf – Felix. Er trug ein Tablett vor sich. Orangensaft, Curry-Geschnetzeltes, Reis. Er hatte das Mahl selbst zubereitet und sich dabei besondere Mühe gegeben.

Jakob lief das Wasser im Mund zusammen.

Bruhn stellte das Essen auf dem Bett ab, kniete sich davor

auf die Steinfliesen. In seiner Brusttasche steckte das Handy. »Iss.«

»Nein.« Der Junge sah demonstrativ an Felix vorbei.

»Du musst Hunger und Durst haben.«

Jakob schüttelte den Kopf.

Es war mehr als sinnlos, durch die Stadt zu streifen und die Augen offen zu halten. Die anfängliche Euphorie war verschwunden.

Heiner schlich mit brennenden Augen durch die heißen Straßen und kam sich wie ein schlechter Schauspieler in einem noch mieseren Film vor. Immerhin war er allein und musste nicht auch noch gegenüber Monika Zuversicht zur Schau tragen. Vor einer Woche war er wirklich noch voller Zuversicht gewesen. Die ersten zarten Annäherungserfolge bei Jakob während der Minigolf-Partie hatten ihn mutig gemacht. Der Fotograf hatte mit einem Mal wirklich an eine gemeinsame Zukunft geglaubt. Eine kleine Familie, die sich vielleicht noch zusammenraufen musste. Aber jetzt? Ein vermisstes Kind in Todesgefahr, verstrickt in eine mörderische Verbrechensserie. Die Mutter, die ihm – Heiner – mit Recht Vorwürfe machte.

Und der kleine Fotograf mit den großen, verlebten Träumen schlurfte sinnlos durch die Straßen.

Seit zwei Stunden hockte Felix vor dem Bett, auf dem Jakob angekettet war. Das Essen war längst kalt. Ohne Pause hatte Bruhn versucht, den Jungen auszuhorchen. Ohne Ergebnis.

»Trink wenigstens etwas«, bat er das Kind.

Der Junge schwieg, blickte auf dem Rücken liegend weiter an Bruhn vorbei auf irgendeinen Punkt neben der Tür.

Felix beschloss, die Taktik zu ändern. Unvermittelt riss er das Tablett vom Bett, warf es gegen die Wand. Glas und Porzellan splitterten. »Mach es mir doch nicht so schwer! Was hast du der Polizei oder deiner Mutter erzählt?«, fauchte er.

Jakob war noch etwas bleicher geworden, schwieg aber weiterhin.

»Gut, du willst es nicht anders.« Der Psychologe hatte wieder auf seinen üblichen, leisen Ton zurückgeschaltet. Er ging in die Hocke, um aufzustehen, beugte sich etwas vor. Dabei rutschte das Handy aus der Brusttasche und fiel auf die Fliesen. Felix drückte ein paar Tasten. Das Telefon funktionierte noch. Er legte es neben das Bett. Bruhn stand jetzt vor dem Jungen. Traurig blickte er auf ihn hinab.

»Du willst es nicht anders«, wiederholte er. Der Psychologe zog die Pistole aus dem Holster. »Also, zum letzten Mal: Hast du uns verraten?«

Jakob blinzelte zur Seite, auf die Handschelle.

Felix zielte direkt neben den Kopf des Kindes und drückte ab. Der Knall war ohrenbetäubend. Die Kugel grub sich in das Kissen, Daunen flogen.

Jakob war starr vor Schreck. Sein Mund stand offen, aber es löste sich kein Schrei.

Stiefel polterten die Treppe hinauf, die Tür flog auf. Diabolo sah seinen Vater entsetzt an: »Was machst du da? Überall sind Bullen unterwegs und du ballerst hier herum!«

In den letzten Minuten war zweimal ein Polizeiwagen durch ihre Straße gefahren.

»Polizei?«, fragte Bruhn. »Hier?«

»Nein, auf dem Mars, verdammte Scheiße!«, blaffte Dieter. »Komm, sieh selbst!« Er rannte wieder die Stufen hinab.

Bruhn folgte ihm, die Waffe in der Hand.

Jakobs Verkrampfung löste sich.

Das Handy! Felix hatte es vergessen. Der Junge rollte sich, so weit es ging, von der Wand weg. Die Handschelle schnitt in sein Gelenk.

Monika ließ sich erschöpft auf einer Stufe des *Schönen Brunnens* nieder. Vor wenigen Minuten hatte sie mit Heiner und Frank telefoniert und die Aktion abgeblasen. Ein Anruf bei Kommissar Neutzel hatte auch nichts gebracht. Sie müsse sich weiter gedulden, hörte sie. Das Netz ziehe sich zu.

Das Handgelenk in der Eisenfessel knackte. Jakob lag auf der rechten Schulter, den linken Arm bis zum Äußersten nach hinten gestreckt. Die andere Hand berührte den Boden, tastete sich Richtung Telefon vor. Es fehlten nur noch wenige Zentimeter.

Von unten drangen aufgeregte Stimmen. Es klang nach Streit. Auch Manu musste inzwischen dazugekommen sein. Der Junge hörte deutlich ihr helles Schimpfen.

Bitte, lieber Gott, lass mich das Ding zu fassen kriegen, flehte Jakob innerlich. Das ist meine letzte Chance.

Heiner hatte Monika in den Arm genommen.

Frank stellte sich etwas abseits, ließ die beiden allein.

Verloren stand das Paar neben dem Brunnen, umspült von den üblichen Touristenströmen.

Der Boden war voller Staub. Jakobs Fingernägel zogen eine Spur hindurch. Der Junge verlagerte sein Gewicht noch weiter nach vorn. Sein Kinn berührte das Laken. Der Schmerz in seinem linken Arm wurde allmählich unerträglich. Zudem verspannte sich sein Rücken. Der Junge schob seinen Hintern dichter an den Heizkörper heran, konnte so die rechte Schulter noch etwas nach vorn, zur Bettkante, drücken. Die neuerliche Verrenkung wurde mit einer weiteren, hässlichen Schmerzwelle geahndet. Jakob hielt die Luft an, um nicht aufzuschreien. Seine Fingerkuppen berührten das Plastik des Handys.

»Das ist nur purer Zufall, das sage ich euch«, versuchte Bruhn die beiden zu beruhigen.

»Dass ich nicht lache. Hier kommt doch sonst nie ein Bulle vorbei!«, lachte ihn Diabolo aus.

Manu stellte sich demonstrativ neben ihn.

»Was wisst denn ihr? Wie oft seid ihr hier?«, schnaufte Felix verächtlich.

»Trotzdem, wir sollten uns etwas einfallen lassen. Wieso bringst du ihn nicht endlich zum Sprechen?«, fragte das Mädchen schnippisch.

Weil ich ihn liebe, dachte Bruhn.

Jakob presste Zeige- und Mittelfinger auf den Rand des Telefons. Er zitterte furchtbar vor Anstrengung. Trotzdem gelang es ihm, das Handy einige Millimeter zu sich heranzuziehen. Der Schmerz überwältigte ihn, er wand sich aus der unerträglichen Spannung, verschnaufte kurz. Dann rollte sich der Junge wieder in die ungesunde Position. Diesmal erreichte er das Telefon schon besser, bekam es weit unten zu fassen.

Endlich lag es in seiner Hand. Mit der Beute warf sich Jakob flach auf den Rücken.

Monikas Handy schrillte. »Ja?«

»Mama?«

»Jakob?« Für einen Moment glaubte sie, dass ihr Herz aussetzen würde. Sie gab Heiner und Frank Zeichen. »Jakob! Wo bist du, wie geht es dir?«

»Sie haben mich geschnappt. Felix Bruhn, es wohnt in Nürnberg, Erlenstegen. Er steckt hinter allem«, stammelte der Junge.

»Felix – wie?« Monika glaubte, sich verhört zu haben.

»Bruhn.«

Der Anwältin fehlten die Worte. Ihre Gedanken rasten. Bruhn, ihre tragische Studentenliebe. Der schöne, junge Mann, der von seinem Vater zerstört worden war. Der Vater ihres Kindes. Jakob. Es war nicht zu fassen. Offenbar hatte Felix die ganze Zeit über in Nürnberg gewohnt und sie hatte das nicht –

»Mama, was ist? Bist du noch dran?«

»Ja, entschuldige. Wo bist du?«

Jakobs Stimme überschlug sich: »Mach schnell. Sie sind hier, wollen mir was tun. Sie haben mich angekettet! Hol mich hier raus!«

»Klar, das will ich ja. Aber du musst mir sagen, wo du bist!«

»Ich weiß es nicht.« Jakob kämpfte mit den Tränen. »Ich weiß es doch nicht.«

»Also nicht in Erlenstegen? Wo dann?« Die Mutter war irritiert.

»Ich weiß es nicht«, schluchzte der Junge. »Bitte, komm mich holen!«

»Bleib ganz ruhig!«, rief Monika. Sie hatte eine Idee. »Kannst du etwas sehen? Beschreib es mir, mach schon!«

Jakob richtete sich auf, blickte aus dem Fenster. »Zwei Bäche, die zusammenfließen. Ein grünes, ein gelbes Haus. Vielleicht eine alte Mühle. Die Gebäude sind kaputt. Feriengegend oder so was. Mama, bitte, die kommen bestimmt gleich wieder. Ich habe solche Angst.«

Ein Stockwerk tiefer machte Diabolo Druck: »Ich gehe jetzt hoch und nehme ihn mir vor.«

»Nein, lass es mich noch einmal probieren«, erwiderte Felix schnell.

Dieter warf ihm einen kalten Blick zu.

»Komm, weiter, schnell«, feuerte Monika ihren Sohn an. »Was siehst du noch? Oder hörst du etwas?«

»Vorhin einen Tiefflieger«, erinnerte sich der Junge. »Und jetzt höre ich einen Zug. Aber die Bäche, das fällt mir am meisten auf. Ein Radweg läuft daran entlang.«

Schritte auf der Treppe, noch leise.

»Ich muss aufhören, jemand kommt. Mama!«

»Leg nicht auf bitte, leg nicht auf, noch nicht.«

Die Schritte wurden lauter.

»Ich hab dich lieb, komm schnell!« Jakob presste den roten Knopf des Handys.

Die Klinke wurde hinabgedrückt.

Jakob ließ das Telefon auf den Boden gleiten, gab ihm einen Stoß. Es rutschte außerhalb seiner Reichweite.

Felix stand in der Tür. Sofort überriss er die Situation. »Verdammter Mist, hab ich doch glatt das Ding hier – Hast du telefoniert, Jakob?«

Der Junge schüttelte den Kopf.

Bruhn sah ihn prüfend an.

Lass ihn bloß nicht auf die Idee kommen, die Wahlwiederholung zu drücken, hoffte Jakob. Sonst bin ich dran.

»Wirklich nicht?«, hakte Felix nach.

Um ihm das zu beweisen, versuchte der Junge, das Tragbare zu erreichen. Es war ausgeschlossen.

»Gut«, meinte der Psychologe kühl. »Gut für uns beide. Du musst mit mir reden. Sonst muss ich dir Diabolo oder Manu auf den Hals schicken. Das will ich eigentlich vermeiden.«

»Er lebt, er lebt!«, jubelte Monika. »Jetzt müssen wir ihn nur noch finden. Und zwar schnell.« Sie gab die Gesprächsfetzen wieder. Dass Felix Bruhn mit der Sache zu tun hatte, unterschlug sie jedoch zunächst. Allein wegen Heiner.

Frank schrieb sich alles auf. Der Platz kam ihm verdammt bekannt vor. Er grübelte.

Monika rief Neutzel an und gab ihm den Namen Felix Bruhn durch. Es war nicht zu fassen. Plötzlich lag eine besonders einprägsame, alte, eigentlich längst abgelegte Visitenkarte vor ihr. Sie hatte sie angenommen, angeschaut und den Tod gesehen.

Nicht viel später stürmte ein Sondereinsatzkommando Bruhns Villa in Erlenstegen. Sie war verwaist.

Hauptkommissar Neutzel stand nachdenklich in dem finsteren Wohnzimmer.

Ein junger Beamter stürmte herein. »Im Garten haben wir ein relativ frisches Grab gefunden.«

Der Kommissar klappte den Ordner zu und gesellte sich zu seinem Kollegen Wilhelmi, der bereits an der Fundstelle stand.

»Robert Stegler. Leider. Man hat ihm die Augen ausgestochen«, informierte der Mord-Chef knapp.

Neutzel wandte sich ab. Wut und Ekel mischten sich.

Die Schatten waren in das Zimmer gekrochen. Die Sonne würde bald untergehen.

»Ich kann dir nichts sagen«, meinte Jakob schwach zum wiederholten Male. »Ich habe wirklich nichts verraten.«

Auch Bruhn war erschöpft. Er hockte vor dem Bett auf einem Schemel. Die Pistole hatte er auf den Tisch gelegt. Felix glaubte dem Jungen, wollte ihm glauben. Konnte der kleine Kerl ihn wirklich belügen? Wohl nicht. Er schaute Jakob an. Er würde ihn nicht töten. Niemand würde das tun. Er strich dem Kind vorsichtig über die Haare. Eine flüchtige, ungewollte Geste, die Felix selbst erschreckte.

Jakob sah irritiert in das entstellte Gesicht. Was sollte das? Und wo blieb seine Mutter, wo die Polizei, wieso rettete ihn niemand?

Bruhn rang mit sich, suchte nach den richtigen Worten. »Jakob, ich glaube, ich muss dir etwas sagen«, begann er umständlich. Wann hatten ihm das letzte Mal die Worte gefehlt? Er wusste es nicht.

Du brauchst nur ein Wort zu sagen: Geh. Lass mich endlich ziehen, dachte der Junge. Bitte.

»Ich weiß bloß nicht, wie ich es dir das erklären soll.« Felix war aufgestanden, lief auf und ab. »Vielleicht ist die direkte Art am besten.« Er blieb stehen, sah den Gefesselten an: »Jakob, du bist mein Sohn.«

Jetzt dreht der Kerl endgültig durch, dachte Jakob. Was sollte denn diese Ansage nun wieder? Er verdrehte die Augen.

»Ja. Ich weiß, es klingt unglaublich. Deine Mutter und ich waren während der Studienzeit ein Paar. Wir hatten große, gemeinsame Pläne. Doch nachdem mich mein Vater entstellt hat, verließ sie mich. Obwohl sie mit dir schwanger war. Dafür hasse ich sie bis heute. Ich habe euch nie aus den Augen verloren. Du gehörst zu mir. Deshalb habe ich dich auch in unsere Gruppe aufgenommen. Manu war der Lockvogel. Es war ein Glück, dass sie in deiner Klasse war. Und dein Pech, dass sie sich offenbar in Diabolo verguckt hat. Gleichwie: Du warst wieder bei mir, zumindest in meiner Nähe. Ich wollte dich prägen, erziehen, wie Dieter. Ich wollte dich für mich gewinnen. Dafür sorgen, dass du dich von deiner Mutter abwendest und sie hasst, so wie ich es tue. Indem ich dich ihr wegnehme, wollte ich mich rächen, verstehst du? Und jetzt gehörst du mir.« Er bedachte Felix mit einem Lächeln, das er für zärtlich hielt.

Jakob fröstelte.

»Wir, beziehungsweise Diabolo, Manu und ich, haben noch eine Sache zu erledigen. Dann ist alles vorbei, auch für dich.«

»Nein, das glaube ich weniger.«

Felix fuhr herum.

Diabolo, am Türrahmen lehnend.

Bruhn machte einen Schritt auf den Tisch zu.

Dieter war schneller. Die Pistole lag in seiner Hand. Er richtete sie auf seinen Vater.

Jetzt kam auch Manu herein, ein Teppichmesser in der Rechten: »Warum geht es nicht voran? Ich glaube, ich sollte mich mal –« Sie stoppte, als sie ihren Freund mit der Pistole sah. »Was ist hier los?«

»Gar nichts«, meinte Felix. »Jakob hat nicht geplaudert. Und wir ziehen morgen die Minister-Sache durch, okay?«

»Nein«, sagte Diabolo.

Der Psychologe beachtete den Einwand nicht: »Gib mir die Pistole, Dieter.«

Der lachte nur.

Felix ging einen Schritt auf ihn zu. »Gib sie mir.«

»Bleib, wo du bist.«

»Unfug. Gib mir die Waffe. Ich befehle es dir.«

»Ja, das ist es, was du kannst: Befehle erteilen!«, giftete Dieter.

Felix blieb stehen.

»Du hast mich regelrecht abgerichtet für deine kranken Ziele. Du hast mich benutzt, um deine Rachegelüste zu befriedigen. Du hast mich zu einer kalten Maschine machen wollen.«

»Aber nein, das sind doch nur dumme Klischees. Zeig mir doch –«

»Nenn mich nicht dumm. Ich packe deine beschissene, arrogante Art schon lange nicht mehr. Behandel mich nicht wie einen Trottel, es reicht!«

Bruhn ließ sich nicht beirren: »Ist ja gut, niemand will dich kleinmachen. Außerdem hat dich niemand abgerichtet. Das Wort an sich ist schon widerlich. Wir alle sind ein Team, wir gehören zusammen, wir haben ein gemeinsames Ziel.

Zeig mir einen aus dieser Gruppe, der nicht unter den Erwachsenen und ihren Regeln gelitten hat. Nimm doch zum Beispiel Manu. Es war die Rache von uns allen.«

»Aber zu welchem Preis? Ich bin ein gesuchter Schwerkrimineller, der morgen morden soll, wenn es nach dir geht. Das Gleiche gilt für Manu. Wir sind vermutlich bald am Ende, ohne groß gelebt zu haben.«

»Du bist noch lange nicht am Ende, du hast mich«, rief Manu dazwischen.

»Halt die Klappe«, herrschte sie Bruhn an. Und zu seinem Sohn meinte er: »Seitdem sie an deiner Seite ist, lässt du dich leicht aufhetzen. Dein Frontenwechsel ist rein emotional, nicht durchdacht.«

»Oh nein, dank ihr sehe ich zum ersten Mal klar. Du hast mich immer nur ausgenutzt, dein Spiel mit mir gemacht.«

»Alles Quatsch!«, beharrte Bruhn. »Und jetzt lass den Unsinn, gib mir die Waffe, los!«, befahl er noch einmal. Er ging zwei rasche Schritte vor, streckte die Hand nach der Pistole aus.

»Nein!«, schrie Manu. Das Mädchen umklammerte Diabolos Hand, fand den Hahn, zog ihn durch.

Die Kugel durchschlug Bruhns Stirn. Er stand einen Moment da, ungläubig, staunend. Dann sank er auf die Knie, seine Hände tasteten zur Wunde, drückten darauf. Feine Rinnsale bahnten sich ihren Weg durch die Finger. Felix fiel vornüber.

»Vater!«, schrie Diabolo. Er sprang zu ihm, drehte ihn um. Tote Augen starrten ihn an. »Papa, bitte. Das hab ich nicht gewollt, es tut mir –«

Manu kniete sich neben ihren Freund, fasste ihn hart an der Schulter: »Hör auf, reiß dich zusammen. Er wollte uns verheizen. Hast du das vergessen?«

Dieter reagierte nicht.

Das Mädchen schüttelte ihn. »Hast du das vergessen, ja? Hallo, ich rede mit dir!«

Ein Blutstrom kräuselte sich über Bruhns Stirn. Dieter tastete nach dem Herz des Vaters. Kein Pochen. Tot, aus, Ende. Der Junge fasste Felix' Hand, drückte sie. Die Tränen kamen.

Manu nahm den Freund in den Arm, zog ihn von der Leiche fort. »Wir müssen an uns denken, aus der ganzen Sache rauskommen.«

Diabolo weinte an ihrer Schulter, unfähig, etwas zu sagen.

Jakob hatte die Szene voller Entsetzen verfolgt. Jetzt kehrte eine gespenstische Ruhe ein, als wäre der Vorhang nach dem letzten Akt gefallen. Doch es war noch nicht vorüber.

Frank raste Richtung Pleinfeld, trieb den Polo zu Höchstleistungen, die in Tempo 150 gipfelten. Verdammt, er brauchte jetzt einen Porsche! Wo war der Junge?

Bachmann wusste sicher: Jakob war irgendwo in der Nähe von Pleinfeld. Die vagen Ortsangaben, die Jakob gegenüber seiner Mutter gemacht hatte, passten in diese Region. Der Fluglärm zum Beispiel. *Area Seven*, das Tieffluggebiet der Amis. Der Junge war hier. Nur wo genau? Frank glaubte, dass er den exakten Aufenthaltsort kannte. Er wollte ihm nur nicht einfallen. Er schlummerte in seinem Unterbewusstsein. Verhängt mit irgendwelchen anderen Sachen, die er jetzt nicht gebrauchen konnte. Bachmann kam sich vor wie ein Einbrecher in einer riesigen Galerie mit Tausenden von Gemälden. Er würde sie alle einzeln umdrehen müssen, denn nur hinter einem befand sich der Tresor mit dem Schatz. Da gab es nur eins: Der Reporter würde jede Straße, jeden verdammten Feldweg, jeden kuhfladigen Trampelpfad abfahren, so lange, bis er den Platz gefunden hatte.

Zwei Bäche, murmelte Bachmann vor sich hin. Das konnte doch nicht so schwer sein. Er erreichte die Ausfahrt Pleinfeld-Nord. Bedrückt überquerte er die Rezat und bog vor dem Viadukt links ein.

Hätte er sich rechts gehalten, wäre er nach wenigen Kilometern vor der Seemannsmühle gestanden.

Manu hatte Bruhns Füße angehoben. Diabolo griff unter die Achseln seines Vaters und zog den Oberkörper hoch. Dabei kam er dem Einschussloch in der Stirn sehr nahe. Fast hätte er die Leiche fallen gelassen.

Manu war das nicht entgangen. »Ich weiß, dass er dein Vater ist. Aber mach jetzt bitte nicht schlapp!«

Der Freund warf ihr einen scharfen Blick zu. Manu hatte eine enorme kriminelle Energie. Das schreckte ihn ab. Aber es faszinierte ihn auch.

Jakob sah ihnen zu, wie sie den Toten aus dem Raum brachten. Er hörte, wie sie die Treppe hinunter gingen. Sie bringen ihn in den Keller, schloss er. Dort werde ich auch landen, wenn nicht bald Hilfe kommt, glaubte der Junge.

Frank fuhr durch das Spalter Tor in Pleinfeld, fuhr bis zum Ortsausgang. Am Kirchweihplatz hielt er an. Von zwei Bächen hatte Jakob gesprochen. Wieso zwei? Hier floss verdammt noch einmal nur einer. Die Rezat und sonst nichts. Oder? Und wenn der Bach sich gabelte, wenn der Fluss vielleicht zwei Adern hatte, durch die sein Wasser pulsierte – war das eine Möglichkeit?

Bachmann stellte den Motor ab, zog eine Geländekarte aus dem Handschuhfach, die ihm bei seinen Radtouren schon oft eine Hilfe gewesen war.

Manu ließ Bruhns Füße fallen. »Da wären wir.«

Dieter sah sie entgeistert an: »Du sprichst, als wäre er nur ein Stück Dreck. Er hat dich von deinem Alten befreit.« Behutsam bettete er die Schultern seines Vaters auf dem harten Betonboden.

Manu stellte sich vor ihren Freund, sah ihn von unten an. »Ja, das stimmt. Aber wir können uns im Moment keine Sentimentalitäten leisten, verstehst du? Wir müssen auch Jakob noch beseitigen. Was ist, wenn er bei der Polizei auspackt! Und es muss so aussehen, dass er erst Felix getötet und dann Selbstmord begangen hat.«

Dieters Gesicht war ein einziges Fragezeichen.

»Wir reinigen die Waffe von unseren Fingerabdrücken. Anschließend öffnen wir Jakob die Pulsadern«, erläuterte Manu. »Wenn er tot ist, drücken wir ihm die Pistole in die Hand.«

Diabolo legte die Stirn in Falten. Das war alles so unwirklich. Vater war tot. Und Manu verwaltete dieses Grauen wie die Buchhalterin des Todes. Als wäre es Routine.

»He, hörst du mir überhaupt zu? Wir haben noch eine Menge zu tun und es wird nicht schön sein, aber wir *werden* es tun. Ist das klar?«

Diabolo blickte zur Seite.

Das Mädchen rüttelte erneut an seinen Schultern. »Wir müssen es tun, für uns. Und jetzt komm. Das ist unsere einzige Chance.« Sie stellte sich auf die Zehenspitzen und hauchte ihm einen Kuss auf die Lippen. »Komm.«

Bachmann verfolgte auf der Karte mit dem Finger den Lauf des Baches. Er verließ Pleinfeld, erreichte das große Möbelhaus, dann den Ort Georgensgmünd. Zu weit, vermutete Frank. Denn da kenne ich mich schon nicht mehr so gut aus. Sein Zeigefinger machte sich auf den Rückweg.

»Halt das bitte mal kurz«, meinte Manu obenhin.

Ohne nachzudenken, griff Jakob zu. In seiner rechten Hand lag das Teppichmesser.

»Danke, das reicht auch schon«, lächelte das Mädchen. Sie nahm ihm das Messer wieder ab und blickte triumphierend zu Diabolo, der es jedoch vorzog, das Zimmer zu verlassen.

Jetzt erst bemerkte Jakob, dass die Schönheit hauchdünne OP-Handschuhe trug.

Manu fuhr die Klinge aus. Sie lächelte immer noch.

Der Junge sah sie fragend an.

»Ich brauchte deine Fingerabdrücke, ganz einfach«, erklärte das Mädchen. Sie kniete sich neben seine rechte Schulter, packte blitzschnell Jakobs Unterarm und presste ihn auf das Bett. Fast gleichzeitig drang die Klinge längs zum Handgelenk durch die Haut. Manu hatte die tief liegenden Arterien erwischt – das Blut spritzte in einem hohen Bogen aus der Wunde.

Jakob schrie gellend und schlug um sich. Das hellrote Blut schoss in Manus Gesicht. Das Mädchen schreckte zurück. Doch nach einigen Schocksekunden packte sie Jakobs Arm mit der Handschelle. Hier tat sie sich leichter. Aber auch diesmal war sie überrascht, mit welchem Druck das Blut aus dem Schnitt sprudelte. Jakobs Schreie hörte sie nicht mehr. Fasziniert starrte sie auf den roten Strom, der das Laken tränkte.

Frank beschloss, die Strecke parallel zur Rezat abzufahren. Er gondelte zurück nach Pleinfeld, bog vor der alten Post links ab.

Zehn Minuten waren vergangen, seitdem Manu die Schnitte gesetzt hatte. Jakob war ruhig geworden. Der Blutstrom hatte nachgelassen. Manu hockte neben dem Jungen und beobachtete ihn. Auf dessen Stirn hatte sich ein dünner Schweißfilm gebildet.

»Was spürst du?«, fragte das Mädchen, dicht an seinem Ohr.

Der Junge schüttelte nur den Kopf.

Bachmann fuhr über die holprige Straße in Richtung des Möbelhauses. Eine Mühle nach der anderen glitt an dem alten Wagen vorbei. Ein zweites Mal stoppte der Redakteur, vertiefte sich in die Karte.

Jegliche Farbe war aus dem Gesicht des Jungen gewichen. Wachsweiß lag er da, mit kalten Händen und Füßen. Sein Herz raste.

»Was empfindest du? Du musst es mir sagen!«, forderte Manu.

Keine Reaktion.

»Bitte, du musst doch irgendetwas merken. Schlaf nicht ein. Noch nicht, du musst es mir erzählen. Wie ist es dort, heiß oder kalt? Was siehst du?«

Doch Jakob hörte ihre Stimme nur noch wie durch einen Schleier. Er hatte Schwierigkeiten, sich auf etwas zu konzentrieren. Der Junge spürte eine unendliche Müdigkeit, die mehr und mehr Besitz von ihm nahm. Seine Wunden taten nicht mehr weh. Alles glitt von ihm ab, der Schmerz, die Angst, die Sorgen. Watte war da, mantelte ihn ein, weich und zart, ein angenehmes Gefühl der Mattigkeit. Jetzt sterbe ich, dachte er. Das ist es wohl. Seltsam, wie ruhig ich das hinnehme. Fast selbstverständlich.

Langsam glitt er hinüber. Finsterland.

»Nein, so nicht, hör auf!«, schrie das Mädchen. »Ich will wissen, wie der Tod ist!« Sie war auf ihn gesprungen, rüttelte an seinem Hemdkragen, flehte in sein fahles Gesicht mit den halbgeschlossenen Augen. »Los, das musst du mir sagen! Es kann doch nicht alles umsonst gewesen sein, was ich getan habe. Meine Rache, dein Leben, dein Tod. Wo bist du jetzt? Wo ist Felix, wo ist Robbi, wo ist mein Vater?«

Jakobs Augen fielen zu. Er war im Reich der Schatten angekommen.

Manu starrte ihn an. Enttäuscht, leer, verlassen. Das gilt nicht, dachte sie. Das war nicht abgemacht.

Dann malte sie mit dem Blut eine Sieben auf Jakobs Stirn.

Frank sah genauer hin, fixierte den Ortsplan. Der Bach schien sich hier tatsächlich zu gabeln. Zwei Bäche! Genau an der Seemannsmühle. Er hatte es! Bachmann nahm das Handy. Zuerst rief er Wilhelmi an, dann Monika Strasser.

»Meinst du, dass er tot ist?«, fragte Diabolo von der Tür aus. Er hatte die Worte geflüstert.

Manu hockte auf dem Bett neben Jakob. Sie sah Dieter nur leer an.

»Ist er es?«, beharrte der.

Das Mädchen hörte ihn nicht. Warum hatte ihr Jakob nichts erzählt vom Reich der Finsternis? Vom Tal der Toten, oder wie diese ganzen Phrasen alle hießen, die niemand richtig zu füllen wusste. Manu war nahe dran gewesen, es zu erfahren. Trotzdem war sie so schlau wie vorher, allein und unwissend. Jakob war hinübergegangen, aber er hatte nichts berichten können von Wärme und Geborgenheit, Sicherheit und Frieden, Freiheit und Erlösung. Er hatte einfach nichts gesagt. Das war das Schlimmste. Damit hatte sie nicht gerechnet. Der Tod war einfach nur dreckig, blutig, hässlich. Und er stank.

»Du musst dich umziehen«, mahnte Dieter.

Diesmal nahm Manu seine Worte wahr. Sie nickte. Ja, das würde sie wohl müssen. Weiter ging es, es gab kein Zurück mehr. Was hatte sie nicht selbst vorhin gesagt?

Es gibt noch eine Menge zu tun.

Sie erhob sich wie eine Schlafwandlerin und irrte auf Dieter zu. Er fing sie auf und führte sie in die Dusche. Nichts mehr war übrig von der professionellen Kälte, die sie vorhin beim Transport von Bruhns Leiche gezeigt hatte.

Diabolo half ihr beim Ausziehen. Ihr Körper war so zerbrechlich. Zart, feingliedrig, schlank. Aber die Hände, das Gesicht. Blut, überall Blut. Sogar in den Haaren. Dieter drehte eilig das Wasser auf, maß die Temperatur, schob die Freundin unter die Brause. Er sah ihr zu, wie sie sich wusch. Ignorierte den roten See, der sich in der Duschtasse bildete, sah nur ihr schönes Gesicht mit den geschlossenen Augen. Sie sah aus wie eine schöne Tote. Wie jemand, der sich auf die Reise in das schwarze Land machte, so nackt und voller Blut wie sie war.

Mit einem Mal überkam Diabolo eine ungeheure Angst. Rasch glitt er aus seiner Kleidung und schlüpfte zu Manu unter die Dusche. Sie hatte ihn erwartet. Zitternd trafen sich ihre Lippen. Sie klammerten sich aneinander wie zwei Ertrinkende.

Der Tross der Polizei näherte sich ohne Blaulicht und Martinshorn. Eine regelrechte Invasion schwappte in das friedliche Rezat-Tal, in dem gerade die Sonne verloschen war. Alle Straßen im näheren Umkreis wurden abgeriegelt. Niemand kam mehr herein oder heraus. Nur Monika Strasser, der kleine Heiner und Frank hatten die hermetische Abriegelung durchbrechen dürfen, weil sie in Begleitung der Einsatzleitung waren. Sie saßen mit den Kommissaren in einem Mannschaftsbus, der als Zentrale diente. Wenige Kilometer trennten sie noch von der Mühle.

Die Anwältin stand kurz vor dem Zusammenbruch. Dennoch hatte sie darauf bestanden, mit zur Seemannsmühle zu fahren. Sie blickte starr aus dem Fenster in die Dunkelheit.

Genauso wie Frank. Ein Krankenwagen geriet in sein Blickfeld. Scheiße, dachte er. Fehlt nur noch ein Leichenwagen, für alle Fälle. Er beugte sich zum kleinen Heiner vor: »Willst du etwa selbst fotografieren?«

Der Freund sah ihn verblüfft an. »Warum?«

»War nur eine Frage.«

»He, wie meinst du das?«

»Ich habe halt gedacht, wenn dir das hier alles zu viel ist, wegen Jakob und so –«

»Was?«

»Ich fotografiere auch für dich, wenn du es willst. Wollte ich dir nur anbieten, reg dich ab.«

Schweigen im Bus. Heiner spielte mit dem Tragegurt der Fototasche.

»Schwer in Ordnung von dir«, flüsterte er schließlich. »Aber ich erledige das schon. Ich mache ein Super-Bild: Jakob, wie er lebend das Haus verlässt.« Das klang fast trotzig. »Genau: Jakob, wie er lächelnd auf Monika zuläuft. Oder so etwas Ähnliches.«

»Schon gut. Jetzt lass uns hoffen, dass du dein Sieger-Bild machen kannst.« Bachmann legte Zuversicht in seine Stimme.

Der Bus wurde langsamer. Sie erreichten die Seemannsmühle. »Alle Lichter aus«, befahl Kommissar Wilhelmi.

Sie trockneten sich gegenseitig ab. Dieter rubbelte so fest über Manus Rücken, bis er einen rosa Schimmer wahrnahm. Dann vergrub er sein Gesicht in ihren Haaren, genoss den Geruch der feuchten Strähnen. Sein Mund fand ihren Hals. Er biss ganz leicht hinein.

Sie wand sich aus seinen Armen. »Nicht jetzt, nicht hier. Später.« Auch ihre Wangen hatten Farbe bekommen. »Lass uns zusehen, dass wir hier – Moment mal, leise!« Sie huschte zum Fenster. »Verflucht.«

Das Mädchen sprang zum Lichtschalter. Dunkelheit hüllte sie ein. Manu nahm den Freund bei der Hand, deutete nach draußen. Ganz schwach konnten sie die Silhouetten von mehreren VW-Bussen ausmachen.

Die Beamten des Sondereinsatzkommandos glitten durch die Dämmerung. Von allen Seiten strebten sie auf das Ziel zu. Die Eliteeinheit trug kugelsichere Westen, Kampfstiefel und Masken, die nur Augen und Mund frei ließen. Per Funk waren die Männer mit der Einsatzzentrale verbunden. Mühe- und lautlos drangen die Spezialisten in das Gebäude gegenüber der Mühle ein.

Heiner steckte das Blitzlichtgerät auf. Monika schenkte ihm einen vernichtenden Blick.

Wilhelmi und Neutzel lauschten angestrengt in die Kopfhörer.

Frank tat nichts. Er konnte ohnehin nur abwarten, bis er als Chronist der Ereignisse gefragt war.

Rasch hatten sich Manu und Diabolo angezogen.

»Wir müssen hier raus, schnell«, meinte das Mädchen. »Wir holen uns den Wagen von Felix und dann nichts wie weg.«

Die Beamten durchkämmten mit vorgehaltener Waffe das Erdgeschoss. Erst die Küche, dann das Wohnzimmer, die Abstellkammer, die Toilette. Einer von ihnen stieß gegen die Klobürste, sie kippelte, stürzte um. Der Polizist fing sie auf, bevor sie den Boden berührte.

Draußen wurde das Gebäude weitläufig umstellt.

Auch Völk wurde aus einem Mannschaftsbus geschoben. Vorhin hatte es eine Ansprache der Einsatzleitung über Ziel, Umfang und Gefahren der Aktion gegeben, aber der Polizeimeister hatte kaum etwas mitbekommen, weil er stark angetrunken war. Also ließ er sich hinausschubsen. Zu seiner Überraschung und grenzenlosen Freude hängte man ihm eine Maschinenpistole um und händigte ihm ein volles Magazin aus. Da wurde er doch schlagartig etwas wacher. Warum man ihn derart martialistisch mit einer Bleispritze aufrüstete, war ihm nicht klar. Aber im Vergleich zu *Woodstock* war das Ding schon ein Hammer. Damit konnte man nicht nur einen Feind bearbeiten, sondern gleich mehrere. Um jedoch alle Feinde Völks – putzverliebte Nachbarn, alle anderen Nachbarn, lachende Kinder, glückliche Kollegen, kompetente Vorgesetzte, integrierte Ausländer, nicht integrierte Ausländer, alle anderen Ausländer, erfolgreiche Frauen, selbstbewusste Frauen, schmierlappige Reporter und linke Demonstranten – auszuschalten, hätte man Völk mit einem stattlichen Set von Atombomben ausstatten müssen. Dennoch, das Gewehr machte ihn froh. Er streichelte über den Abzug. Kühl fühlte er sich an. Und viel versprechend.

Irgendjemand stellte ihn irgendwohin. Völk hatte Stellung in einem lichten Kiefernwäldchen bezogen. Vor ihm lagen etwa zehn Meter Wald, dahinter sah er ein zweistöckiges Haus. Der Polizeimeister fühlte sich prima. Bereit.

»Jawoll!«, meinte er zu dem Baum vor sich.

Als die Fichte schwieg, rammte ihr der Polizeimeister den Lauf in die Rinde. Er lachte leer und blöd in die Finsternis. Und gönnte sich ein Schlückchen aus dem Flachmann.

Manu und Diabolo schlichen zum Treppenabgang. Sie drückten sich flach auf den Boden, lauschten.

Kein Zweifel, sie waren nicht mehr allein im Haus. Das verräterische Knacksen eines Gelenks, das Schaben, wenn sich jemand an der Wand entlangdrückte. Diabolo machte seiner Freundin ein Zeichen. Sie schoben sich zurück in das Zimmer, in dem Jakob lag. Dieter schnappte sich die Pistole aus Jakobs Hand.

»Zigarette aus!«, herrschte Wilhelmi Monika an. »Jeder Lichtschein ist verräterisch.«

Die Anwältin trat auf die Zigarette.

Heiner bot ihr einen Kaugummi an.

Sie nahm ihn, mechanisch. Der Geschmack war fremd. Alles war fremd. Das Sondereinsatzkommando, die Beamten hier in den Bussen, die Reporter neben ihr, die Mörder in dem Haus. Mittendrin in diesem Chaos war Jakob.

Jakob, lebte er? Am liebsten wäre sie aufgestanden, hätte das Licht angemacht und gesagt: »Jetzt hören wir auf mit dem Spiel. War ja ganz spannend, aber nun ist wirklich Schluss. Komm Jakob, wir gehen heim.«

Bitte, lieber Gott, lass Jakob leben. Ich liebe ihn. Lass mich in das dunkle Haus da drüben gehen, für ihn, und wenn sie es tun müssen, dann sollen sie mich töten, aber nicht Jakob. Nicht mein Kind.

Dieter schlug mit der flachen Hand auf den Lichtschalter. Licht flutete in das Treppenhaus. Zwei schwarze Gestalten am Aufgang richteten sofort ihre kurzläufigen Waffen nach oben. Offenbar waren sie gerade dabei gewesen, hinaufzukommen.

»Keine Bewegung, sonst stirbt Jakob!«, befahl Diabolo. Seine Pistole zeigte auf die schmächtige Gestalt neben ihm, die unter einer Decke verborgen war. »Waffen runter!« Kalter Angstschweiß lief seine Achseln hinab.

Die Beamten gehorchten.

»Und jetzt raus!«

Schritt für Schritt wichen die SEKler zurück.

»Ich will keinen mehr von euch sehen. Wir kommen jetzt raus. Wir werden zu dem Mercedes gehen. Ich will keinen von euch in der Nähe sehen. Sonst schieße ich!« Dieter entsicherte die Waffe. »Ich meine das ernst, ist das klar?«

Das Kommando zog sich zurück.

»Er ist noch da, mein Jakob«, atmete Monika auf, nachdem sie von Neutzel informiert worden war. »Bitte, holen Sie ihn da raus.«

»Wir geben unser Bestes, versprochen«, beruhigte sie der Kommissar. »Entschuldigen Sie mich bitte.«

Dann gab er die Marschroute an alle aus: kein Schusswaffengebrauch. Täter und Geisel abziehen lassen. Unmittelbare Kontaktaufnahme zum Fluchtfahrzeug nach Abfahrt. Sie hätten den Benz sofort verwanzen sollen, ärgerte sich der Kommissar. Wieso hatte er da nicht gleich dran gedacht? Jetzt war es zu spät.

Dieter öffnete die Haustür, drückte sich mit der Geisel an den Rahmen.

»Ich komme jetzt«, schrie er.

Ein frischer Wind wehte. Undeutlich lag der Vorplatz vor ihnen im schwachen Mondlicht. Überall meinte Dieter Schatten zu erkennen. Schatten mit Waffen, die auf ihn gerichtet waren.

Völk lugte hinter seiner Kiefer hervor. Das wurde ja richtig klasse hier. Er trank aus dem Flachmann. Große, gierige Schlücke.

Dann streichelte er seine Maschinenpistole. Vielleicht sollte er ein wenig vorrücken? Niemand war da, der ihm einen Befehl geben konnte.

Der Polizeimeister wollte vorrobben, so wie er es gelernt hatte. Aber der Boden war voller Nadeln. Zudem hatte Völk eine allumfassende Vollfettigkeit erreicht, die ihm Leibesertüchtigungen dieses Schwierigkeitsgrades verboten. Also stapfte er lieber durch das Unterholz Richtung Haus. Dick, breit, laut, unbeholfen. Ein Elefant hätte sich ähnlich zurückhaltend verhalten. Nur hätte man diesem weniger anhaben können.

Diabolo war zum Abschuss freigegeben, das wusste er. Sein Pfand war die Geisel. Er schob sie vor sich her aus dem Haus, die Waffe an deren Schläfe. Kalt war der Schweiß, stinkend, widerwärtig. Nur den Wagen erreichen und dann durch. Raus hier.

Völk hatte den äußersten Rand des Wäldchens erreicht, als man ihn zurückriss.

»Sind Sie wahnsinnig, ohne Befehl hier ein Solo abzuziehen?«, hörte er aus dem Mund eines Mehrbestreiften. Der Mann sah nach Solarium, Erfolg und Familie aus.

Völk hätte gerne das ganze Magazin abgefeuert. Mitten hinein in das schöne Gesicht. »Entschuldigung«, sagte er. »Wollte nur den Bereich sichern.«

»Nichts da, Sie bleiben hier. Sie gefährden den ganzen Einsatz, ist Ihnen das nicht klar, Sie Idiot?« Der Hübschling rümpfte die Nase: »Sagen Sie mal, haben Sie was getrunken? Sie haben eine Fahne, glaube ich.«

In diesem Moment zupfte ihn ein anderes hohes Tier am Ärmel, Typ Rottweiler.

»Seien Sie froh, dass ich gerade nicht mehr Zeit für Sie habe. Aber die Sache hat ein Nachspiel, verlassen Sie sich drauf«, meinte der Smarte und folgte dem Hunde-Typ.

Schon wieder so ein toller Kerl, der ihn herumkommandierte. Klar, war ja nur Völk, den man hier anpfiff, dachte der Polizeimeister. Mit dem konnte man es ja machen. Arme Sau. Kam ja nicht mehr drauf an, wenn man noch mal drauftrat.

Der Polizeimeister kippte noch einen Schnaps, dann noch einen und noch einen. Zack, zack, zack – komprimierte Attacken auf die Leber. Völks Blick trübte sich. Er nahm das Reservefläschchen aus dem Versteck in seiner Dienstjacke und schraubte es auf.

Diabolo ging langsam auf den Benz zu. Der Wind frischte weiter auf, riss an der Decke.

»Ist er das, der unter der Decke?«, flüsterte Monika.

»Wir gehen davon aus«, gab Wilhelmi zurück.

»Aber wir wissen es nicht genau«, relativierte Neutzel.

»Na prima. Und was jetzt?«

»Pscht. Wir haben alles im Griff.« Das glaubte Neutzel zumindest.

Ein großer Scheißer und sein kleines, unschuldiges Opfer, fasste Völk die Szene zusammen, die sich schemenhaft vor ihm abspielte.

Die Waffe in der Hand von Diabolo sah er nicht. Zu dunkel, zu viel Schnaps im Kopf.

Das ist ja wohl die Höhe, befand der Polizeimeister. Warum tat keiner der Kollegen etwas? Der schöne Mann von vorhin zum Beispiel. Wo war der denn jetzt? Offenbar abgetaucht. Der war wohl zu feige. Nicht so Völk! Er hatte Mumm. Scheinbar musste das hier jetzt jemand von seinem Kaliber in die Hand nehmen. Jawoll! sagte er zu sich selbst.

Der Beamte trat aus der Deckung der Schonung. Er würde die Geisel befreien. Held Völk.

»Stehen bleiben«, gellte Dieters Stimme. »Du rührst dich nicht vom Fleck.«

Völk wurde langsamer. Hatte der Kerl etwa doch eine Waffe? Der Polizeimeister hatte die Eigensicherung, oder wie immer das hieß, vernachlässigt. Umständlich fummelte der Beamte an seiner Maschinenpistole herum.

»Was läuft denn da für eine Scheiße ab?«, bellte Wilhelmi hektisch. »An alle: Stoppt den Mann!«

Doch es war zu spät.

Diabolo legte die Pistole an. »Ich knall dich ab, bleib stehen!«

Völk hielt inne. Jetzt erkannte er es genau. Der Kerl fuchtelte mit etwas herum, das einer Knarre glich. Garantiert eine Spielzeugwaffe. Vielleicht eine Wasserpistole, überkam ihn ein schräger Anflug von Heiterkeit. War ja Sommer. Haha.

In diesem Moment riss der Wind die Decke hoch. Blonde Haare. Jakob war nicht blond.

Manu! Schlagartig durchströmte Völk ein Glücksgefühl. Er war aufgeregt, selig. Seine Manu! Und er. Völk. Völk, der Retter. Völk, der Erlöser. Völk, der Held.

Jetzt mache ich es, dachte sich der Polizeimeister. Ich schieß den Verbrecher ab. Nur noch ein bisschen näher ran, damit ich die Kleine nicht treffe. Er hatte es endlich geschafft, die MP zu entsichern. Jetzt konnte er Manu beweisen, was er alles drauf hatte. Er war ihr Beschützer, so hatten sie es doch besprochen. Der Beamte tappte einen Schritt vor, ein Lächeln auf den Lippen.

Dieter zielte auf das Gesicht des Beamten: »Verdammt, du sollst stehen bleiben!« Seine Stimme drohte zu kippen.

Unbeirrt stapfte der Polizist auf das Mädchen zu. Vergessen waren die Waffen, die er und Diabolo trugen. Er wollte einfach nur zu Manu, den Idioten an ihrer Seite wegschieben und sie in den Arm nehmen. Er hatte ein solches Gefühl noch nie verspürt. Sein Herz blühte auf wie eine im Schatten vergessene Pflanze, deren Kopf schon den Boden berührt hatte und die sich nun wieder langsam aufrichtete, der Sonne, dem Licht, dem Leben entgegen. Blinzelnd, unsicher, ob das wahr sein konnte. Neue Kraft durchströmte Völk. Jetzt kommt dein Retter, Manu-Schatz! Ob sie etwas dagegen hatte, wenn er sie so nannte?

»Bleib, wo du bist!« Das war jetzt das Mädchen.

»Nein, ich hole dich jetzt, meine Manu-Maus!« Völk war nicht mehr zu stoppen. Manu-Maus klang auch hübsch. Er würde sie fragen, was sie netter fand.

Wilhelmi drohte durchzudrehen. »Können wir das Zielobjekt ausschalten?«, fragte er leise in sein Sprechgerät.

»Finaler Rettungsschuss derzeit ausgeschlossen«, musste er von seinen Scharfschützen hören. »Gefahr für Geisel unkalkulierbar.«

Geisel? War das überhaupt noch eine Geisel, fragte sich der Hauptkommissar. Der Beamte hatte die Sache nicht mehr im Griff. Er steckte sich eine Zigarette an. Jetzt war es egal.

»Nichts tust du, du Stück Dreck«, schrie Manu. »Und ich bin nicht deine Maus. Hörst du, wir knallen dich ab!«

Der Polizeimeister hörte es nicht. Er breitete die Arme aus: »Komm, mein Schatz!«

»Nenn mich nicht so. Du bist das Letzte, du bist eine Wanze. Weißt du, was man mit Wanzen macht? Ja, weißt du das? Mensch, schieß ihn ab, Dieter!«

Völk war nur noch etwa zehn Meter von den beiden entfernt. Was wollte dieser Schwachkopf da, der Typ mit der Spielzeugpistole? Der musste weg, der störte.

»Lage?«, schnappte Wilhelmi.

»Sieht nicht gut aus. Der Junge und das Mädchen stehen zu dicht zusammen.«

»Dann stopp. Nur den Jungen mit der Waffe. Feuererlaubnis erst bei Eskalation oder freiem Schussfeld.«

»Okay. Ziel im Sucher.«

»Knall ihn ab!«, schrie Manu.

Noch acht Meter, noch sieben, sechs. Völk ging weiter, stammelte unbeholfen: »Ich liebe dich, Manu-Maus. Ist doch recht, wenn ich dich so nenne, ja? Ich meine, wenn du es nicht so gut –«

Die erste Kugel bohrte sich in seinen rechten Oberschenkel. Völk geriet ins Straucheln. Ungläubig starrte er auf die Waffe, die gerade abgefeuert worden war.

Die zweite Kugel riss sein linkes Ohrläppchen ab. Der Polizist schrie, drehte den Kopf zur Seite, das nächste Geschoss traf ihn seitlich im Gesicht, durchschlug beide Wangen. Völk stand da, die Hände vor den Wunden, er heulte.

In dieser Sekunde bellten aus allen Richtungen Waffen los. Dieter erwischten zwei Streifschüsse am Kopf. Er rannte los, Manu an seiner Seite.

Völk fiel in den Staub. Er versuchte, sich aufzurichten, weiter zu krabbeln. »Gleich bin ich bei dir!« Die Worte waren nur noch ein Brei, ein blutiges Gestammel.

Diabolo und Manu erreichten den Wagen. Eine Salve riss Dieters Rücken auf, schleuderte ihn gegen das Auto. Er bekam den Türgriff zu fassen. Schleier legten sich über seine Augen. Langsam rutschte er an dem Mercedes hinab, sank auf die Knie. Weitere Kugeln trafen seinen Nacken, den Hinterkopf. Die Waffe glitt aus seiner Hand. Das Geballer erstarb.

»Dieter, nein! Komm hoch, weiter!«, schrie Manu. Sie bückte sich zu ihm hinab. Blut stürzte aus unzähligen Wunden. Manu nahm Diabolos Kopf in ihre Hände. Sein rechtes Augen war nur noch eine rote, fleischige Höhle, das andere weit aufgerissen.

»Wir müssen weiter«, flüsterte das Mädchen.

Ihr Freund lag still.

Es war aus. Manu packte die Pistole.

»Waffe fallen lassen. Hände hoch!«, brüllte Wilhelmi.

Manu drückte ab. Immer wieder. Ein furchtbarer Schmerz war plötzlich in ihrem linken Arm. Dann in ihrem Bauch, in der Brust, im Hals, im Gesicht. Der Kugelhagel riss sie herum, das Mädchen drehte sich um die eigene Achse, weiter schießend, fallend. Als sie den kühlen, feuchten Boden berührte, blutend und halb tot – da wehte ihr Lieblingssong an ihre absterbenden Nerven:

Das Wasser soll dein Spiegel sein.
Erst wenn es glatt ist,
wirst du sehen,
wieviel Märchen dir noch bleibt,
und um Erlösung wirst du flehen.

Keine Märchen mehr. Dieter war tot. Bruhn war tot. Und auch sie starb. Ihre Ideen gingen mit ihnen. Jetzt war das Wasser glatt, es gab niemanden mehr, der es aufrührte. Manu sah in ihren Spiegel. Schwärze.

Ruhe trat ein.

Wilhelmi und Neutzel sahen sich an, fassungslos. Bei diesem Einsatz war alles schief gegangen, was hätte schief gehen können.

Wilhelmi war als Erster wieder einigermaßen klar im Kopf: »Arzt, Sanis, Krankenwagen!«

Er rannte zu Völk, in der Hoffnung, dass der Kollege noch lebte.

Als sich Wilhelmi zu ihm hinabbeugte, griff der Polizeimeister in die Haare des Vorgesetzten und zog ihn zu seinem blutenden Mund. »Manu lebt?«, stieß er mühsam hervor. Rote Blasen bildeten sich um seine Lippen.

»Was? Kollege, gleich ist der Arzt da, versprochen. Nicht mehr reden, ganz ruhig liegen bleiben.«

»Manu?«, stammelte Völk. »Hab sie lieb.«

»Manu – ist das etwa das Mädchen?«

Der Polizeimeister nickte.

Der Erste Hauptkommissar überlegte einen Moment. Was war hier eigentlich los? Jetzt war der Kollege scheinbar auch noch in die Tote verliebt. Ein grauenhafter Abend.

Wilhelmi atmete tief ein. Dann sagte er: »Ja, sie lebt.«

Völk lächelte erlöst. Dann wurde er ohnmächtig. Ein Ärzteteam schob Wilhelmi beiseite und kümmerte sich um Völk.

»Was ist mit Jakob?«, rief Monika Strasser. Sie irrte über den Platz, hilflos, voller Angst.

Notarzt Dr. Wolf stürmte in das Haus, die Sanis Kalle und Bruno dicht hinter ihm. Polizisten wiesen ihnen den Weg.

Zuerst kamen sie an Bruhns Leiche vorbei. Doch die sah noch gut aus im Vergleich zu dem, was sie bei Jakob erwartete.

»Was für ein Schlachtfest«, stöhnte Kalle.

»Ruhe!«, befahl der Arzt. »Oxymeter!«

Kalle legte das Messgerät an Jakobs blutverschmierte Fingerkuppe.

»Negativ, kein Puls messbar.«

»Hab ich mir gedacht«, meinte der Arzt stirnrunzelnd. Er fühlte Jakobs Hals ab, ertastete neben Luftröhre und Kehlkopf die Kopfarterie. »Wer sagt's denn: schwacher Puls im Carotis-Bereich. Wir sind wieder im Rennen. Schnell, EKG ankleben und Sauerstoff geben, vier Liter über Maske!«

Bruno begann mit der künstlichen Beatmung. Jeder Handgriff saß. »Okay!«, meldete er knapp.

Kalle schnitt Jakobs T-Shirt auf, um die drei EKG-Elektroden aufzukleben.

»Schneller, das muss schneller gehen!«, rief der Arzt. Endlich war das Elektrokardiogramm klar. Gebannt starrten sie auf den kleinen Monitor. Die Linie schwang sich zu einwandfreien Zacken auf.

Dr. Wolf atmete hörbar aus. Dann inspizierte er Jakobs rechten Arm. »Gibt es hier eigentlich irgendeine Stelle, die nicht verklebt ist?«, murmelte er. »Da!« Er hatte die Ellenbogen-Vene gefunden. »Braunüle! Her damit!«

Bruno reichte sie ihm. Mit einiger Mühe konnte sie der Doktor einführen. Die ersten Tropfen des Blutersatzmittels drangen in Jakobs Körper. »Gut und jetzt – Mist!« Dr. Wolf hatte einen kurzen Blick auf den Monitor geworfen. Die Herzstromkurve flimmerte. »Der stirbt uns weg. Defibrillator, schnell!«

Bruno sprang zum Koffer, holte das Gerät heraus, lud es auf.

»Schnell!«, rief der Arzt noch einmal. »Sind Sie so weit?«

Der Sani reichte ihm die beiden großflächigen Elektroden. Dr. Wolf rieb sie aneinander, um das Gel zu verteilen. »Weg vom Patienten«, erschallte sein Kommando. Dann presste der Arzt die eine Elektrode auf Jakobs rechte Brustseite knapp unter das Schlüsselbein, die andere seitlich links neben das Herz.

Bruno drückte den grünen Knopf.

Strom schoss in den Körper des Jungen, er bäumte sich auf.

Blicke zum Monitor. Immer noch dieses Flimmern! Der Notarzt setzte ein zweite Mal die Elektroden an, wieder bäumte sich Jakobs Körper auf.

»Da!«, brüllte Kalle. »Er kommt zurück, er kommt zurück.«

Die Linie auf dem Monitor malte wieder Zacken. Dr. Wolf ordnete an: »Sauerstoff!«

Bruno stülpte die Maske über Jakobs Gesicht.

»Sinnlos, er macht nicht mehr mit«, meinte der Arzt nach kurzer Beobachtung. Der Junge war inzwischen zu schwach, um tief einzuatmen. »Wir müssen ihn intubieren.« Er überstreckte den Kopf des Jungen leicht nach hinten. »Laryngoskop, flott.«

Der Doktor öffnete Jakobs Mund und führte einen Spatel über den Zungengrund bis in die Nähe der Stimmritzen ein. Dann schob er den Schlauch in die Luftröhre. Der Arzt gab Bruno ein Zeichen. Der Sanitäter drückte vorsichtig einen Beatmungsbeutel zusammen.

Der Doktor ließ kein Auge von Jakob. Es klappte! Ein rascher Blick auf das EKG. Stabil.

»Gut. Wir sind nicht nur im Rennen; ich glaube, wir gewinnen es. Jetzt die Druckverbände.« Sie säuberten die tiefen Schnitte an den Unterarmen. Dann verband sie der Arzt.

Als er fertig war, meinte er: »Er kann abtransportiert werden.«

Monika Strasser drängte sich an die Trage.

»Wer sind Sie?«, fragte Dr. Wolf ärgerlich. »Presse?«

»Seine Mutter. Ich möchte mit.«

»Okay.«

»Wie geht es ihm?«

»Derzeit stabil. Er hat eine Chance. Der Blutverlust ist jedoch massiv.«

»Er schafft es?«

»Vielleicht.«

»Das ist keine Antwort.«

Der Mediziner fasste sie an den Schultern: »Doch, das ist sie. Es ist die einzige, die ich Ihnen im Moment geben kann. Ich kann Ihnen nichts Konkreteres sagen, wir müssen in die Klinik.«

Die Türen schwangen auf. Die Anwältin glitt hinter ihrem Sohn in den Wagen.

Heiner stand plötzlich da. Die Kamera baumelte verloren und sinnlos vor seinem Bauch. Frank war an seiner Seite.

»Komm«, sagte Monika. »Aber lass das Ding draußen.«

Bachmann nahm den Apparat in Empfang: »Okay, ich mach das schon.«

Heiner sah ihn nachdenklich an: »Klar, big story.«

Der Reporter nickte: »Allerdings.«

»Und die Fotos?«

»Sagte ich doch. Mach ich für dich.«

»Vielleicht kann ich mich mal revanchieren.«

»Bloß nicht. Das hier hat mir gereicht.«

Frank winkte dem Wagen hinterher, der mit Blaulicht und Sirene auf die Straße stob.

Sekunden später schoss ein weiterer Kombi mit Völk Richtung Nürnberger Südklinikum.

Die erste Zinkwanne wurde hinausgetragen. Kalt, glatt, auswaschbar, wiederverwertbar. Bachmann nahm Heiners Kamera und hielt drauf. Später erfuhr er, dass es sich bei dem Toten um Felix Bruhn handelte. Es folgten die Leichen von Dieter und Manuela. Als Bachmann in das Haus wollte, wurde er schroff abgewiesen. »Keine Aufnahmen«, bekam er zu hören.

Der *Blick*-Reporter fand sich damit ab. Es war klar, die Spurensicherung hatte ihren Auftritt. Er ging zurück zu den Bussen und fand dort Wilhelmi: »Ein paar Fragen hätte ich noch.«

Der Polizist knabberte an einem Kugelschreiber. Sein Gesicht war fahl. »Haben dürfen Sie die schon, aber ob ich die beantworte, steht in den Sternen.«

»Sie sind mir noch etwas schuldig.«

»Nein.«

»Klar, war ja meine Bürgerpflicht, dass ich Sie hierher geführt habe. Passen Sie mal auf: Sie und Ihre Leute haben den Einsatz total vermasselt.«

Wilhelmi blieb nach außen gelassen: »Ich kann Ihr Material sofort konfiszieren. Sie kennen das Spiel.«

»Sicher. Aber das bringt nichts. Lassen Sie uns den Ball flach halten.«

»Na gut.«

»Frage Nummer eins: War es das Ende der Zahlen-Bande?« Was für ein bescheuertes Wort, dachte Frank – Zahlen-Bande.

»So etwas zu behaupten, wäre verfrüht. Aber es gibt Anzeichen, dass wir die Zentrale ausgehoben haben.«

Frank spulte eine Frage nach der anderen ab, füllte seinen Notizblock systematisch.

Fünf Minuten später stand er allein neben den Bussen. Seine Arme hingen herab. Im Geiste ging er noch einmal alles durch – hatte er alles für seinen Bericht? Ja, lautete die Antwort. Alles recherchiert, alles im Block. Alles aufgenommen. Den Tod, das Blut, das Grauen. Sein Job. Der Augenzeuge, der das Bild für die Leser weitergab. Jetzt kam die Kälte, das Nichts. Bachmann fühlte sich einfach nur noch leer.

Er versuchte sich abzulenken. Immerhin lebte Jakob, wie ging es ihm? Er tippte Monikas Handy-Nummer ein. Stoppte plötzlich. Das war der falsche Zeitpunkt.

Frank stand verloren auf dem Platz vor der Mühle. Hier gab es für ihn nichts mehr zu tun.

Von zu Hause rief er Heiner an. Monikas Nummer anzuwählen, hatte er sich nicht getraut.

»Jakob hat gute Chancen«, hörte er. »Aber ich kann jetzt nicht so gut, verstehst du?«

»Klar. Das wollte ich ja nur wissen. Danke.«

»Ich danke dir.«

»Wofür?«

»Das weißt du doch. Die Fotos, zum Beispiel.«

»Hab ich gern für dich getan.«

»Okay, bis morgen.«

Trotz der fortgeschrittenen Uhrzeit rief Frank Brockmüller an und gab ihm eine Kurzfassung der Ereignisse durch.

»Gut«, meinte Brocki zum Abschluss. »Guti-gut.«

»Ja.« Bachmann machte eine Pause. »Vielleicht.«

14.

Still war es in dem Raum. Ein Sonnenstrahl kletterte durch die Ritze einer Jalousie, warf einen breiter werdenden, einsamen Streifen an die Wand, wo das Bett mit dem Jungen stand, neben dem seine Mutter saß. Jakob schlief. Schmal war sein Gesicht, blass. An seinen Handgelenken saßen feste Verbände.

Monika strich über Jakobs Stirn. Ganz vorsichtig, als berühre sie zerbrechlichstes Porzellan. Ihre Finger zitterten leicht. Plötzlich schlug sie die Hände vor das Gesicht. Sie weinte vor Erleichterung, dass Jakob überleben würde.

Heiner lehnte an der Fensterbank. »Möchtest du, dass ich gehe?«, fragte er leise.

»Nein. Komm lieber her.«

Der Fotograf setzte sich auf die Bettkante.

Monika lächelte und heulte gleichzeitig. »Wenn sie ihn anklagen, werde ich seine Verteidigung übernehmen«, sagte sie fest.

Eine bessere Anwältin konnte Jakob nicht bekomnmen, dachte Heiner. Es war ein Traum, Monika als Freundin zu haben. Aber es war garantiert die Hölle, sie als Gegnerin zu erleben.

Zwei Stunden hatte ihn Willy gelöchert. Hatte alles erfahren wollen von der Nacht, von der ›Zahlen-Bande‹ und deren vermutlichem Ende. Bachmann hatte ihm alles erzählt, was er wusste. Aber jetzt dachte Frank an etwas anderes. Er trat von einem Fuß auf den anderen. Die Ankunftshalle im Flughafen war proppevoll. Warten war nicht Bachmanns Sache.

»Cool bleiben«, mahnte Willy, den Bachmanns Zappeligkeit amüsierte. »Die Maschine kommt, Pia landet, alles roger.«

»Ja ja.« Der Reporter tippte Heiners Nummer in sein Handy, hielt sich das linke Ohr zu. »Und?«

»Jakob ist über den Berg. Er schafft es.«

Bachmann informierte den Professor.

»Fein«, meinte der genüsslich. »Riecht ja nach einem Happyend.«

»Abwarten.« Frank begann wieder, auf der Stelle zu hüpfen.

»Nö, da geht es schon los.« Von Schlierenberg zeigte nach vorn. Eine Gruppe Urlauber drängte heran. Mittendrin Pia.

Frank winkte. Hier, lauf bloß nicht an mir vorbei!

»He, langsam«, lachte Pia in sein Ohr, als sie sich umarmten. Sie spürte seine Zähne an ihrem Hals. »Stopp, gibt es irgendetwas Neues, das ich wissen müsste?«

»Allerdings«, meinte Frank. »Heiner hat sich verliebt.«

Völk stieg aus dem Bus. Jede Bewegung tat ihm weh. Aber er wollte möglichst schnell wieder im Dienst sein. Er wurde ja gebraucht. Es gab noch eine Menge Nachforschungen anzustellen. Man hatte zwar den Kern der Zahlen-Gruppe zerschlagen, wie er durch ein Telefonat erfahren hatte. Aber die vielen Mitglieder oder Mitläufer galt es noch zu identifizieren und einzuordnen. Und da war er ja – quasi als intimer Kenner der Szene – sicher von unschätzbarem Wert.

Eine Spur Dramatik und Wichtigkeit hätte er schon verdient gehabt. In der Klinik hatte er davon geträumt, dass man ihn im Krankenwagen nach Hause brachte. Blaulicht, Tatütata vor dem Mietsblock. Er auf der Trage, eskortiert von den Hauptkommissaren Neutzel und Wilhelmi. Die Presse-Meute. Mikrofone wurden ihm unter die Nase gehalten, Fragen prasselten auf ihn, Blitzlichter zuckten. Besorgte Nachbarn spähten durch die Scheiben. Die ersten Türen öffneten sich, neugierige Augenpaare spähten. Aufgeregtes Getuschel. Plötzlich begann jemand zu klatschen. Andere fielen ein. Beifall in breiter Front brandete auf, als

Völk auf der Trage die Haustür passierte. Tapfer scherzte er zu seinen Nachbarn: »Nur keine Aufregung, treten Sie bitte zurück.«

Der Bus rollte in einer Dieselwolke davon.

Völk stand allein.

Der Beamte setzte sich in Bewegung. Er war müde. Je näher er dem heruntergekommenen Mietsblock kam, um so deutlicher zeichnete sich eine schmale Figur vor dem Eingang ab. Sie trug das Pappschild mit der Aufschrift *Hausordnung* in der Hand. In dem Gesicht der Frau lag abgrundtiefe Bosheit, gepaart mit Angriffslust. Schierer Terror.

Völk schob die Alte beiseite. Sie beschwerte sich, keifte auf ihn ein, plärrte Unflätiges in seine Ohren. Der Polizist hörte nicht hin, schlurfte weiter die Treppe hinauf. Im Flur roch es nach Wohnungen, die nach innen gelüftet wurden. Der Geruch von Menschen, die sich aufgegeben hatten, die sich und ihre Umgebung nicht mehr liebten und pflegten.

Die Alte hielt sich dicht hinter dem Beamten, der Schwall ihrer wüsten Beschimpfungen wollte nicht verebben. Bis sich der Polizeimeister umdrehte und dem Weib in die Augen sah.

Da erschreckte die Frau. Diese Augen waren nicht nur müde und ohne Hoffnung, sie waren tot. Die Alte wich zurück, wieselte in ihr Loch.

Der Beamte erreichte seine Tür, neben der ein welker Papierschnipsel mit seinem Namen prangte. Dort erwartete ihn eine Botschaft, hingekritzelt mit leichter Hand:

Das Wasser soll dein Spiegel sein,
erst wenn es glatt ist,
wirst du sehen,
wieviel Märchen dir noch bleibt,
und um Erlösung wirst du flehen.

Krimis von Fabian Lenk

Brandaktuell

ISBN 3-89425-064-X DM 14,80 2. Auflage
Der erste Krimi mit Boulevard-Reporter Bachmann

»Das liest sich flott und amüsant, ist sprachlich ein Genuß, mit viel Liebe zum Detail erzählt und macht das Pressemilieu so richtig lebendig: Zusammenarbeit mit der Polizei, Konkurrenzen unter den Platzhirschen und Versuche von Newcomern, sich einen Platz zu schaffen. Provinz ist nicht langweilig!« (ekz-Informationsdienst)
»Im Spannungsfeld von brennenden Asylbewerberheimen, Sensationspresse, Fascho-Szene und kommunalem Filz liegt der Reiz von Fabian Lenks Brandaktuell.« (Mainpresse)
»Neben der Krimi-Handlung bringt der Band sehr gut den alltäglichen Zynismus rüber, den wohl Menschen entwickeln, die im Boulevard-Journalismus voyeuristische Leser mit Stoff versorgen.« (Die Wage)

Schlaf, Kindlein, schlaf

ISBN 3-89425-075-5 DM 14,80 2. Auflage
Der zweite Krimi mit Boulevard-Reporter Bachmann

Lenk erzählt packend von Menschen zwischen Profilierungsssucht, der Jagd nach der heißen Story und dem Bemühen, einen Rest von Anstand zu bewahren.
»Hochspannung bis zum furiosen Schluß!« (Radio 8)

Mitgefangen, mitgehangen

ISBN 3-89425-209-X DM 14,80 2. Auflage
Der dritte Krimi mit Boulevard-Reporter Bachmann

In Ramsberg, einem idyllischen Örtchen in der neugeschaffenen Ferienregion »Großer Brombachsee«, geht die Angst um: erst wird der Hotelmanager Richard Bergen in einer Scheune erhängt gefunden, dann der Richter Friedrich Seeger an einem Obstbaum aufgeknüpft. Die Einwohner fragen sich: Wer wird das nächste Opfer des »Henkers«? Gleiches fragt sich auch der Reporter Frank Bachmann, der für die Nürnberger Boulevardzeitung *BLICK* in Ramsberg recherchiert. Bei seinen Nachforschungen trifft er auf Toni Brag, einen geistig zurückgebliebenen jungen Mann, »Märchenprinz« genannt. Ist Toni vielleicht gar nicht so harmlos, wie es zunächst den Anschein hat?

grafit

Krimis von Horst Eckert

»... durch einen ganz eigenen originellen Blick auf die Ereignisse und Personen schafft Eckert es, den üblichen Krimi-Klischees zu entkommen.« (WAZ)

Finstere Seelen
ISBN 3-89425-218-9 DM 19,80
Ist der ›Kannibale‹ nach 11 Jahren wieder aktiv geworden? Gibt es einen Trittbrettfahrer? Ein komplexer Fall voller Emotionen für die Mordermittler vom KK 11.

Aufgeputscht
ISBN 3-89425-078-X DM 19,80
Marlowe-Preis 1998 der dt. Chandler-Gesellschaft
Drei Kommissare - ein Wettlauf um Karriere und Geld, drei Fälle, die zu einem einzigen verschmelzen, erzählt auf die harte amerikanische Art.

Bittere Delikatessen
ISBN 3-89425-059-3 DM 16,80
Feinkostkönig Fabian wird niedergestochen; die Bluttat ist für die Medien ein gefundenes Fressen. Kommissar Engel gerät unter Druck - getrieben von Publicitysucht, gefordert vom Chef, angefeindet von Kollegen, angezogen von einer schönen Verdächtigen.
»Ebenso unverzüglich wie unverhofft wird der Leser ... mitten in eine packende Geschichte hineingezogen.« (Weinheimer Nachrichten)

Annas Erbe
ISBN 3-89425-053-4 DM 16,80
»Eine spannende, geheimnisumwitterte Geschichte, ... bitterböse Quasi-Enthüllungen über Filz, Korruption und Sittenpolizei, ein bißchen Liebe - und eine gekonnte Schreibe. ... ein vielversprechendes Debüt.« (Überblick)